एक इंच मुस्कान

राजेन्द्र यादव : मन्नू भंडारी

हिन्द पॉकेट बुक्स
पेंगुइन रैंडम हाउस इम्प्रिंट

हिन्द पॉकेट बुक्स

यूएसए | कनाडा | यूके | आयरलैंड | ऑस्ट्रेलिया | सिंगापुर
न्यू ज़ीलैंड | भारत | दक्षिण अफ्रीका | चीन

हिन्द पॉकेट बुक्स, पेंगुइन रैंडम हाउस ग्रुप ऑफ़ कम्पनीज़ का हिस्सा है,
जिसका पता global.penguinrandomhouse.com पर मिलेगा

पेंगुइन रैंडम हाउस इंडिया प्रा. लि.,
चौथी मंजिल, कैपिटल टावर -1, एम जी रोड,
गुड़गांव 122 002, हरियाणा, भारत

पेंगुइन
रैंडम हाउस
इंडिया

प्रथम हिन्दी संस्करण हिन्द पॉकेट बुक्स द्वारा 1983 में प्रकाशित
यह संस्करण हिन्द पॉकेट बुक्स में, पेंगुइन रेंडम हाउस द्वारा 2023 में प्रकाशित

10 9 8 7 6 5 4 3 2

इस पुस्तक में व्यक्त विचार लेखक के अपने हैं, जिनका यथासंभव तथ्यात्मक
सत्यापन किया गया है, और इस संबंध में प्रकाशक एवं सहयोगी
प्रकाशक किसी भी रूप में उत्तरदायी नहीं हैं।

ISBN 9789353490720

टाइपसेटः www.maniworks.com
मुद्रकः रेप्रो इंडिया लिमिटेड

www.penguin.co.in

FSC
www.fsc.org
MIX
Paper from responsible sources
FSC® C047271

This is a legitimate digitally printed version of the book and therefore might not have certain extra finishing on the cover.

हिन्द पॉकेट बुक्स

एक इंच मुस्कान

राजेन्द्र यादव हिन्दी के सुपरिचित लेखक, कहानीकार, उपन्यासकार व आलोचक होने के साथ-साथ हिन्दी के सर्वाधिक लोकप्रिय संपादक भी थे। नई कहानी के नाम से हिन्दी साहित्य में उन्होंने एक नई विधा का सूत्रपात किया। उत्तर प्रदेश के शहर आगरा में जन्मे राजेन्द्र यादव ने 1951 में आगरा विश्वविद्यालय से एमए की परीक्षा हिन्दी साहित्य में प्रथम श्रेणी में प्रथम स्थान के साथ उत्तीर्ण की। उनका विवाह सुपरिचित हिन्दी लेखिका मन्नू भण्डारी के साथ हुआ था।

मध्य प्रदेश में मंदसौर जिले के भानपुरा गाँव में जन्मी मन्नू का बचपन का नाम महेंद्र कुमारी था। लेखन के लिए उन्होंने मन्नू नाम का चुनाव किया। उन्होंने एमए तक शिक्षा पाई और वर्षों तक दिल्ली के मिरांडा हाउस में अध्यापिका रहीं। *धर्मयुग* में धारावाहिक रूप से प्रकाशित उपन्यास *आपका बंटी* से लोकप्रियता प्राप्त करने वाली मन्नू भंडारी विक्रम विश्वविद्यालय, उज्जैन में प्रेमचंद सृजनपीठ की अध्यक्षा भी रहीं। लेखन के संस्कार उन्हें विरासत में मिले। उनके पिता सुख सम्पतराय भी जाने-माने लेखक थे।

लेखक की अन्य पुस्तकें

निन्नी

रजनीगंधा

मन्नू भंडारी की यादगारी कहानियाँ

एक इंच मुस्कान

दोनों ओर के तट और कन्याकुमारी के अन्तरीप का सिरा खचे धनुष की तनी बाँहों के बीच चढ़े तीर की नोक पर खड़ा अछोर, अथाह नीलिमा को गुहारता-सा अमर लहरों के निमंत्रण की सारी चेतना से समर्पित होता-सा अमर और दोनों किनारों से फिर उठती लहरें।

'जाने क्यों, मैं जब-जब सागर की लहरें देखता हूँ, मुझे लगता है, कोई बाँहें हिला-हिलाकर बुला रहा हो' उसने मन्त्रमुग्ध की तरह अपने-आपसे कहा था। जुहू की साँझ साँवली हो आई थी और सूरज रबर की लाल गेंद-सा लहरों की उँगलियों पर नाच रहा था।

'इनमें निमंत्रण कहाँ है?' रंजना उसके सिगरेट के डिब्बे की चमकीली पन्नी नाखून पर लपेटकर बोली थी, 'ये तो बड़ी सरल-सौम्य-सी लहरें हैं नैवेद्य की तरह सागर के तट पर आकर समर्पित हो जाती हैं और फिर आँचल संभालकर लौट जाती हैं संयत शिष्ट। निमंत्रण एक अप्रतिरोध्य निमंत्रण देखना हो तो पुरी जाइए। सुनते हैं।'

और पुरी की रेत में टखनों तक पाँव गड़ाए तनी अमला का भरा-भरा शरीर फहराती साड़ी में यों खड़ा था जैसे आसमान से उतरकर गंगा की धार आ खड़ी हुई हो। जैसे हमेशा से वह यहीं खड़ी है ज्योति-स्तम्भ बनी लाइट-हाउस की तरह दिशा-दाता।

पास बैठा अमर ठंडी रेत के गोले बनाते हुए बोला था, 'ये लहरें ये दुर्दान्त वेग से झपटती और किनारों पर टूट-टूटकर बिखर पड़ती लहरें, मुझे आतंकित

भी करती हैं और मुग्ध भी सुनते हैं, आतंक का भी अपना एक जादू होता है और आदमी उसके आगे बेबस हो जाता है।'

बात काटकर अमला ने पूछा था, 'सिर्फ आतंक ही है। अमर?'

'नहीं, आतंक सही शब्द नहीं है। सशक्त सौन्दर्य की गतिशील रौद्र सौन्दर्य की भी एक सम्मोहिनी होती है तब बस, यही मन होता है कि किसी ऊँची चट्टान पर जाकर अपने को इन लहरों की गोद में डाल दें, और मन की सारी ऐंठन को इस दुर्द्धर्ष आलोड़न में एकाकार हो जाने दें' आँखों पर फुहारों का कुहासा छा गया था।

छाती पर हाथ बाँधे अमला वैसी ही खड़ी रही, 'शायद यही सच्चे सौन्दर्य की सार्थकता है। सागर के सौन्दर्य की शक्ति और सम्मोहन तो यही है।' फिर मुँह बिचकाकर बोली थी, 'वर्ना वह भी कोई सागर हुआ जैसा तुम्हारे जुहू में है मरियल, निर्जीव डरता-डरता धरती को छुएगा और रेतीले किनारे में खो जाएगा

तब उसे रंजना की बात याद हो आई थी

और आज, नहाने वाले टैंक के पास काली-काली ऊँची चट्टानों पर खड़े हुए, तीनों सागरों को यों सामने देखते हुए, उसे दोनों की बातें याद हो आईं। न पुरी है, न जुहू। मन्दिर के बाहर 'मातृ-तीर्थ' की अन्तिम सीढ़ी पर खड़े-खड़े भी उसे पल-भर को लगा था कि उसी चिरपरिचित मुस्कान की रेखा इस किनारे से उस किनारे तक कौंधकर खो गई। लगा, सामने की दोनों चट्टानें, हाँ, सागर के व्याकुल उद्वेग में भीगती दोनों जुड़वाँ चट्टानें, उसने पहले भी कभी देखी हैं जैसे ये चट्टानें उसकी जाने कब की परिचिता हैं।

एक साथ ही दो असंभव ख़्याल उसके मन में उभरे। मानो रंजना आज भी उसके साथ है और उसे वह समझाता जा रहा है, 'देखो, यहाँ विवेकानन्द ने समाधि लगाई थी'; और दूसरा यह है कि मान लो, अचानक इस क्षण कहीं रंजना दीख जाए तो? वह देखे कि कैमरा लटकाए हुए एक व्यक्ति से सट-सटकर चलती हुई रंजना डगमगाती चाल से किनारे पर आ खड़ी हो गई है। तब क्या वह उसे जाकर याद दिलाएगा, 'अमर, मैं तुमसे बोलूँ चाहे न बोलूँ, लेकिन लगता है जैसे सोते-जागते हमेशा तुमसे बातें करती रहती हूँ।'

और अचानक होटल के कमरे में लेटे-लेटे उसे किवाड़ों की हल्की खट्-खट् के साथ सुनाई दिया था, 'क्या है अमर, तुम यहाँ आकर भी यों लेटे हो भीतर? बाहर आओ न, देखो चाँदनी में सागर कैसा उमड़ आया है! कैसे लेखक हो तुम!' तो वह चौंककर सहसा सचमुच ही उठ बैठा था। नहीं, गलत नहीं है, यह अमला की ही आवाज़ है। फिर ध्यान आया कि यह तो शायद कोई ऊपर किसी से कह रहा है। सामने की दीवार की फोटो की तीनों बिल्लियाँ व्यंग्य से मुस्कुरा पड़ीं। लेकिन वह बाहर निकल आया।

केप होटल। अमर को आए दूसरा दिन हुआ है। बादल छाए हैं, इसलिए न सूर्यास्त दिखा है न सूर्योदय। शायद कल दीखेगा। अब तो घुमड़ते बादल हैं और चेतना के स्तर पर एकरस ध्वनित-प्रतिध्वनित होती लहरों की गरज है। पहली रात को तो ऐसा लगा था जैसे अभी भी वह कोट्रालन फॉल्स के नीचे वाली धर्मशाला के कमरे में सो रहा है और दिग्दिगन्त को गुंजाता हुआ झरना, सैकड़ों फुट ऊँचे से लगातार गिरता चला जा रहा है या सुबह की तन्द्रिल खुमारी में कहीं से चक्की की 'घुर्र-घूं' घूम-घूमकर लहरा रही है और वह उम्मीद कर रहा है कि रंजना चाय के लिए उठाएगी।

यह सही है; स्मृति के अगले सिरे पर इन दिनों रंजना ही रही है, लेकिन जब-जब मुड़कर देखा है या उस स्मृति को समेटा है तो रंजना कभी अकेली नहीं आई, हमेशा पृष्ठभूमि में एक बड़ी-सी छायाकृति प्रक्षेपित रही—पर्दे के इस सिरे से उस सिरे तक छाई अमला की छाया 'इस सबमें अगर अमला नहीं होती तो शायद मैं बड़ी आसानी से इसे नाम दे देता। और नाम देकर, अर्थात् उसका एक रूप निश्चित करके निष्कर्ष रूप में क्षोभ या क्षमा में से एक को चुन लेता।' उसने एक बार डायरी में लिखा था, 'लेकिन अमला?'

फिर भी अकेला, रंजना का ख़्याल उसे कहाँ नहीं आया? मीनाक्षी की उन सजीव प्रतिमाओं के पास खड़े होकर या चिदम्बरम् में नटराज की नृत्यमुद्रा को देखते हुए उसे अचानक ही तो लगा था कि वह पास खड़ी रंजना के कन्धे पर हाथ रखकर कह उठे, 'देखो रंजना, हमारी कल्पना में नटराज की कितनी

विराट मूर्ति बसी है, जबकि असली मूर्ति तो छोटे बच्चे के...' लेकिन चौंककर उसका हाथ अपनी जगह आ रहता। कोई कहता था कि रंजना अब एक बच्चे की माँ है, अब अमर ने अपने को नौकरी में ही फँसा लिया है। अब उस सबको याद करने का अवकाश ही नहीं मिलता। और अगर कभी भूले-भटके ख़्याल आया भी तो इस तरह, जैसे वह सब उसका नहीं, किसी दूसरे का अतीत है। दूसरे का तो है ही। निश्चय ही वह भोगने और जीने वाला अमर दूसरा था। उसने तो इस अमर नाम के व्यक्ति को निहायत ही 'कॉन्फिडेंस' में लेकर बड़े मित्र भाव से अपने कुछ (सारे नहीं) अनुभव, गहन, आत्मीय अनुभूतियों के क्षण ज्यों के त्यों सौंप दिए हैं। तभी तो वह समान निर्लिप्त भाव से उस चिट और मित्र के पत्र की पंक्तियों को दुहराकर भी उनके प्रभाव से अछूता रह सकता है। चिट थी, 'तुम्हारी साधना और अपने प्यार के हित में मैं जा रही हूँ। कुछ भी कटु कहा-किया हो तो माफ करना। यही समझना कि हमने एक-दूसरे को गलत समझा' और वह पत्रांश था, 'हाँ, यहाँ बड़ी सनसनी है। अचानक ही तुम्हारी अमलाजी की मृत्यु हो गई सुनते हैं, रात को अच्छी-भली थीं और ऐसी कोई बात नहीं थी। जिस ढंग से वह सब हुआ उससे लगता है कि मामला अतिरिक्त सावधानी से दबा दिया गया।'

हाँ, चिट और पत्रांश दोनों के जवाब में वह अक्सर अपने मन में दो ही बातें उठती हुई पाता है—'रंजना अपने इस नए साथ पर सुखी है न?', 'कभी मिलेगी तो दोनों किस तरह मिलेंगे?' तथा 'अमला की मृत्यु हत्या आत्महत्या?' तभी आकाश से उतरी गंगा की तरह अमला की मूर्ति आ खड़ी होती है वही अनेक रहस्य-गुंथी मुस्कान सहित निश्चेष्ट जड़ लेटा अमर और झल्लाकर उसकी छाती पर अधीर मुक्के मारती रंजना। तहों में लिपटी धधकती चिनगारी से उसके वे शब्द साकार हो आते हैं, 'मैं पोटाशियम साइनाइड खा लूँगी और कह दूँगी कि तुमने मुझे मार डाला' नहीं-नहीं ये शब्द 'उस' रंजना के नहीं हो सकते। शायद इसीलिए 'उस' अमर ने अपने को अपराधी महसूस नहीं किया था। अब 'इस अमर' को क्या अधिकार है कि वह अपराधी महसूस करे? अगर कोई अपराध है तो सिर्फ इतना ही कि यह उस सबका मात्र

दर्शक है, श्रोता है। पर यों मात्र दर्शक और श्रोता रह पाना क्या इतना आसान है? अगर वहाँ कोई ऐसी विभीषिका नहीं है, तो क्यों वह कान और आँखें बन्द करके सामने ही भागता चला आया है? क्यों उसे लगता रहा कि 'उस अमर का भूत' इसके पीछे-पीछे छाया की तरह लगा है ज़रा मुड़ा कि वह सिर पर सवार हो जाएगा? लेकिन अब सामने कहाँ भागेगा? धरती के इस छोर पर आकर तो सामने एक निराधार नीलिमा ही रह जाती है निराकार नेति साँझ को देर तक सागर के किनारे रेत में बैठा रहा, भटकता रहा पाँच साल हो गए अमला और रंजना एक झटके से निकल गई हैं। आज उन सबको याद करके वह अपना दुःख भुलाएगा?—नहीं। तब फिर क्या किसी सत्य की उपलब्धि करेगा? नहीं। तो क्या उस 'अमर के भूत' से पीछा छुड़ाने के लिए प्रायश्चित्त करेगा? नहीं नहीं नहीं। तो फिर क्यों उन सबको मुड़कर देखने को मन होता है? क्या केवल इसलिए कि वह 'उनसे' दूर आ गया है और अब निर्वैयक्तिक भाव से देख सकता है? उसे कोई उत्तर नहीं सूझा और वह यों ही लौट आया।

अकारण ही एक झटके से उसे याद आया, अमला का पहला पत्र मिला था—'मेरे अनेक मित्र हैं अमरजी, किसी से ब्रिज के क्लब-स्पेड की बातें होती हैं, किसी से साड़ियों और सिनेमाओं की। आप आज्ञा दें तो आपसे समय-समय पर लिखने-पढ़ने की बातें कर लिया करूँ? लेकिन शर्त रहेगी हमारी दोस्ती की। हममें से कोई भी जब ऊब जाएगा तो चुपचाप परिधि से निकल जाएगा और दूसरा उसका कारण नहीं पूछेगा रेल के मुसाफिरों जैसी नियति मानकर ही हम लोग निकट आएँगे।' आज कहाँ है अमला कि वह पूछना चाहे तब भी पूछ ले? जवाब तो नहीं, लेकिन किसी ने ठीक इसकी उल्टी बात कही थी, 'मैं बहुत-बहुत अकेली हूँ अमर, मेरा कोई नहीं है। जो भी समझो वह तुम ही हो।'

अच्छा मान लो, आज वह अमला, रंजना और 'उस अमर' को दूर खड़े व्यक्ति की तटस्थता से देखे तो? उन 'तीनों में से एक' नहीं, केवल दूर खड़ा हुआ एक व्यक्ति। जिस सम्पूर्णता की अनुभूति वह तब नहीं कर पाया था

क्या उसकी झलक आज पा सकेगा? मान लो, आज वह फैसला देने के मोह को रोककर, समान निर्वैयक्तिक भाव से, समान निष्पक्षता से सिर्फ देखता रहे, और तीनों उसके सामने स्वयं अपना-अपना व्यक्तित्व उद्‌घाटित करे? नहीं, नहीं, किसी और के लिए नहीं, केवल अपने लिए। 'आत्म-साक्षात्कार' भी नहीं, मात्र अपने सामने 'कन्फैशन' उसने कलम उठाकर निब ज़ोर से कागज़ पर दबाया। स्याही सूख गई थी। नाखून पर चलाकर एकाध बार यों ही उल्टी-सीधी लाइनें खींचीं, कहीं आगे से और कहीं पीछे से टूटी और छूटी हुई अनुभूतियों और मंडराती हुई पंक्तियों को पकड़ना चाहा। बीच-बीच में लहरें और चौखटे बनाए। ऐसा लगा जैसे इसी में उसने गहरी सार्थकता खोज ली है। लेकिन होश आया तो देखा कि कलम की स्याही से प्रवाह आ गया है और आँखों में झलमलाती छायाकृतियों के रूप खुद-ब-खुद अधिक उजले और साफ हो आए हैं।

ठीक यही क्षण था जब उसे ऐसा लगा था कि सागर का शेषनाग अपनी झलमल-झलमल गुंजलक खोलकर एकदम उसकी खिड़की के नीचे तक सरक आया है और दीवारों पर लहरों के फन पटक रहा है।

2

'इसी मुस्कान से वह अमर का स्वागत करेगी, ' अमला ने सोचा। वह जितना ही इस बात को भूलना चाह रही है कि आज अमर आ रहा है, उतनी ही यह उसकी चेतना के रेशे-रेशे पर छाए चली जा रही है।

'बड़े शहरों में स्थान का इतना अभाव रहता है कि लोग निकट से निकटतम मेहमानों को भी बोझ की तरह लेते हैं, फिर मैं तो एक तरह से निकट होते हुए भी अपरिचित ही हूँ। यह भी नहीं जानता, तुम्हारे घर में कौन-कौन हैं, और वे मुझे किस रूप में लेंगे; इसीलिए तुम्हारे साथ ठहरते हुए बड़ी हिचक लग रही है। जो भी हो, कम-से-कम तुम मुझे निःसंकोच

भाव से बता देना या स्टेशन ही मत आना, मैं कहीं भी ठहरकर तुमसे मिलने आ जाऊँगा।'

'स्थान का अभाव', और एक ही बार में उस विराट कोठी को अपनी नज़रों में समेटते हुए अमला मुस्कुरा पड़ी। 'निकट होते हुए भी अपरिचित'। सच ही तो है, एक साल के इस पत्र-व्यवहार से हम निकट से निकटतम और घनिष्ठ से घनिष्ठतम हुए हैं, फिर भी एक-दूसरे के व्यक्तिगत जीवन के बारे में कुछ नहीं जानते, कुछ भी तो नहीं जानते। क्या सोचता होगा अमर मेरे बारे में यही न कि एक मध्यम वर्ग की पढ़ी-लिखी लड़की है, जो साहित्य में रुचि रखती है और वह क्या सोचती है? उसने तो कभी कुछ नहीं सोचा। वह जानती है कि हिन्दी का एक लेखक जिस तरह का होता है उससे भिन्न अमर में कुछ नहीं होगा। हाँ, वह लिखता अच्छा है, उसमें प्रतिभा है, उसके विचारों में आग है, भावों में गहराई और अनुभूतिजन्य टीस है। और पत्र—पत्र तो वह सचमुच ऐसे लिखता है कि मन बंध जाए, डूब जाए।

अमर के साल-भर के पत्रों की अनेक पंक्तियाँ उसकी आँखों के सामने घूम गईं और वह उन्हीं में खोई-सी मुस्कुराती खड़ी रही।

तभी एकाएक उसे ख़्याल आया—कैलाश को फोन करना है, नहीं तो वह घूमने निकल जाएगा। वह जानती है कि साथ न जाने की बात सुनकर ही कैलाश नाराज़ होगा और कारण जानकर तो बस भभक ही उठेगा। साधारण लोगों से मिलना-जुलना, उनके साथ बराबरी का व्यवहार करना कैलाश को कतई पसन्द नहीं, और अमला है कि लाख प्रयत्न करके भी कैलाश की इस बात के आगे अपने को नहीं झुका पाई।

फोन पर कैलाश नहीं मिला तो उसने सन्देशा छोड़ दिया कि दिल्ली से एक मित्र आ रहे हैं, इसलिए वह कैलाश के साथ नहीं जा सकेगी। 'अच्छा हुआ, कैलाश नहीं मिला, वरना अभी ज़रूर कुछ कहासुनी होती और बेकार ही सवेरे-सवेरे मूड खराब हो जाता' अमला फिर बरामदे में निकल आई।

ठीक दस बजे नहा-धोकर उड़ते हुए रूखे केशों का ऊँचा-सा जूड़ा बनाकर

अमला ने श्वेत परिधान में लिपटे अपने निरावरण शरीर की प्रतिच्छाया को आदमकद शीशे में देखा।

'साल-भर से पत्र-व्यवहार करते हम इतने निकट आ गए कि मैं तो भूल ही गया कि हमारा साक्षात्कार नहीं हुआ है। तुम कौन हो, कैसी हो, यह सब मैं कुछ नहीं जानता, फिर भी कल्पना में मैंने तुम्हें अनेक बार अनेक रूपों में देखा है। पत्रों के माध्यम से कई बार तुम्हें अपने बहुत-बहुत निकट पाया है, तुम्हारे मानस की परत-परत को पढ़ा है, पहचाना है और मैं जानता हूँ कि मेरी किस बात की प्रतिक्रिया तुम पर किस रूप में होगी। और मेरी कल्पना, मेरा अनुमान मुझे धोखा नहीं दे सकता, आखिर लेखक की कल्पना है! फिर भी देखना चाहता हूँ कि मेरी कल्पना की अमला से तुम कितनी भिन्न हो!'

'कल्पना की अमला', और अमला ने कुछ इस अन्दाज़ से अपने प्रतिबिम्ब को देखा मानो तौल रही है कि कहीं वह उस कल्पना की अमला से बहुत हल्की तो नहीं उतरेगी? पर सामने पड़ता प्रतिबिम्ब जैसे उसे यह बात मानने नहीं दे रहा था।

'लेखक की कल्पना! हुँ!' आज वह अमर के कितने भ्रमों को एक साथ तोड़ देगी और कदम-कदम पर जब उसे शॉक लगेगा तो पूछेगी—'कहिए अमरजी, कैसी रही?' और उसके होंठ अनायास ही मुस्कुरा उठे। उसे याद आया, कैलाश ने एक बार कहा था, 'अमला, तुम्हारी इस मुस्कुराहट में जाने ऐसा क्या जादू है कि बरबस ही मन बंध जाता है, ' और तब से उसने सायास मुस्कुराहट के इस ढंग को अपना लिया था। वह स्वयं जानती है कि बाईं ओर को अधिक और दाईं ओर को तनिक-से होंठ फैलाते ही उसके चेहरे का लावण्य, चेहरे की मोहकता बढ़ जाती है। इसी मुस्कुराहट से तो आज उसे अमर का स्वागत करना है।

कन्धे पर श्वेत फर का चेस्टर झुलाकर वह अपनी डिसोटो में जा बैठी। उस समय उसका मन गाड़ी से भी अधिक वेगवान हो रहा था।

सबकी प्रतीक्षा पर विराम-चिह्न लगाती-सी गाड़ी प्लेटफार्म पर आकर खड़ी हो गई। संयोग की बात, अमला ने देखा कि ठीक उसके सामने वाले

कम्पार्टमेण्ट में ही दो उत्सुक आँखें चारों ओर देख रही हैं, और हाथ के अपने उपन्यास को सामने कर-करके इस प्रकार हिलाया जा रहा है कि कोई चाहे तब भी नज़र नहीं चूक सकती है। ऊपर से नीचे तक अच्छी तरह देखकर अमला आगे बढ़ी—तो यह है अमर! मन भाने लायक आकृति थी। एक बार सोचा, ठहर जाऊँ, देखूँ वह अपनी कल्पना की अमला के सहारे मुझे पहचानता है या नहीं, पर रुका नहीं गया। बिना किसी प्रकार का अभिवादन किए सामने जाकर अमला ने पूछा—'तो आ गए अमर साहब!' और मुस्कुराती-सी उसकी ओर देखने लगी। 'ओह अमला!' और अमला ने महसूस किया जैसे क्षण-भर में ही अमर की नज़रों ने उस समूची को तौल-परख लिया है। वह एक बार कुछ अस्त-व्यस्त-सी हो उठी, पर फिर बड़े ही स्वाभाविक ढंग से ड्राइवर को सामान रखवाने का आदेश देकर भीड़ से हटकर एक ओर जा खड़ी हुई। अमर जब सामान निकलवाकर उसके पास आया तो चलते-चलते पूछा—'रास्ते में किसी तरह की तकलीफ तो नहीं हुई?'

'और क्या तकलीफ होती, हाँ भीड़ काफी थी।' अमला ने महसूस किया कि वाक्य के अन्तिम हिस्से आते-आते ही अमर के स्वर की सहजता जैसे जाती रही। शायद उस समय तक अमला का हाथ डिसोटो के फाटक तक पहुँच चुका था। 'बैठो।' अमर बैठ गया। रास्ते में कोई खास बात नहीं हुई। अमला ही इधर-उधर की छोटी-मोटी बातें पूछती रही, अमर सामने शीशे के पार सड़क पर नज़र जमाए संक्षिप्त-से उत्तर देता रहा। पर जैसे ही गाड़ी कोठी के फाटक में घुसकर लाल बजरी की सड़क पर तैरती हुई पोर्टिको में जाकर खड़ी हुई, अमला ने अमर के चेहरे के परिवर्तन को देखा। उसने एक तृप्तियुक्त प्रसन्नता का अनुभव किया। ड्राइवर ने गाड़ी का फाटक खोला तो पहले अमला उतरी और उसके पीछे अमर।

'आओ,'—अमला के स्वर में अपनत्व में लिपटा आदेश था। अमर खोया-खोया दिग्भ्रान्त-सा उसके पीछे चला।

रहीसाने ढंग से सजे हुए आलीशान मेहमानों के कमरे में लाकर उसने अमर से कहा—'बैठकर जरा आराम करो, जितने तुम्हारे नहाने-खाने की

व्यवस्था होती है,' और फिर नौकरों को आवश्यक आदेश दे वह सामने आ बैठी। अपने होंठों पर वही मुस्कान ला, उसने पहली बार भरपूर नज़रों से अमर की ओर देखा। एक विचित्र-सी आक्रोशयुक्त खिन्नता उसके चेहरे पर छाई हुई थी। अमला उसके आक्रोश को भी समझ रही थी और उसकी खिन्नता को भी। अपनी कल्पना पर इतना बड़ा आघात लगते देख अमर शायद भन्ना रहा था, और खिन्नता—शायद इस अमला में उसकी कल्पना की अमला कहीं खो गई।

पत्रों को पढ़कर कई बार अमला को इस बात का एहसास हुआ था कि बिना मिले ही अमर के मन में उसके प्रति एक कोमल भाव घर कर गया है क्या वह उससे प्रेम करने लगा था? उसने क्या सोच लिया था कि अमला एक षोडशी कन्या होगी?

'एतराज न हो तो एक सिगरेट पी लूँ?' बाईं ओर को झुककर दाहिनी जेब से सिगरेट निकालते हुए अमर ने पहली बार अपनी ओर से प्रश्न पूछा। पर नज़र इस समय भी उसकी अमला के चेहरे पर नहीं थी।

'शौक से पीजिए,' स्वर को भरसक मृदुल बनाकर अमला ने कहा। वह चाह रही थी कि अमर उसकी ओर देखे तो सही। पर अमर ने जैसे जान-बूझकर अपने चेहरे को सिगरेट के धुएँ में छिपा लिया तो अमला एकदम उठ खड़ी हुई।

'अच्छा, तो अब नहा-खाकर ही मुलाकात होगी,' और बिना उत्तर की अपेक्षा किए ही घूम पड़ी। उसकी सफेद रेशमी साड़ी का लम्बा-सा पल्लू जमीन पर घिसट रहा था और कदम एक दृढ़ आत्मविश्वासयुक्त लापरवाही से पड़ रहे थे। उसे अनायास ही मेजर कपूर की बात याद हो आई। हँसते हुए उसने कहा था, 'अमलाजी अपनी इस चाल और जमीन पर घिसटते हुए आँचल की ताकत जानती हैं! आदमी बेचारा बेबस-सा पीछे-पीछे घिसटने लगता है।' अमला अच्छी तरह जानती थी कि बात सिर्फ शिष्टता के नाते ही कही गई थी—स्त्रियों की हर चीज़ की प्रशंसा करना तो आजकल शिष्टता की सबसे बड़ी निशानी है, और फिर वह तो—फिर भी जाने क्यों उसे यह बात याद आ गई।

अपने कमरे में घुसते ही अमला को अन्ना ने सूचना दी, 'कैलाश बाबू का फोन आया था। जब तुम्हारी उनके साथ जाने की बात थी तो किसी और को भेज देतीं स्टेशन।'

'क्यों, कुछ कह रहे थे क्या?' अमला के ललाट पर शिकन पड़ गई।

'कहेंगे क्या, पूछ रहे थे कि कौन आ रहा है। हमें तो खुद नहीं मालूम कि कौन आ रहे हैं, सो क्या बताते?'

'अच्छा, ठीक है,' और हाथ के चेस्टर को दूर काउच पर उछालकर धम्म से बैठ गई। 'अब टेलीफोन करके बात तो कर लो कैलाश बाबू से।' अन्ना को अमला की ये हरकतें हमेशा ही क्रोध दिलाती हैं। किसी और ने यों आदेश दिया होता तो अमला ने डाँट दिया होता, पर अन्ना की किसी भी बात का वह बुरा नहीं मानती। माँ की मृत्यु के बाद अन्ना ने ही उसे माँ की तरह पाला-पोसा है। उठकर फोन किया तो मालूम हुआ कि कैलाश बाबू आफिस चले गए। एक बार सोचा, वहाँ का नम्बर मिलाए, पर फिर रख दिया। 'शाम को जाकर स्वयं मिल लूँगी।' इस समय तो अमर की उखड़ी-उखड़ी नज़रें जैसे उसे चुनौती दे रही थीं।

नौकर ने जब आकर सूचना दी कि अमर बाबू का खाना हो गया है, तो अमला उसके कमरे की ओर चली।

'यदि सोने का इरादा न हो तो कुछ देर बैठकर बातें करूँ?' इजाज़त लेते हुए अमला ने पूछा, पर इजाज़त मिले उसके पहले ही काउच में धँस गई।

अपने को ठीक से व्यवस्थित करते हुए अमर ने कहा—'मुझे दिन में सोने की आदत नहीं, आप शौक से बैठिए। और यों भी आखिर मैं यहाँ आपसे मिलने, बातचीत करने ही तो आया हूँ—फिर शाम की गाड़ी से तो चला ही जाऊँगा।'

'आप', लहजे का परायापन, अमला सब कुछ समझ रही है।

'आज ही चले जाएँगे? क्यों? आपने तो लिखा था कि दो-तीन दिन ठहरने का प्रोगाम है?' अमर की खीज का एक विचित्र-सा आनन्द लेते हुए अमला ने पूछा।

'हाँ, लिखा तो था, पर अब सोचता हूँ कि आज ही चला जाऊँ।' यों ही बाहर देखते-देखते अमर ने कहा।

'क्यों, यहाँ बहुत कष्ट है?' स्वर को और अधिक कोमल, और अधिक मृदुल बनाकर अमला ने पूछा।

बिना अपने को तनिक भी हिलाए-डुलाए अमर ने कहा, 'ये अनावश्यक आराम की वस्तुएँ, यह वैभव ही यदि किसी के कष्ट का कारण हो तो आप क्या कहेंगी?' स्वर को स्वाभाविक रखने का बेहद प्रयत्न करने के बावजूद उसमें तिक्तता छलकी पड़ रही थी, और कुछ ऐसा भाव भी था मानो अमर स्पष्ट रूप से बता देना चाहता हो कि वैभव के रोब में आने वाले व्यक्तियों में वह नहीं है, इस बात को अमला जान ले।

'तो कहूँ कि वह आदमी बुरी तरह हीनभाव से ग्रस्त है। आराम देने वाली वस्तुएँ तो सभी को आराम देती हैं, कष्ट किसी को नहीं देतीं—यह तो उसका अपना ही हीनभाव है जो उसे कष्ट दे रहा है, बेधे डाल रहा है।' अमला का स्वर इस बार भी कोमल था, पर था बड़ा सधा हुआ।

इस उत्तर से अमर शायद बुरी तरह कट गया, शायद स्वप्न में भी उसे ऐसे उत्तर की आशा नहीं थी। वह झटका खाकर घूम पड़ा। अमला ने अपने चेहरे पर जब अमर की तीक्ष्ण नज़रों को जमा हुआ पाया तो होंठों पर वही मुस्कान लपेट वह एकटक उसकी ओर देखती रही। वह उम्मीद कर रही थी कि शायद कोई और भी तीखी-सी, कटु-सी बात अमर कहेगा, पर दो क्षण तक लगातार अमला को यों देखने के बाद जब अमर बोला तो उसका स्वर कोमल था और जैसे बड़ी ही विवशता से भरा हुआ था।

'तुमने यह सब क्यों किया अमला? क्यों मुझे इतने दिनों तक धोखे में रखा? क्यों नहीं मुझे अपना असली परिचय दिया?'

अमर के स्वर की आर्द्रता और अपनी विजय का आह्लाद अमला के तन-मन को सहला गया। आखिर उसकी मुस्कुराहट ने अमर की कठोरता को गला ही दिया, सवेरे से आई हुई दोनों के बीच की दूरी और जड़ता को मिटा ही दिया। स्वर को और भी कोमल बनाकर सहास्य बोली, 'धोखा कैसा? मैंने

तो कभी तुमसे कोई झूठ बात नहीं कही। तुमने मेरे विषय में कभी कुछ पूछा नहीं, और आगे होकर मैंने कभी कुछ बताया नहीं पर इसमें धोखा कैसा?'

अमला के चेहरे पर वैसे ही नज़र गड़ाए-गड़ाए पर खोए-खोए स्वर में अमर बोला, 'हाँ, मैंने कभी कुछ नहीं पूछा—कभी उसकी आवश्यकता ही नहीं समझी। मुझे हमेशा ही लगता रहा जैसे मैं तुम्हें जानता हूँ। तुमसे मिला हुआ हूँ।'

सारे वातावरण को अपने उन्मुक्त हास्य से मुखरित करते हुए अमला ने पूछा, 'तो क्या तुम्हारी कल्पना की अमला से मैं बहुत भिन्न हूँ? बहुत ही असुन्दर? देखो, तुम्हें पत्र लिखने वाली अमला और तुम्हारे सामने बैठी अमला एक ही है, और जब पत्र वाली अमला से इतनी आत्मीयता रखते आए हो, तो इस बेचारी ने ही तुम्हारा ऐसा क्या बिगाड़ा है जो अकारण ही इसपर इतना झल्ला रहे हो!'

अमर एकटक उसको देखता रहा। अमला को लगा जैसे उसके सारे शरीर पर घूमती हुई अमर की नज़र उसमें से अपनी अमला को ढूँढ़ निकालने का प्रयत्न कर रही है और शायद उसे कुछ-कुछ साम्य नज़र आने लगा है। पर तभी एक बड़ा ही विचित्र और असंगत-सा प्रश्न अमर की ओर से आया :

'तुम इतनी सादगी से क्यों रहती हो अमला? ऊपर से नीचे तक के ये श्वेत वस्त्र, यह अलंकृत रूप—जानती हो, इस सारे वैभव के बीच बड़ा विचित्र-सा लगता है, कुछ अखरता भी है!'

अमला समझ नहीं पाई कि यह बात अमर ने सरलता से कही है या व्यंग्य में। फिर भी हँसते हुए उसने कहा, 'तो तुम अभी तक यही देख रहे थे?' फिर एक क्षण चुप रहकर बोली, 'तुम मेरे बारे में कुछ जानते नहीं हो, इसीलिए यह सब पूछ रहे हो, वरना शायद नहीं पूछते।'

'तुम्हारे बारे में न जानने का इस प्रश्न से क्या सम्बन्ध है भला?' कुछ विस्मय से अमर ने पूछा।

'है अमर, है,' और फिर मुस्कुराते हुए बोली, 'बात यह है कि मैं परित्यक्ता हूँ, पति द्वारा त्यागी हुई। विवाह के एक साल बाद ही मैं फिर यहाँ लौट आई।

इतना तो शायद तुम भी जानते हो कि जिस स्त्री को पति ने छोड़ दिया हो, उसके लिए रंग-बिरंगे कपड़े पहनना, सजना-सँवरना एक तरह से निषिद्ध होता है, इसलिए नहीं पहनती। आरम्भ में तो एक प्रकार से यह मेरी मजबूरी थी, पर अब तो मेरी रुचि ही बन गई है।' अमला ने तो अपनी ओर से बात बड़े ही सहज और स्वाभाविक ढंग से कही थी, पर उसे लगा जैसे अपार विस्मय और आश्चर्य ने अमर के चेहरे की सारी स्वाभाविकता को ही हर लिया है। वह एक क्षण चुप बैठी रही, शायद अमर कुछ बोले, पर फिर उसकी विमूढ़ता देखकर हँस पड़ी—'तुम्हें इतना आश्चर्य क्यों हो रहा है! परित्यक्ता होना आखिर कोई ऐसी अनहोनी बात तो नहीं है। हमारे देश में तो जाने कितने लोग अपनी पत्नियों को छोड़ देते हैं।'

पता नहीं अमर ने यह बात सुनी भी या नहीं, क्योंकि उसके चेहरे पर किसी प्रकार का भी भाव-परिवर्तन नहीं हुआ। उसकी अवाक्-सी दृष्टि अमला के चेहरें पर इस प्रकार टिकी हुई थी, मानो पूछ रही हो—जो कुछ तुमने अभी कहा वह तुम्हारे अपने बारे में ही था? तुम परित्यक्ता हो? पति द्वारा तिरस्कृत, त्यागी हुई पर विषाद की हल्की-सी छाया भी तो तुम पर नहीं।

अमर की इस स्थिति पर अमला खिलखिलाकर हँस पड़ी। उसकी हँसी ने अमर को बुरी तरह चौंका दिया। हँसते-हँसते ही अमला ने कहा, 'शायद तुम सोच रहे हो अमर, यह कैसी विचित्र नारी है जो अपने चरम दुर्भाग्य पर ही हँस रही है। पर तुम्हीं बताओ, आज से दस साल पहले जो घटना घट गई, उसे लेकर क्या उम्र-भर ही रोती रहूँ? कोई कुछ भी कहे, मुझसे तो नहीं रोया जाता,'—फिर कुछ रुककर बोली, 'अगर गलत धारणा न बनाओ तो एक बात और बताऊँ? कभी-कभी तो सोचती हूँ कि जीवन का यह सबसे बड़ा दुर्भाग्य भी मेरे लिए सौभाग्य बनकर ही आया। जिस दिन वह घर छोड़कर हमेशा के लिए यहाँ आना पड़ा था, उस दिन सचमुच ही बहुत दुखी थी; पर आज जब पीछे मुड़कर देखती हूँ और इन दस वर्षों में जो कुछ पाया, उसका लेखा-जोखा करती हूँ तो लगता है मैंने खोया कम, पाया अधिक है; इसीलिए कहती हूँ, किस बात का दुख और कैसा दुर्भाग्य! लोग समझे दुर्भाग्य, मैं तो

नहीं समझती।'

अमर के चेहरे का विस्मय और घना होता जा रहा था। वह जैसे किसी तरह भी नहीं समझ रहा था कि सामने बैठी इस नारी के प्रति क्या धारणा बनाए।

'ओ होऽ! तुम तो मुझे यूँ घूर-घूरकर देख रहे हो मानो मैं संसार का कोई महान आश्चर्य होऊँ। पति के अतिरिक्त भी संसार में बहुत कुछ ऐसा होता है जो नारी-जीवन को पूर्ण बना सकता है, यह बात क्या तुम जैसे प्रगतिशील लेखक के गले भी नहीं उतर रही है?'

'नहीं, यह बात नहीं। मैं सोच रहा था।' उससे कुछ बोला न गया।

'क्या सोच रहे थे?' मुस्कुराते हुए अमला ने पूछा।

'यही कि पत्रों में तुम जैसी लगती थीं, वास्तव में उससे कितनी भिन्न हो। सच, पत्रों वाली अमला तो तुममें बिल्कुल खो ही गई।'

'बहुत अफसोस हो रहा है उसके खोने का?' हास्य में व्यंग्य का पुट देकर अमला ने पूछा।

'नहीं, अफसोस कैसा?'

एकाएक ही बात बदलते हुए अमला ने पूछा, 'खैर, छोड़ो भी यह सब! यह बताओ, शाम को तो तुम नहीं जा रहे हो न?'

'नहीं।' और आने के बाद शायद अमला ने पहली बार अमर के चेहरे पर मुस्कुराहट देखी, अपनत्व की मुस्कुराहट।

'अच्छा, तो अब तुम भी आराम कर लो, सफर की थकान होगी, मैं भी ज़रा सो लूँ। मुझे तो दिन में सोने की आदत भी है। अब चाय पर बुलाऊँगी।' और वह घूम पड़ी।

जब तक अमला अमर के कमरे के सामने रही, बराबर उसने महसूस किया कि उसकी पीठ पर अमर की नज़र रेंग रही है—विस्मित, चकित और पराजित-सी नज़र। उसे लगा, कैलाश और मेजर कपूर की बातें केवल शिष्टतावश ही नहीं कही गई थीं, उनमें कुछ सच्चाई भी है। क्या उसने अपनी मुस्कुराहट से, अपनी चाल से, अपने आँचल से अमर का मन नहीं बाँध लिया? फिर एकाएक ही ख़्याल आया, 'क्या होगा मन बाँधकर? वह क्या

चाहती है आखिर?'

चार बजे के करीब अमला ने अमर को चाय के लिए बुलवाया। नौकर के पीछे-पीछे अमर आया। अमला लॉन में रंगीन कलियों की छतरी के नीचे सिंगापुरी केन की कुर्सी पर बैठी थी और उसके सामने मेज़ पर चाय के साथ अनेक व्यंजन बिखरे पड़े थे। उसके लम्बे काले घने केश इस समय ढीली-सी चोटी के रूप में पीठ पर पड़े थे। अमर जब सामने आया तो बोली, 'आखिर सो गए न?'

'जाने कैसे नींद आ गई! पर ज़्यादा तो नहीं सोया। तुम उधर आई थीं क्या?'

'नहीं, तुम्हें ही बुलवा भेजा था,' फिर प्याले में चाय ढालते हुए पूछा, 'चाय तुम लाइट पसंद करते हो या स्ट्रांग?'

'जैसी भी बना दो।'

'चीनी?'

'जितनी भी डाल दो।'

हाथ को जहाँ का तहाँ रोककर अमला ने एकटक उसकी ओर देखते हुए पूछा, 'वाह रे! यह भी कोई बात हुई भला? जैसी भी बना दो, जितनी भी डाल दो! आखिर खाने के प्रति ऐसी विरक्ति क्यों?'

अमर मुस्कुराया, 'खाने के प्रति क्या, यहाँ तो सभी चीज़ों के प्रति ऐसी ही विरक्ति है। सन्त आदमी हैं।'

'आऽ हाऽ' खिलखिलाते हुए अमला बोली, 'क्या कहने आपके संतपने के! वह तो आपकी रचनाएँ पढ़कर ही मालूम पड़ जाता है कि कैसे वीतराग हैं आप! सच, तुम लोगों से तो बचकर ही रहना चाहिए' और प्याला अमर के सामने करके उसने अनजाने ही नीचे सरक आए अपने साड़ी के पल्ले को कसकर चारों ओर लपेट लिया। अमला ने देखा कि मन्द-मन्द मुस्कुराकर अमर एकटक उसी की ओर देख रहा है तो वह और भी अधिक सतर्क हो उठी। उसका ध्यान अपनी ओर से हटाने के लिए बात बदलते हुए अमला ने पूछा, 'अच्छा, यह बताओ, ये जो इतनी प्रणय-कथाएँ लिखी हैं, उन सबका

अनुभव कहाँ प्राप्त किया? उन सब की प्रेरणा कौन है?'

'सब काल्पनिक है—अपनी प्रेरणा तो अपनी कल्पना ही है।' बड़ी लापरवाही से अमर ने जवाब दिया और आसपास की क्यारियों में खिले डालिया के फूलों को देखने लगा।

'अरेऽ जाओऽ भी! किसी और को बनाना। यह सब कल्पना के आधार पर ही लिख लिया? हम तो जैसे बुद्धू हैं, जो तुम चाहोगे वही मान लेंगे। बता भी दो आखिर हम भी तुम्हारे मित्र ही हैं।' मनुहार करते हुए अमला बोली। पर उसके कानों में अमर के शब्द गूँज रहे थे—'अपनी प्रेरणा तो अपनी कल्पना ही है' और फिर आँखों के आगे अस्पष्ट-से शब्द तैर गए—'कल्पना की अमला'।

पर अमर की दृष्टि फूलों में ही खोई रही और मुस्कान अधिक फैल गई। अमला को लगा जैसे अमर किसी की याद में खो गया है 'शायद अपनी प्रेरणा की याद में'। सहसा उसका ध्यान खींचने के लिए बिना प्रसंग के ही अमला ने पूछा, 'दिल्ली में तुम अकेले ही रहते हो या घर के सब लोग रहते हैं?'

'अकेले ही रहता हूँ।'

'घर के और लोग कहाँ रहते हैं?'

'जयपुर में।' चाय की एक लम्बी चुस्की लेकर प्याला खाली करते हुए अमर ने जवाब दिया।

प्याला अपनी ओर सरकाकर दूसरे प्याले के लिए पानी ढालते हुए अमला ने पूछा, 'कौन-कौन हैं घर में?' अमला चाह रही थी कि अमर एक साथ ही सारी बातें बता दे, पर अमर था कि जितना अमला पूछती, उतना ही जवाब देता।

'सभी कोई हैं। एक हिन्दुस्तानी परिवार में जितने लोग हो सकते हैं शायद सभी हैं।' स्वर ऐसा था मानो उसे न घर में कोई दिलचस्पी है, न घरवालों में।

एकाएक अमला का ध्यान गया कि अमर चाय ही पी रहा है, कुछ खा नहीं रहा है, तो मिठाई की प्लेट उधर सरकाती हुई बोली, 'लो, तुम तो कुछ खा ही नहीं रहे। अपने से खा लो भाई, मुझे मनुहार नहीं करनी आती।'

'मैं तो काफी कुछ खा रहा हूँ, पर देखता हूँ, तुमने तो अभी तक कुछ भी नहीं खाया—सिर्फ खिलाना ही जानती हो, क्यों?'

'मैं चाय के साथ कुछ नहीं खाती।'

'क्यों?'

'आदत नहीं है, इसलिए, और क्यों?'

'आज हमारे कहने से ही सही, लो,' और उसने दोनों हाथों से दो प्लेटें उधर कर दीं। स्वर के अपनत्व और मनुहार ने अमला को भिगो दिया।

'मैं लूँगी तो तबीयत खराब हो जाएगी।'

'ओफ्फो! अब ज़्यादा नखरे न करो।'

'क्यों न करें, जब कोई उठाने वाला हो?' और फिर एक अर्थभरी मुस्कुराहट से उसने अमर की ओर देखा।

'कौन है उठाने वाला, ज़रा हम भी सुनें?' अमर के चेहरे पर फैलता कौतूहल अमला से छिपा न रह सका।

'कोई एक हो तो बताऊँ। यहाँ तो अनेक हैं।' फिर भी वह अकारण ही खिलखिला पड़ी। इतने में ही अन्ना शॉल लिए आई और अमला के कन्धे पर डालती हुई बोली, 'सर्दी का समय हो गया है, और बातें करनी हों तो अब अन्दर चलकर बैठो।' बिना उसकी बात पर ध्यान दिए अमला बोली, 'एक तो यही है, जिसने लाड़ कर-करके हमें बिगाड़ रखा है। और यों तो समझ लो कि सारा घर ही नखरे उठाता है। विवाह के कुल एक वर्ष बाद सत्रह वर्ष की उम्र में बिना किसी दोष के ही पति द्वारा त्यागी जाकर मानो मैंने घरवालों पर ऐसा एहसान कर दिया कि अब वे ज़िन्दगी-भर मेरे नाज़-नखरे ही उठाते रहेंगे।' और अमला फिर हँस पड़ी, फिर इस बार अमर ने उसका साथ नहीं दिया। वह कुछ पैनी नज़रों से इस तरह अमला को देखने लगा मानो उसकी बात पर, पल-पल में फूटती उसकी इस हँसी पर, किसी पर भी वह विश्वास न कर पा रहा हो। एक क्षण यों ही देखने के बाद अमर ने पूछा, 'बुरा न मानो तो एक बात पूछूँ? है ज़रा व्यक्तिगत—ठीक समझो तो उत्तर देना, न समझो तो साफ मना कर देना, मैं ज़रा भी बुरा नहीं मानूँगा बात यह...'

'अरे, अरे, भूमिका तो काफी हुई, अब बात पूछो न!' अमर की अविश्वास-भरी नज़रें अमला को कहीं कचोट गई थीं और वह उसके अविश्वास को दूर कर देना चाहती थी।

झिझकते-झिझकते अमर ने फिर पूछा, 'अच्छा अमला, यह बताओ, किस बात पर तुम अपने पति का घर छोड़कर यहाँ आ गई थीं?'

'बस, इतनी-सी बात के लिए दस गज़ की भूमिका बाँध रहे थे? कहा न, आई नहीं, भेज दी गई थी, निकाल दी गई थी।' पर स्वर में 'निकाल देने' के अपमान या तिरस्कार की न लज्जा थी, न कड़वाहट।

'यही समझ लो, पर क्यों?' और अमर इस तरह देखने लगा मानो निकाल देने का कारण अमला के शरीर में ही कहीं छिपकर बैठा हो।

'यह मैं कैसे बता सकती हूँ, यह तो जिसने निकाला वह जाने!'

अमर समझ गया कि अमला शायद बताना नहीं चाहती। कुछ ठहरकर—'तुम्हारे जीवन में यह जो कुछ घट गया है, इसी को तुमने अपनी नियति मान लिया है या भविष्य के बारे में नए सिरे से भी कुछ सोचती हो?'

अमला फिर खिलखिलाई, पर इस बार उसने स्वयं महसूस किया कि जैरो उसकी यह हँसी बड़ी बेमौके की है। एकाएक ही गम्भीर होते हुए बोली, 'देखो, मुझे बताने में कोई आपति नहीं, पर तुम्हारी बात का कोई जवाब ही नहीं है मेरे पास। भविष्य के बारे में कौन दावे के साथ कुछ कह सकता है भला? मन की बनाई योजनाएँ पूरी हों, न हों। इससे तो बेहतर है कुछ बनाओ ही नहीं। बस निरुद्देश्य जीते चलो और जो कुछ भी सामने आ जाए उसे स्वीकारते चलो। ऐसा करने से मन के बहुत-से क्लेश, बहुत-सी निराशाओं और असफलताओं का बोझ तो यों ही हट जाता है।' अपनी लम्बी चोटी के निचले हिस्से को अमला यों ही उँगली पर खोल-लपेट रही थी। चेहरा इस समय उसका निर्विकार था। जैसे वह हर घड़ी सजग थी कि अमर की सतेज, जिज्ञासु और उसके मन की हरेक बात जान लेने को आतुर दो आँखें एकटक उसके चेहरे पर गड़ी हुई हैं।

'तो तुम्हारा मतलब है कि अपने को भाग्य के भरोसे छोड़ दो! एक ओर

ऐसी बुद्धिवादिनी और दूसरी ओर ऐसी भाग्यवादिनी!' कुछ आश्चर्य और अविश्वास से अमर ने पूछा।

कुर्सी की पीठ पर अपने शरीर को ढीला छोड़ते हुए अमला ने कहा, 'जो अपने भाग्य को हाथ में ले लेते हैं वे ही क्या तीर मार लेते हैं? सच पूछो तो मैं कभी इन चीज़ों में सिर नहीं खपाती। यों भी जीवन इतना व्यस्त हो चला है कि यह सब सोचने का समय ही नहीं मिलता।' और फिर चेहरे पर वही मुस्कान लपेटे वह अमर की ओर देखने लगी।

अमर उसे यों देख रहा था मानो वह उसकी मुस्कुराहट के इस कथ्य और सहजता के आवरण को चीरकर उसके मन में झाँकने को अकुला रहा हो। पूछा, 'एक बात और बताओ—सवेरे तुमने कहा था कि इन दस वर्षों में तुमने जो कुछ पाया है उससे रहा-सहा विषाद भी धुल-पुँछ गया है। क्या मैं जान सकता हूँ कि पति को खोकर एक नारी आखिर ऐसा क्या पा सकती है जो अपने जीवन में पति के अभाव को पूरा कर दे?'

अमला अब तक काफी संभल चुकी थी। बहुत ही सरल-स्वाभाविक स्वर में हँसते हुए बोली, 'तो पति की कमी क्या दुनिया में कोई पूरी कर ही नहीं सकता? इस घटना के बाद ही मैंने पढ़ाई की, संगीत सीखा, चित्रकारी का भी थोड़ा शौक फर्माया, घूमना-फिरना सीखा, स्वतन्त्र रूप से कुछ सोचना सीखा, लोगों से मिलना-जुलना सीखा, यों समझ लो नई ज़िन्दगी ही पाई।'

अमला के अन्तिम वाक्य की कुछ ऐसी प्रतिक्रिया हुई कि अमर बिना सोचे ही पूछ बैठा, 'विवाहित जीवन का तुम्हारा एक वर्ष क्या बहुत ही कष्ट में बीता था? क्या तुम भी उस विवाह से सन्तुष्ट-सुखी नहीं थीं?' पूछकर ही अमर को लगा, कहीं कुछ अनुचित तो नहीं हो गया? पर अमला के उत्तर ने उसके मन की आशंका को दूर कर दिया।

'एक साल में कोई क्या समझेगा कि सुखी था या नहीं—फिर न वह उम्र ही यह सब समझने लायक थी, न वैसी बुद्धि ही थी। याद तो पड़ता है कि उस समय शायद मैं सुखी ही थी। अब तो खुद मुझे भी विश्वास नहीं होता, पर सच मानना, उस समय बढ़िया कपड़े और हीरे-मोती का ज़ेवर पहनकर पति के

साथ सिनेमा देख आना ही मेरे लिए शायद चरम सुख था, और मेरे पास कपड़ों और जेवर का अभाव नहीं था। वे मुझे कभी-कभी सिनेमा भी ले ही जाया करते थे हाँ, ये सब सुख शायद मुझे प्राप्त ही थे रुक-रुककर, याद करते-करते अमला इस प्रकार बोल रही थी मानो अपनी बात नहीं, कभी की कोई पढ़ी हुई बात दुहरा रही हो। फिर बोली, 'सुख की कैसी सीधी, सरल परिभाषा है, न?' और खोई-खोई-सी देखने लगी। पर सारी बात के प्रति उसकी यह उदासीनता, यह निर्लिप्तता अमर को कितना व्याकुल बना रही थी, और उसकी आँखों में कैसा अविश्वास झलका पड़ रहा था, यह अमला से भी छिपा नहीं था। इस दुराव-छिपाव में वह एक प्रकार का आनन्द लेने लगी थी। अपने बारे में धीरे-धीरे एक-एक रहस्य का उद्घाटन करके अमर की उत्सुकता को पहले चरम तक ले जाना और फिर एक झटका देकर अलग कर देने का खेल शायद वह सवेरे से ही खेल रही थी। बहुत ही साधारण ढंग से अपने को हर बात में असाधारण बनाकर वह अमर के लिए इतने-से समय में ही आकर्षण का कितना बड़ा केन्द्र बन गई है, किस प्रकार उसकी चेतना पर निरन्तर छाए चली जा रही है, यह सब वह स्वयं महसूस कर रही थी। उसे अमर के गम को मिटाना था—कल्पना की अमला के खो जाने के गम को। पर अमर को यों लगातार अपनी ओर घूरते देख वह कुछ क्षण को सारे प्रयत्न के बावजूद कुछ अस्त-व्यस्त-सी हो उठी। अपने को अपनी चोटी में अत्यधिक व्यस्त-सा बनाते हुए उसने पूछा, 'तुम क्या विवाह को जीवन के लिए आवश्यक ही मानते हो?' इस समय उसने जैसे प्रश्न के हथियार को ही कवच बना लिया।

'हाँ, जीवन की स्वाभाविकता को बनाए रखने के लिए आवश्यक ही समझता हूँ। शुरू में चाहे न लगे, पर बाद में फिर बड़ी कुण्ठाएँ और विकृतियाँ आ जाती हैं। यों फिर अपवाद तो सभी नियम के होते हैं।'

'यदि सचमुच ही तुम ऐसा मानते हो तो तुमने अब तक विवाह क्यों नहीं किया? विवाह की उम्र तो तुम भी शायद कभी की पार कर चुके हो!' अमला पूछने को पूछ तो गई, लेकिन ख़्याल आया कि अमर का ध्यान फिर कहीं जाकर न उलझ जाए। उसे अभी कुछ समय पहले पूछी गई 'प्रेरणा' वाली

बात याद आ गई। वह बड़ी सावधानी से अमर के चेहरे के भाव-परिवर्तन को देखने लगी। पर अमर ने उसी प्रकार उत्तर दिया :

'मैंने विवाह किया नहीं, यह सच है, पर विवाह की बात सोचता भी नहीं, ऐसा तो नहीं कहता। हाँ, इतना अवश्य है कि साथी मनलायक होना चाहिए। घरवालों की ओर से तय किए हुए विवाह में मेरा विश्वास नहीं।'

'मिलाऽऽ कोई मनलायक साथी?' 'मिला' पर कुछ विशेष जोर देते हुए अमला ने सहसा पूछा।

'अभी तक अविवाहित हूँ, इसका मतलब ही है कि नहीं मिला।'

'सच, सच कह रहे हो? कहीं कोई हो।' पूरी तरह आश्वस्त होने के लिए अमला ने पूछा—पर अमर ने कोई जवाब नहीं दिया, केवल मुस्कुराता रहा।

'मन का पूरा-पूरा अता-पता दो तो मैं काफी मदद कर सकती हूँ। तुम्हारी दुआ से परिचितों का क्षेत्र काफी बड़ा है। बोलो, करूँ कोशिश?'

'धन्यवाद! तुम्हारी परिचित लड़कियाँ भी तुम्हारी जैसी ही होंगी मुझे तो कोई बहुत ही साधारण-सी लड़की चाहिए।'

'क्यों, मैं क्या इतनी बुरी हूँ कि मुझ जैसी किसी लड़की से विवाह कर ही नहीं सकते?' उलाहने के स्वर में अमला ने ज़रा मचलते हुए पूछा। स्वर में विजय का आह्लाद स्पष्ट था। अमर ने इसे न समझा हो सो बात नहीं, पर अमला के कहने का ढंग कुछ ऐसा मोहक था कि उसे यों हारना भी अच्छा लगा।

तभी अन्ना ने आकर कहा, 'कैलाश बाबू का फोन आया है।' अमला जल्दी से उठकर गई और थोड़ी देर में लौटी तो उम्मीद कर रही थी कि आते ही अमर कैलाश के बारे में पूछेगा, पर जब उसने कुछ नहीं पूछा तो स्वयं ही बोली, 'एक ये हमारे मित्र साहब हैं, जो सवेरे से ही मुँह फुलाए फिर रहे हैं।' और उसने अपनी बात की प्रतिक्रिया देखने के लिए अमर की ओर देखा। पर अमर बैठकर चुपचाप एकटक डालिया के फूलों को देख रहा था, सो देखता ही रहा, मानो उसने अमला की बात सुनी ही नहीं। अमला को आश्चर्य हो रहा था कि जो अमर अभी कुछ देर पहले अमला की हर बात जान लेने को इतना

अकुला रहा था, मित्र की बात सुनकर भी एकाएक यों उपेक्षा भाव धारण करके कैसे बैठ गया? अमर के इस मौन से अमला के अभिमान को कहीं आघात लगा। तभी अमर ने कहा, 'अमला, तुम्हारे ये डालिया बड़े ही सुन्दर हैं; इतने सुन्दर, चटकीले और बड़े-बड़े डालिया शायद मैं जीवन में पहली बार देख रहा हूँ।'

'यह भी मेरी प्रिय हॉबी है। कल तुम्हें पीछे का बगीचा दिखाऊँगी, न मुग्ध कर दिया तो!' बड़े ही गर्वीले स्वर में अमला बोली।

'हम तो तुम्हारी हर बात पर मुग्ध हैं।' अमर ने कहा और फिर जैसे झेंप मिटाने के लिए हँस पड़ा।

अमला ने उसका साथ देते हुए कहा, 'अच्छाऽऽ!' और फिर बोली, 'चलो, अब ज़रा घूम आएँ; तुम भी तैयार हो जाओ और मैं भी तैयार हो आती हूँ।'

कोट पहने और हाथ में सिगरेट का डिब्बा लिए अमर जब आया तो अमला अपने कमरे में ही थी।

पोर्टिको में गाड़ी तैयार खड़ी थी। आगे-आगे अमला थी और पीछे अमर। दो कदम चलकर ही अमर ने पूछा, 'कहाँ चलेंगे?'

'कैलाश के यहाँ।'

'ये साहब कौन हैं?'

'लो चाय पीते समय अभी जिनका फोन आया था। सवेरे से ही हमसे नाराज़ हैं। बात यों हुई कि सवेरे इनके साथ कहीं जाने का प्रोग्राम था, सो कैंसिल करके हम तुम्हें लेने स्टेशन आ गए। अब ये मुँह फुलाकर बैठे हैं। चलो ज़रा मना आएँ।' और फिर उसने घूमकर अमर की ओर देखा। अमर समझ ही न पाया कि वह इस सारी बात को किस रूप में ले। उसने धीरे से इतना ही कहा, 'तो तुम अकेली ही हो आतीं—वहाँ मैं क्या करूँगा भला?' अमला को लगा जैसे स्वर में थोड़ी-सी खिन्नता आ ही गई थी।

'अरे वाह! वहाँ से घूमने चलेंगे, उन्हें भी साथ ले लेंगे। इंटरेस्टिंग आदमी हैं।' और फिर अर्थपूर्ण नज़रों से अमर की ओर देखते हुए वह गाड़ी में घुस गई। अमर उसकी बात के जवाब में बिना कुछ कहे ही जब चुपचाप गाड़ी

में बैठ गया तो उसकी उत्सुकता और अकुलाहट को जैसे चरम तक पहुँचाने के लिए आखिरी झटका देती हुई बोली, 'यों समझ लो, केवल हमारे मित्र ही नहीं—मनलायक मित्र हैं; तुम भी तो मिल लो जरा।'

कार स्टार्ट हो गई और फाटक के बाहर की कच्ची सड़क पर आते ही धूल का अन्धड़ आगे-पीछे छा गया। अमला ने कनखियों से ऊपर की ओर देखा और उसे लगा, सड़क से भी अधिक वेगवान अन्धड़ इस समय अमर के दिमाग में भी उड़ रहा है—कौतूहल का अन्धड़, जिज्ञासा का अन्धड़, असंख्य प्रश्नों का अन्धड़।

3

बड़ी अजब है यह मुस्कुराहट भी।

अभी-अभी अमला गई है, लेकिन लगता है जैसे अपनी इस अजब, सुगंधित मुस्कुराहट को यहीं छोड़ गई है—मंडराते हुए भरमाते हुए। मन में इतना कुछ भर गया है कि चाहूँ तो आज की डायरी को पूरी पुस्तक बना डालूँ जोश आ रहा है, किस इण्टरव्यू के चक्कर में पड़ूँगा घर जाऊँ और बैठकर खूब लिखूँ—खूब लिखूँ। आज कितनी बातें की हैं अमला से! लेकिन नहीं, न वे बातें सच थीं, न वह भावस्थिति। सच था सिर्फ वह स्वर वह होंठों का मुस्कुराहट के आकार में मुखर स्पन्दन वह जो कुछ उसने अपने अन्तर से संजोकर मुझे सौंपा था लगा था, हम तो केवल चुप हैं और स्तब्ध उस वार्तालाप को सुन रहे हैं। सच है सिर्फ यह तथ्य कि हर समझौता कला को पथभ्रष्ट कर देता है

और अमला? यह लम्बी-चौड़ी कोठी यह नौकरों की फौज, यह शान-शौकत ये बाग-बगीचे ये आधी दर्जन गाड़ियाँ—और सबके ऊपर यह अमला अमला का व्यवहार यह मायाविनी मुस्कुराहट। इस सबकी कल्पना मैंने कहाँ की थी? सारे रास्ते जिस धड़कन ने सोने नहीं दिया था, वह क्या इसी अमला के लिए थी?

लेकिन यहाँ? स्टेशन से कार में बैठते ही मुझे लगा जैसे मैं निहायत गलत जगह आ गया हूँ अमला मुझसे पूछती आई—रास्ते में तकलीफ तो नहीं हुई? मैं जाने क्या-क्या जवाब देता आया। पर मन में कहीं यह था—नहीं, यह वह अमला नहीं है जो मुझे पत्र लिखती रही है। शायद यही कारण था कि कोठी की लम्बी-चौड़ी बाउंड्री और भव्यता—किसी ने मुझे चकित नहीं किया और नई चीज़ को देखकर उस धारणा पर एक और पर्त चढ़ती गई कि यह सब गलत है। लम्बे-चौड़े गेस्ट-हाउस में नौकरों को सौंपकर जब अमला चली गई तो मन में हुआ कि सामान बिना खोले ही चल दूँ।

उस समय तो नहीं उठा, लेकिन तय कर लिया, यहाँ रहना नहीं है। मैं क्यों चला आया? सोचा, 'ठीक है; किसी ने बाँध तो रक्खा ही नहीं है, शाम को ही कहीं और चला जाऊँगा।' और अब? पास में बड़े भारी सूरजमुखी के फूल जैसा रूम-हीटर जल रहा है, नौकर अभी पानी का फ्लास्क और गिलास रखकर गया है और मैं सोच रहा हूँ, 'कल रहूँगा। आज अमला को देख ही कहाँ पाया—सारे समय अपने में ही खोया रहा।'

बात यों हुई कि जैसे ही कैलाश के यहाँ से निकले, मैं बेहद सुस्त हो गया; लगा, मैं निहायत फालतू चीज़ की तरह अमला के साथ हूँ—उसे इस समय किसी की नहीं, सिर्फ एकान्त की आवश्यकता है।

जाने क्यों, मैंने अचानक पूछ डाला, 'कैलाशजी क्या मेरे कारण नाराज़ हैं?'

अपने और अमला के बीच की खाली सीट की दूरी को सायास कायम रखे हुए मैं गौर से अमला को देख रहा था। मेरी बात से उसकी आँखों के पास ऐसी सिकुड़नें उभरीं कि लगा, उसे इस समय बातें करने की कतई इच्छा नहीं है। कोई और होता तो डाँट देती। लेकिन अचानक ही वे सिकुड़ने उसी अजीब मुस्कुराहट में बदल गईं। आँखें खोलकर सिर वहीं रखे हुए अमला ने धीरे से कहा, 'बड़े खूबसूरत मुगालते हैं।'

मैं आश्वस्त हुआ। परिहास को दरगुज़र करके कहा, 'तब तबीयत खराब है, या नाराज हो?'

'नाराज़!' अमला सीधी हो गई। पर्स में कुछ खोजती हुई बोली, 'कैलाश को तो बता दिया, मुझे क्यों नहीं बताया कि तुम इण्टरव्यू के लिए आए हो?'

'तुमने पूछा कहाँ?' अनचाहे ही मैं भीतर खिल उठा। लगा—यह सामने बैठी अमला नहीं, पत्रों वाली अमला बोल रही है।

इसके बाद लेक पर हम लोग थोड़ी देर रहे और लौट आए। आते समय मेरा मूड फिर बहुत खराब हो गया था।

दिन छिपने लगा था—लेकिन बत्तियाँ जलने में देर थी। मैंने देखा, मुश्किल से पाँच बजे होंगे। वातावरण में धुएँ और कुहरे का धुंधलका था। गाड़ी दोनों ओर लेक से सटी सड़क पर चलने लगी तो मैंने कहा था, 'बड़ी सुन्दर जगह है!'

'हाँ, यह यहाँ का ब्यूटी-स्पॉट माना जाता है।' अपनी ओर वाली खिड़की से अमला चुपचाप बाहर देख रही थी—शायद कुछ सोच रही थी। काफी देर से हम लोग चुपचाप बैठे थे और मन का वह बोझ गहरा होता चला जा रहा था कि इन लोगों की आपस की लड़ाई का कारण मैं हूँ शायद मैं खुद भी नहीं—मेरी स्थिति है। हर पल लगता था कि अगर अभी कोई बातचीत नहीं शुरू हो गई तो मैं शायद चलती गाड़ी का दरवाज़ा खोलकर कूद पड़ूँगा (नहीं, कूदूँगा नहीं, सिर्फ दरवाज़ा खोलूँगा और कूदने का भाव दिखाऊँगा।) कि तभी एक ज़रा खुली-सी जगह पर लोहे की इकहरी रेलिंग के सामने गाड़ी धीरे से रुक गई। जैसे पहले से सोच रखा हो, इस तरह गाड़ी के रुकते ही अमला ने कहा, 'ड्राइवर, तुम जाकर चार-छः पान लगवा लाओ।' मैंने अपनी ओर का दरवाज़ा खोला, तो पूछा, 'क्यों, बाहर घूमोगे क्या?'

'इतनी सुन्दर जगह है—यहाँ आकर भी भीतर ही बैठी रहोगी?' बन्द होते दरवाज़े को हाथ बढ़ाकर बाहर ही रोके हुए मैंने कहा।

कुछ देर सोचा और 'अच्छा' कहकर बाहर निकल आई। ज़ोर से दरवाज़ा बन्द होता छोड़ पूरी गाड़ी का चक्कर लगाकर मेरे सामने वाली सीट से अपना चैस्टर खींचा और बिना बाँहों में हाथ डाले 'केप' की तरह कन्धों पर लेकर बोली, 'भाई, बात यह है कि यहाँ हमारे मिलने-जुलने वालों का बहुत चक्कर

रहता है रात को ही फोन आएगा, 'कहिए, अमलाजी, आजकल लेक को बड़ा आबाद किया जा रहा है।'

'बाकी लोगों के लिए इतना काफी है कि मैं लेक पर किसी के साथ देखी गई।'

'हाँ, यह बात तो है,' कहकर मैं चुप हो गया। निर्विकार भाव से जोड़ा, 'और वह भी ऐसे आदमी के साथ जो अपनी स्थिति का नहीं है।'

'नहीं, यह तो नहीं है।' अनमने भाव से कहकर वह कहीं खो गई।

फिर अमला देर तक अतिरिक्त उत्साह से मुझे लेक का रोमांटिक महत्त्व या यहाँ के किस्से सुनाती रही। हम लोग गए कहीं नहीं—बस ज़रा हटकर रेलिंग से टिककर खड़े हो गए। मुझे बात बुरी लगी है, यह शायद उसने जान लिया और वह उसी तनाव को दूर करना चाहती थी। ड्राइवर पान ले आया। पान अमला ने लिए और खुद ही दो बीड़े मुँह में रखकर बाकी मेरी ओर बढ़ा दिए। मन में बात उभरी : इन लोगों में सामान्य शिष्टाचार भी नहीं होता! मुझे नहीं मालूम, पानों का स्वाद कैसा था।

जब ड्राइवर फिर जाकर गाड़ी में बैठ गया तो अचानक मैंने कहा, 'अमलाजी, आप हँसी में मत उड़ाइए। मुझे मुगालता नहीं है। लेकिन लगता है, मैंने यहाँ आकर बहुत-सी अवाँछनीय स्थितियाँ पैदा कर दी हैं। बात यह है कि कल मुझे इण्टरव्यू के लिए भी जाना होगा। अभी तो उस जगह का भी पता लगाना है। क्या यह अच्छा नहीं होगा कि मैं आज ही शिफ्ट कर जाऊँ।'

'तुम्हें बहुत तकलीफ हो रही है क्या अमर?' इस बार फिर अमला ने जिस कोमल स्वर में यह सवाल किया उसने मुझे चौंका दिया।

फिर भी दृढ़ता से मैंने कहा, 'तकलीफ की बात नहीं है। मुझे लगता है, मेरी उपस्थिति ने तुम्हारे लिए अनेक समस्याएँ पैदा कर दी हैं। किस-किससे लड़ोगी और किस-किसके सामने सफाई दोगी? पान देते हुए ड्राइवर का चेहरा देखतीं, तो शायद उससे भी लड़ना चाहतीं।'

इस बार अमला ने झुककर पान की सारी सुपारियाँ थूक दीं और चैस्टर की जेब से रूमाल निकालकर कसकर होंठ पोंछते हुए कहा, 'देखिए अमरजी,

मेरे ड्राइवर को मेरी इस तरह की सनक देखने और सहने की आदत है। उससे मुझे लड़ने की ज़रूरत भी नहीं होगी; ऐसी कोई बात आने पर वह अपना हिसाब लेकर जा सकेगा हाँ, औरों की बात ज़रूर।' अचानक उत्तेजना से अमला की आवाज़ फँस गई।

'औरों की बात क्या?' मैंने कुछ देर राह देखकर पूछा।

अमला ने कोई जवाब नहीं दिया और यों ही दोनों कुहनियाँ रेलिंग पर टेके सामने देखती रही। बत्तियाँ जल गई थीं और दूर मकानों की लाइन के सामने सड़क पर बसों-कारों की रोशनियाँ ही चलती दीखती थीं—आवाज़ यहाँ तक नहीं आती थी। कुछ देर मैं प्रतीक्षा करता रहा, फिर पानी में काँपती बत्तियों को देखता रहा। पीछे दरवाज़ों के बन्द होने से जाना, कोई कार और आकर खड़ी हुई। न जाने क्यों लगा—अभी अपनी पूरी लम्बाई में तना कैलाश आकर अमला के पास खड़ा हो जाएगा।

'जानते हो, कैलाश ने क्या कहा?' अमला ने अचानक पूछा—फिर खुद ही बोली, 'आप फरमाते हैं, 'कहिए, आपके लेखक साहब ने क्या फरमाइश रखी?' मैंने रुखाई से पूछा, 'कैसी फरमाइश?' तो मुँह टेढ़ा करके कहा, 'कोई फरमाइश नहीं रखी? कुछ पैसों की माँग कोई मैगज़ीन निकालने या प्रकाशन-संस्था खोलने की स्कीम कुछ भी नई माँग नहीं रखी?' बात सुनकर मुझे झुंझलाहट हो आई—मैंने कहा, 'होश में तो हो कैलाश?' तो घूमकर कहा, 'झूठ कहता हूँ? पहले कितनी बार नहीं हुआ? ये संस्कृति और अध्यात्म के सारे धर्मध्वजी यहाँ और आते किसलिए हैं?' तब मैंने कहा, 'अमर को यहाँ मैंने ही बुलाया है। उसे तो शायद यह पता भी नहीं था कि मैं कौन हूँ' तो बोला, 'खैर, अब तो पता चल गया न' और उसकी इस बात पर मैं भड़क उठी—'यह तुम नहीं तुम्हारी ईर्ष्या बोल रही है कैलाश, जिस तरह मेजर कपूर से मैं तुम्हारे मैनर्स पर कोई रिमार्क नहीं सुन सकती, इसी तरह तुमसे भी उम्मीद करती हूँ कि तुम मेरे मित्रों का, कम-से-कम मेरी खातिर ही सम्मान करोगे।'

और जितनी देर अमला यह सब बोलती रही, मेरे सिर में मक्खियों का छत्ता भन्नाता रहा—और दोनों कान झनझना आए। मन-ही-मन मैंने गला

फाड़कर चीखते हुए कहा, 'टु हैल विद् यू एण्ड योर सोसाइटी योर क्लास एण्ड क्लान मैं तुम्हारे इस स्वर्ग को आज ही छोड़ दूँगा—संभालो।' लेकिन तीव्र उत्तेजना के उस विस्फोटक क्षण में भी यह बात मन में आए बिना न रही कि अमला मुझे भविष्य के लिए आगाह कर रही है।

मैंने अतिरिक्त आत्मीयता और खुलेपन से कहा, 'अच्छा, छोड़ो अमला; मैं तुम्हें और कैलाश को विश्वास दिलाता हूँ कि न किसी प्रकाशन की स्कीम रखूँगा, न मैगज़ीन निकालूँगा। लौटने के लिए भी मेरे पास पैसे हैं, और स्कॉलरशिप विदेशी सरकार दे रही है। तुम्हारे ट्रस्ट से भी लेता तो तुम्हारे नाम का उपयोग न करता।'

अमला भी ढीली हो आई। साँस छोड़कर बोली, 'नहीं अमर, साफ कहूँ, पैसे का महत्त्व न मेरे लिए है, न कैलाश के लिए मुझे जिस चीज़ से घृणा है वह है रवैया, ऐटीट्यूट।'

'ठीक है, अब छोड़ो न!' अपने अनजाने ही मैंने बात ऐसे मधुर आग्रह और उलाहने से कही कि बीच की सारी दूरियाँ एक झटके से समाप्त हो गईं। कहीं मेरे स्वर को वह गलत न समझ ले—इसलिए एकदम ही पूछा—'और कहो, नया क्या पढ़ डाला?'

गाड़ी की ओर लौटते हुए अमला ने कहा, 'तुम कहो। देखो न, कितनी अजब बात है, जब से हम मिले हैं न पढ़ने की कोई बात की, न लिखने की और जाने किन-किन बातों से माथा फोड़ रहे हैं।'

'तुमने मौका ही नहीं दिया। सच पूछो तो मैं लिखने-पढ़ने की ही बातें करने आया था—न मुझे तुम्हारे कैलाशजी से परिचय बढ़ाना था, न कोठी-बंगले से।'

और साथ-साथ कदम-ब-कदम चलते हुए जाने कैसी एक आत्मीयता की अनुभूति कुहरे की तरह मन पर छा गई। शायद रंजना होती तो उसके कंधे पर हाथ रखकर चलता—अब बार-बार उँगलियों में फड़कन होने लगी थी कि उसका हाथ पकड़ लें। सामने ड्राइवर था—वह हम लोगों को यों साथ-साथ आते देखकर क्या सोच रहा होगा? तब मैंने यों ही मुड़कर देखा, अमला और

मेरे कंधों की ऊँचाई लगभग बराबर थी। अमला को आज इन 'बराबर के कंधों' को देखकर कुछ नया नहीं लग रहा होगा? उसे तो सिर की ऊँचाई पर चलने वाले कन्धों का अभ्यास होगा न।

ड्राइवर ने पीछे वाला दरवाज़ा खोल लिया। लेकिन अमला सीधी ड्राइवर के पास वाली सामने की सीट पर जा बैठी। मुझे पीछे बैठना पड़ा—ड्राइवर ने दरवाज़ा इतनी ज़ोर से बन्द किया कि लगा उसे अपनी मेहनत व्यर्थ जाती लगी हो। भीतर अंधेरा हो गया।

'अच्छा बताओ, तुमने नया क्या लिखा?' अमला ने सीट पर चिबुक टिकाकर पीछे देखते हुए पूछा।

'इस लिहाज़ से मुझसे तुम्हें नुकसान ही रहेगा अमला! किसी कवि से दोस्ती करतीं तो शायद इस तरह के सवालों के जवाब में वह तुरन्त नई रची कविता सुना देता। मैं तो ज़्यादा-से-ज़्यादा शीर्षक बता सकता हूँ—या थीम सुना सकता हूँ। सो इधर ऐसा कुछ खास लिखा भी नहीं है कि बताऊँ।' मैं दोनों ओर सरकते पानी में झलकती बत्तियों को देखता रहा।

'वही तो मैं पूछ रही हूँ, क्यों नहीं लिखा?' बहुत अपनेपन और चिन्ता से अमला का सवाल आया।

'सच बताऊँ? अब तो मुझे लिखने की प्रेरणा ही नहीं होती।' मैंने जवाब अमला की बात का शुरू किया था, लेकिन खुद ही मानो बोलते हुए सोचने लगा—'पहले ऐसा नहीं होता था—लेकिन अब सोचता हूँ कि मैं आखिर लिखूँ क्यों? इतना लिखा गया है; रोज लिखा जा रहा है। उस सबमें एक आदमी अगर न भी लिखे तो क्या आता-जाता है? और आखिर लिखकर होगा भी क्या? लगता है जैसे कहीं कोई प्रेरणा ही नहीं मिलती।'

'वही तो हम पूछते हैं लेखक साहब, आखिर आपकी प्रेरणा कहाँ खो गई है? लाइए हम मदद कर दें' इस बार विनोद से अमला बोली।

'तुम मज़ाक कर रही हो मैं दूसरी बात कह रहा हूँ।'

'देखो, मज़ाक नहीं अमर, मैं बहुत गंभीर भाव से पूछ रही हूँ,' अत्यन्त अनुरोध और रहस्यमयी आत्मीयता के भाव से धीरे-धीरे उसने पूछा, 'देखो,

हम तुम्हारे मित्र हैं, हमें नहीं बताओगे? तुमने पहले भी टाल दिया था।'

'क्याऽऽऽ?' मैंने फिर टालना चाहा।

'कौन है तुम्हारी प्रेरणा? देखो, यों बहकाओ मत। हर कलाकार का एक मॉडल होता है। तुम्हारी कहानियों, उपन्यासों की सारी नायिकाएँ इतनी ज़्यादा एक-दूसरे से मिलती हैं कि लगता है, वे भीतर कहीं एक हैं।'

अंधेरे में मैं अमला का चेहरा नहीं देख पाया; पर जैसे हथियार डालकर कहा, 'अच्छा, मिला देंगे। बस्स?' मेरे सामने रंजना का चेहरा आ गया था।

'जब मिलाओगे तब मिलाओगे। अब कुछ परिचय तो दो। जाने किसके सामने ले जाके खड़ा कर दो। उस समय मैं क्या कहूँगी?' सीट की ओट मैं अंगूठे से ड्राइवर की ओर इशारा कर रहा था। अमला ने हाथ बढ़ाकर मेरा अंगूठा एक ओर झटकते हुए कहा, 'हाँ, हाँ, बताओ।'

और उसकी इस उन्मुक्तता पर मेरा तन-मन सिहर उठा। काँपते गले से कहा, 'तो सुनो, नाम है रंजना दिल्ली रहती है। कॉलेज में पढ़ाती है। इस समय लड़कियों को लेकर अजन्ता-एलोरा दिखाने गई है। शायद बम्बई भी जाए,' रटे हुए की तरह बोलकर मैं जान-बूझकर चुप हो गया।

'और?'

'और क्या? सब तो बता दिया।'

'कब से जानते हो? कब शादी करोगे? देखने-सुनने में कैसी है? अब बताने बैठे हो, तो सब बताओ न!'

मैंने स्कूल के बच्चे के ढंग पर कहा, 'जानता बहुत दिनों से हूँ। शायद इन्हीं गर्मियों में हम लोग शादी कर लें। लड़की देखने-सुनने में साधारण है—लेकिन समझदार है, और सबसे बड़ी बात है—शी लव्स मी और बोलो, क्या पूछना है?'

अमला कुछ देर यों ही चुप रही। गाड़ी रोशनी के खम्भे के पास से गुज़री तो एक झलक में देखा मानो वही रहस्यमय मुस्कुराहट अमला के होंठों पर पथरा गई है। कोठी के फाटक में मुड़ने के लिए गाड़ी ने हॉर्न दिया तो अमला सीधी होकर सामने देखती हुई बोली, 'ओ हो, तो बाकायदा लव-अफेयर चल

रहा है! तभी तो हम कहें, ये सारे ऐसे-ऐसे रोमांटिक प्रसंग तुम कहाँ से खोज निकालते हो।'

गाड़ी के कोठी में प्रवेश करते ही अमला ऐसा संयत और तटस्थ रूखापन दिखाती हुई चुप हो गई थी मानो मैं निहायत अपरिचित-अनजान हूँ—वह मुझसे कभी किसी भी प्रकार घनिष्ठ नहीं रही—और तब मेरी समझ में अचानक आ गया कि लेक पर सामने की सीट पर बैठना अनजाने ही नहीं हुआ है। शायद वह अपने लोगों के सामने मेरे साथ एक सीट पर बैठे नहीं दीखना चाहती थी। और झटके से सारा जादू टूट गया। 'मूड' अचानक बहुत खराब हो गया।

हम लोग गेस्ट-हाउस के सामने खड़े थे और ड्राइवर गाड़ी ले जा चुका था। अमला बोली थी, 'अमर, बात यह है कि मुझे एक पार्टी में जाना है। शाम को मैं खाती तो कुछ नहीं हूँ, लेकिन वहाँ उपस्थिति ज़रूरी है। बस, शक्ल दिखाकर लौट आऊँगी। महाराज खाना खिला देगा। जल्दी तो नहीं सोते? घण्टे-भर में लौटूँगी—देर हो गई तो बुरा मत मानना, सुबह भेंट होगी।'

साथ ही बिना मेरे उत्तर की चिन्ता किए वह मुड़कर चली गई।

और करीब डेढ़ घंटे बाद फिर अमला मेरे सामने थी—धम् से कुर्सी पर बैठती बोली, 'जानते हो, मैं अभी आते हुए क्या सोच रही थी?' अमला के सवाल से मैं चौंका। 'अच्छा, जो सोच रही थी वह पीछे बताऊँगी। पहले मेरे सवाल का जवाब दो। थोड़ा व्यक्तिगत-सा सवाल है। लेकिन मित्र के नाते मुझे अधिकार है कि पूछूँ। बोलो, साफ-साफ बताओगे न?' अमला मेरी ओर सीधे देखती ज़रा-सी आगे झुक आई।

'पूछो।'

'लिखने से तुम्हारा काम चल जाता है?'

'हाँऽऽऽ।' इस बार मैंने गहरी साँस के साथ कहा, 'चल ही जाता है। जब नहीं चलता तो अनुवाद करने लगता हूँ। उसमें पैसा एक साथ मिलता है।'

वह बुज़ुर्गी से बोली, 'मेरा भी यह ख़्याल था। लेकिन मैं एक पाठक के नाते पूछती हूँ अमर, तुम यह क्यों करते हो? तुम्हें अपनी प्रतिभा के दुरुपयोग

का क्या हक है? तुम्हारा लेखन साहित्य की एक उपलब्धि है। तुम्हारा तो एकमात्र उद्देश्य होना चाहिए—लिखो लिखो लिखो! अभी मैं वॉन गॉग की जीवनी पर लिखा उपन्यास पढ़ रही थी। कितनी-कितनी मुसीबतों में उसने कला की साधना जारी रखी है! उसे पढ़कर मुझे लगा, कलाकार का जीवन उसके पास धरोहर की तरह होता है—और कला के मार्ग में वह न गरीबी की बाधा सहता है न अकेलेपन की। जानते हो, मैं यही सोच रही थी कि अब तुम शादी कर लोगे फिर तुम्हारा परिवार होगा बच्चे होंगे जिम्मेदारियाँ होंगी सब होगा और कला से तुम दूर होते चले जाओगे, हटते जाओगे। शायद हर बाधा और हर मुसीबत के समय सोचोगे कि इसके समाप्त होते ही तुम अपनी कला-साधना में लगोगे लेकिन जिम्मेदारियों और बाधाओं का जंजाल क्या इतनी आसानी से समाप्त होता है नहीं अमर नहीं, मुझे लगता है, कलाकार के लिए ये जिम्मेदारियाँ घातक हैं—वह मुक्त प्राणी है।'

और अमला जाने क्या-क्या बोलती रही। मैं कुहासे और धुंधलके की जाने कितनी तहों में लिपटा हुआ मुग्ध उसके तेजोद्दीप्त चेहरे और सम्मोहिनी को देखता रहा, लगा यह सामने बैठी अमला नहीं बोल रही है मेरी चेतना की सतह के भीतर से यह सब स्वर फूट रहे हैं यह सब मैं सुन नहीं रहा, अपनी कला के उद्देश्य और भविष्य को लेकर चिन्तन कर रहा हूँ—मुखर चिन्तन। और उस क्षण मुझे लगा—अमला ठीक ही तो कहती है। इतनी स्पष्ट बात मेरी समझ में क्यों नहीं आई? यह कला ही तो है जिसके कारण आज मैं यहाँ बैठा यों एकान्त में उससे बातें कर रहा हूँ धन, हैसियत और संस्कारों की जाने कितनी दीवारें तोड़कर इसी कला के कारण तो उसके बराबर बैठा हूँ और कह सकता हूँ, 'मुझे यहाँ अच्छा नहीं लगता।' मेरा धन न मेरे बैंक में है न मिलों में—वह मेरे मस्तिष्क में है, मेरी कलम में है।

उसके बाद शायद अमला ने कहा था—'देखो, मैं व्यापारी की बेटी हूँ—एक सौदा करोगे? कला का संरक्षण संस्कृति का अभि-भावकत्व—ये सारे शब्द झूठे हैं—इनमें मुझे विश्वास नहीं है, मैं तो सीधा सौदा करती हूँ तुम्हें कितनी स्कॉलरशिप मिलेगी? चलो, मैं देती हूँ लेकिन कम से कम दो साल में

एक रचना देनी होगी हाँ, हाँ, अपने मन से लिखना। कोई बन्धन नहीं रहेगा। जी नहीं मैं क्रान्ति-युगीन फ्रांस की कला-संरक्षिका की नहीं, अपनी भाषा बोल रही हूँ।' फिर रुंधे गले से कहा था, 'अमर, मुझे सचमुच तुम्हारी प्रतिभा और लेखन पर बड़ी आस्था है अगर तुम यों भटक गए तो मुझे कितना दुख होगा मैं ही जानती हूँ।'

नहीं कह सकता, यह सब अमला ने कहा भी था या नहीं। और कौन जाने यह उस मुग्ध-तन्द्रिल स्थिति में एक 'विशफुल थिंकिंग' के रूप में ही मैंने सब सोच डाला हो—और अमला ने कुछ कहा ही न हो या हो सकता है, अमला ने इस रूप में न कहा हो।

बहरहाल जब होश आया तो अमला चलने के लिए उठ खड़ी हुई थी और अपनी मुस्कुराहट के साथ कह रही थी—'तो वचन दे रहे हो न कि अपनी कला के साथ कभी समझौता नहीं करोगे?' और उसने हाथ बढ़ा दिया था। मैंने हाथ मिलाया—थोड़ी देर हम दोनों ही खड़े रहे, मुझे लगा जैसे मैं उसे अपनी ओर खींच लूँगा, तभी खिंचाव उधर अधिक स्पष्ट हुआ और रात के सन्नाटे में गेस्ट-हाउस के पैसेज, फिर सीढ़ियों पर सैण्डिलों की खट्-खट् गूँजती चली गई।

4

रंजना जब से जुहू पर आई है, बराबर महसूस कर रही है कि अमर कुछ उदास, कुछ खिन्न, कुछ उखड़ा-उखड़ा है, सामने क्षितिज तक फैले हुए विशाल समुद्र की नीलिमा है, आसपास में ढलते हुए सूरज की लालिमा है, पर इन सबको देखकर भी अमर शायद कुछ नहीं देख रहा। जुहू का सौन्दर्य, समुद्र की विशालता और सारे वातावरण की उन्मुक्तता, कोई भी तो उसके मन को बाँध नहीं पा रहा है। लगता है, उसका मन इन सबसे दूर कहीं और ही बंधा हुआ है, और उसके मन में एक बार फिर अमर के कल वाले पत्र की पंक्ति कौंध गई—'अमला को लेकर हमने जितनी भी धारणाएँ बनाई थीं,

वे सब निराधार और भ्रमपूर्ण निकलीं। तुम सोच ही नहीं सकतीं यह कैसी है, कौन है। याद है, कितनी ही बार तुम इसको, इसके पत्रों को लेकर मुझसे लड़ी हो, रोई हो और इससे सम्बन्ध तोड़ लेने का तुमने कितना-कितना आग्रह किया है? पर हमारी कल्पना की अमला और यह कहीं भी तो कोई साम्य नहीं! फिर भी इसका व्यक्तित्व!—आदमी एक बार देख ले, एक बार मिल ले तो ज़िन्दगी-भर भूल नहीं सकता। बड़ी ही विचित्र रही यह मुलाकात भी, मिलूँगा तभी बताऊँगा!'

पर मिलकर उसने जो कुछ बताया उसमें तो ऐसा कुछ भी नहीं था जिससे उसकी उदासी का कारण जाना जा सके। क्या अमर को निराशा हो रही है कि उसने जैसा सोचा था, अमला वैसी नहीं निकली?

'क्या बात है अमर, तुम आज कुछ बोल क्यों नहीं रहे? देख रही हूँ, आए हो तब से बस सुस्त-सुस्त से ही बैठे हो। सफ़र ने क्या बहुत थका दिया?' और अपनी जिज्ञासु आँखें उसने अमर के चेहरे पर टिका दीं।

अमर के होंठों पर एक फीकी-सी मुस्कुराहट फैल गई। धीरे से बोला—'नहीं तो' और फिर समुद्र की उठती-गिरती लहरों को देखते हुए यों कहने लगा मानो अपने से ही बोल रहा हो—'जाने क्यों, पहाड़ की चोटी पर खड़े होकर या समुद्र के किनारे बैठकर मुझे हमेशा अपनी तुच्छता का एहसास होता है। लगता है, इस विराटता और विशालता के सामने, इस प्रचण्ड और अपराजेय शक्ति के सामने हम कितने क्षुद्र, तुच्छ और नगण्य हैं! और तब मन अनायास ही खिन्न हो जाता है।'

रंजना खिलखिलाकर हँस पड़ी, 'लो, तुम तो यहाँ भी साहित्य रचने लगे।'

अमर उसकी उन्मुक्त हँसी से चौंका और खिलखिलाती रंजना को एकटक देखने लगा।

'यों क्या देख रहे हो? देखो, यह सब कुछ यहाँ बैठकर मत सोचो। बैठकर अपनी डायरी में लिखना, वरना, हमारा तो जुहू आना ही बेकार हो जाएगा। यहाँ कल से इस चक्कर में नींद नहीं आ रही थी कि अमर आएगा, साथ जुहू का सूर्यास्त देखेंगे, और आप साहब हैं कि दार्शनिक बनकर बैठ गए!' अमर

के एक हाथ में सिगरेट थी और दूसरी हथेली उसने रेत पर टिका रखी थी। रंजना उस हथेली पर ही रेत जमाकर घरौंदा बनाती हुई बोली, 'मैंने सोचा, तुम्हें अमला की याद आ रही है। कौन जाने बाबा, एक ओर उसका छा जाने वाला व्यक्तित्व और दूसरी ओर हर किसी लड़की को अपने पर छा जाने का निमन्त्रण देने को आतुर अमर का मन। क्यों?' और फिर वह हँसने लगी। अमर ने हाथ नहीं हटाया और रंजना उस पर रेत थोपती रही। फिर ज़रा तीक्ष्ण नज़रों से उसी ओर देखती हुई बोली, 'अच्छा, यह बताओ, तुमने मेरे बारे में भी उसे कुछ बताया या नहीं' और फिर अपने-आप ही हँसते हुए गर्दन हिला-हिलाकर बालकों जैसी सरलता से बोली, 'नहीं बताया न? अरे मैं तुम्हारी नस-नस पहचानती हूँ! मेरे बारे में बता देते तो वह उसी दिन गाड़ी में बिठाकर सीधे स्टेशन छोड़ आती! फिर कौन घुमाता लेक पर और कौन देता गुलाब का फूल!'

इस बार अमर हँसा ही नहीं, इतनी देर से जिस स्थिति में बैठा था उसे भी बदला—'तुम ही प्रश्न पूछ लो, तुम्हीं जवाब देकर आरोप भी लगा लो और दुनिया-भर की कल्पना करके कुढ़ लो।' और रेत के नीचे का दबा हुआ हाथ निकालकर उसने रंजना की पीठ पर हलके से एक धप जमाते हुए कहा—'ईर्ष्यालु कहीं की!'

रंजना पुलक पड़ी—'अच्छा, बताया मेरे बारे में भी, बताया?'

'बताया क्यों नहीं? सब कुछ बताया कहा, मेरी एक मित्र है। यों है तो काफी अच्छी, पर बस ज़रा शंकालु और ईर्ष्यालु है और तुमसे बहुत कुढ़ती है।'

'झूठे कहीं के,' और टूटे हुए घरौंदे की रेत अमर पर उछालती हुई बोली, 'ऐसे कहा मेरे बारे में?'

'कहूँगा नहीं? तुम नहीं ईर्ष्या करती हो उससे?' धूल झाड़ते हुए विनोदयुक्त स्वर में अमर ने कहा।

और रंजना को वह दिन याद आया जब वह अचानक ही एक दिन अमर के कमरे में पहुँच गई थी और ज़बरदस्ती उसके हाथ से छीनकर अमला का पत्र पढ़ लिया था। पत्र के अन्त तक आते-आते वह रो पड़ी थी अनजान,

अपरिचित लड़की का ऐसा पत्र? ऐसी आत्मीयता, निकटता और अपनत्व? और अमर के समझाने पर भी वह उससे बहुत लड़ी थी। तब अमर ने आँसू पोंछकर उसके गालों को सहलाते हुए कहा था—'रंजना, तुम तो बेहद शंकालु और ईर्ष्यालु हो। यह देखकर तो लगता है कि शादी के बाद तो तुम मुझे एक कमरे में ही बन्द करके रखोगी; शायद इधर-उधर देखने भी नहीं दोगी, क्यों?'

और शादी की बात सुनकर, अमर के हाथों का स्नेहल स्पर्श पाकर ही रंजना गुस्सा भूलकर कह बैठी थी—'कमरे में? इतना भरोसा तुम्हारा कहाँ है? तुम्हें तो मैं अपनी बाँहों में ही बाँधकर रखूँगी।' और कहते ही लाज से इतनी लाल पड़ गई थी कि नज़र उठाकर अमर पर अपनी बात की प्रतिक्रिया देखने का साहस तक नहीं हुआ था। पर अमर जब यह सुनकर ठहाका लगाकर हँसा था तो वह भी हँसी थी और फिर तो दोनों खूब ही हँसे थे।

बाँधकर रख सकेगी इस अमर को? और वह अमर को यों देखने लगी मानो इस प्रश्न का जवाब अमर के चेहरे पर ही कहीं लिखा हो। पर उसने देखा, अमर की दृष्टि तो फिर समुद्र की लहरों में ही उलझ गई और वैसी ही खिन्नता और सूनापन उसमें छा गया है।

'जानते हो, शीला क्या कह रही थी? कहती थी, इन साहित्यकारों का कुछ भरोसा नहीं। इन्हें एक पत्नी, एक प्रेयसी, एक प्रेरणा, न जाने कितनी-कितनी लड़कियाँ चाहिए। क्यों, ठीक है न?'

अमर चुपचाप उधर ही देखता रहा, कुछ भी जवाब नहीं दिया।

रंजना ने लहरों को देखते हुए धीरे से पूछा, 'इन लहरों को देखकर तुम्हें कैसा लगता है अमर?'

अमर स्वयं लहरों का उठना, बढ़कर आगे आना और फिर तट पर बिखर जाना, यही सब देख रहा था।

'जाने क्यों, मैं जब-जब सागर की लहरें देखता हूँ, मुझे लगता है, कोई बाँहें हिला-हिलाकर बुला रहा है।'

'तुम्हें इनमें निमन्त्रण का आभास होता है? इनमें निमन्त्रण कहाँ है?'

मन्त्र-मुग्ध की तरह रंजना बोल रही थी, 'यह तो बड़ी सरल-सौम्य-सी लहरें हैं। नैवेद्य की तरह सागर के तट पर आकर समर्पित हो जाती हैं। संयत शिष्ट। सुनते हैं, पुरी की लहरों में अवश्य वह वेग है जो निमन्त्रण, अप्रतिरोध्य निमन्त्रण का आभास दे। इन लहरों में तो केवल समर्पण ही है,' और उसे लगा कि उसकी आँखों में बड़े मादक-से सपने तैर चले हैं और कान सुर्ख हो गए हैं। एकाएक ही उसका मन हुआ, तट पर समर्पित होती इन लहरों में अपने को विसर्जित कर दे और एक नन्ही-सी लहर बनकर किसी के आगे समर्पित हो जाए। अमर का हाथ पकड़कर खींचती हुई बोली, 'आओ अमर, पानी में चलेंगे।' और वह उसे काफी दूर तक ले गई।

'नहीं रंजना, अब लहरों का वेग बढ़ रहा है, सारी भीग जाओगी तो सर्दी लग जाएगी। तुम शॉल तक तो लाई नहीं हो।'

रंजना ने जैसे यह बात सुनी ही नहीं। खोई-खोई-सी बोली, 'जानते हो, मेरा मन क्या करता है? मन करता है, पानी में आगे बढ़ती ही जाऊँ, बढ़ती ही जाऊँ और वहाँ पहुँच जाऊँ जहाँ समुद्र आसमान को छूता है, अपनी लहरों को बाँहों में समेट लेता है कैसा अद्‌भुत होता होगा उनका मिलन भी! क्यों, होता है न?' और फिर अमर को यों देखने लगी मानो उसने सचमुच ही उनका मिलन देखा हो। अन्धकार और गाढ़ा होता जा रहा था और अब चेहरों की आकृतियाँ भी कुछ धुंधली हो चली थीं। फिर भी रंजना ने देखा कि अमर के चेहरे पर एक फीकी व्यंग्यात्मक-सी मुस्कुराहट उभर आई। उसने इतना ही कहा, 'यह तुम्हारा भ्रम है रंजना, कि आसमान कभी समुद्र से मिलता है। समुद्र की ये तरंगाकुल बाँहें जीवन-भर यों ही ललकती रहती हैं, हुलस-हुलसकर मिलने का प्रयत्न करती रहती हैं पर मिल नहीं पातीं, छू नहीं पातीं। शायद मिलन का सुख उनका प्रारब्ध नहीं है।'

स्वर के गीलेपन से रंजना सहम-सी गई। गौर से उसने अमर के चेहरे को देखने का प्रयत्न किया। स्वर तो अमर का भर्राया हुआ था ही, देखा तो चेहरे की उदासी भी और घनी हो आई थी। रंजना ने अपने हाथ की जकड़ को और अधिक कस दिया तो महसूस किया कि अमर का हाथ एकदम ठण्डा

और निर्जीव-सा है। उसे लगा जैसे अमर की सारे दिन की उदासी, खिन्नता, उखड़ापन और दार्शनिक-सी ये हताश-निराश बातें सब किसी एक ही केन्द्र के विभिन्न सूत्र हैं। दिल्ली से चलते समय उसने जब अमर के साथ बम्बई में मिलने का प्रोग्राम बनाया था और साथ-साथ जुहू आने की योजना बनी थी, तब अमर स्वयं कितना प्रफुल्लित था और आज क्या हो गया है उसे आज? और रंजना स्वयं बेहद खिन्न हो गई।

'आओ, लौट चलें अमर!' और दोनों धीरे-धीरे वापस तट की ओर लौट आए। संध्या की लालिमा रात्रि की कालिमा में घुल चली थी।

बैठकर रंजना ने साड़ी के निचले हिस्से को इकट्ठा करके निचोड़ा और फिर दोनों हाथों से उसे फैलाती हुई बोली—'देखो अमर, तुम चाहे बताओ न बताओ, पर यह निश्चित है कि तुम आज बहुत उदास हो। कहो न क्या बात है? कहने से ही तो आदमी का मन हलका होता है। यों मन-ही-मन में घुटते रहना अच्छा लगता है तुम्हें?' और बड़े दुलार से अमर का हाथ अपने हाथ में लेकर वह सहलाने लगी। अमर के चेहरे का भाव तो नहीं दिखाई दे रहा था, पर उसने अमर के हाथ में कंपन महसूस किया। उसे लगा, उसकी बात ने, उसके दुलार ने अमर को स्पर्श तो किया। स्वर को और अधिक मृदुल बनाकर बड़े ही मनुहार भरकर बोली, 'बोलो न अमर, मुझसे भी छिपाओगे? जानते हो, मैं तो जब तक राई-रत्ती बात तुमसे नहीं कर लेती मुझे चैन ही नहीं मिलता। क्या इण्टरव्यू में न आने का अफसोस हो रहा है?' हालाँकि वह स्वयं अच्छी तरह जानती थी कि इण्टरव्यू की बात उसे कभी इस तरह दुःखी नहीं बना सकती।

'इण्टरव्यू की बात से तो मैं प्रसन्न ही हूँ। लगता है, व्यर्थ ही विदेश जाने की सनक सवार हो गई थी। क्या करता पत्रकारिता का कोर्स करके? यहाँ रहूँगा तो लिखूँगा-पढ़ूँगा। जानती हो, कितना समय बर्बाद कर डाला है इन सब चक्करों में? पिछले डेढ़ साल से तो एक तरह से कुछ भी नहीं लिखा मजबूर होकर अनुवाद का काम करना पड़ रहा है। इस तरह से तो मैं खतम हो जाऊँगा रंजना, बिल्कुल खत्म हो जाऊँगा, और मैं खत्म होना नहीं चाहता।'

अमर के स्वर की बेबसी रंजना को बेध गई। उसे लगा जैसे अमर चाहता है कि रंजना उसे बचा ले। पर क्या सचमुच उसे रंजना की आवश्यकता है? वह अच्छी तरह जानती है कि जब-जब अमर लम्बे अर्से तक लिख नहीं पाता है तो उसका मन इसी तरह घुटता है और बढ़ते-बढ़ते यह घुटन एक दिन इस सीमा तक बढ़ जाती है कि वह सब कुछ छोड़-छाड़कर किसी अनजान जगह जाने का संकल्प करता है। तब उसे किसी की आवश्यकता महसूस नहीं होती, रंजना की भी नहीं। आज भी स्वर में क्या वैसा ही आभास नहीं है? शब्दों में चाहे अमर ने न लिखने की बात ही कही हो, पर संकेत इसके दूर-दूर तक फैले हैं। लगा जैसे अमर कोई निर्णय लेना चाहता है—अपने भविष्य को लेकर, उनके आपसी सम्बन्धों को लेकर। और विचित्र-सी आशंकाओं से उसका मन काँप गया। स्वर को अत्यधिक कोमल बनाकर वह बोली, 'लिख लेना अमर, लिख लेना। अब तो यह चक्कर समाप्त हो गया, सब ओर से मन हटाकर अब लिखने में ही जुट जाना। इतनी-सी बात को लेकर कहीं इस प्रकार मन खराब किया जाता है?'

'तुम्हारे लिए यह इतनी-सी बात हो सकती है, मेरे लिए तो जीवन-मरण का प्रश्न है। यही रवैया रहा तो आगे भी कैसे लिखूँगा रंजना!' और फिर बात जैसे अमर के गले में ही अटक गई। रंजना उसके हाथ को सहलाती रही।

'मैं विवाह नहीं कर सकूँगा, रंजना जीवन का वह सुख शायद मेरे लिए नहीं है।' आवेश में आकर एक साथ अमर बोल गया और रंजना के हाथ से अपना हाथ खींचकर वह सामने देखने लगा।

रंजना ऊपर से नीचे तक सिहर उठी। उसके कानों में केवल शब्द-भर गूँजते रहे उनका अर्थ लुप्त हो गया, वह समझ ही नहीं पाई—अमर क्या कह गया है और उसे क्या कहना है।

'जानती हो रंजना, हर प्रकार का समझौता कला को पथ-भ्रष्ट करता है।' रंजना को लगा जैसे अमर उससे बात नहीं कर रहा है, अपने से ही बोल रहा है—दृष्टि उसकी कहीं और थी और स्वर खोया-खोया था। 'समझौता! पर मैं तो तुमसे किसी प्रकार का समझौता कराना नहीं चाहती अमर! मैं तो,

मैं तो...' और रंजना का स्वर घुटकर रह गया।

'विवाह अपने-आपमें एक समझौता है। सोचो, विवाह के लिए नौकरी करनी होगी, बंधी हुई निश्चित ज़िन्दगी बितानी होगी और जैसे-जैसे उत्तरदायित्व बढ़ता जाएगा, सीमाएँ और संकीर्ण होती जाएँगी इतनी संकीर्ण इतनी संकीर्ण नहीं, नहीं, रंजना, यह सब करने का मतलब होगा, अपनी हत्या करना, तुम्हारी हत्या करना—यह सब मैं नहीं कर सकूँगा!' अमर का स्वर बुरी तरह भर्रा गया।

कुछ देर दोनों मौन बैठे रहे और फिर रंजना बोली तो स्वर उसका रुंधा हुआ था, 'अमर, तुम्हें एकाएक ही यह सब क्या हो गया है? तुम तो जानते हो मैं स्वयं कमाती हूँ, समय आने पर और अधिक परिश्रम करने की क्षमता भी मुझमें है। मैं तुमसे कुछ नहीं चाहूँगी। मैं तो सिर्फ तुम्हें एक ऐसा घर, एक ऐसा वातावरण देना चाहती हूँ, जहाँ तुम सब ओर से निश्चिन्त होकर लिख सको। तुम्हें यों कहीं खाते, कहीं सोते देखती हूँ तो यही मन करता है, तुम्हारी सारी चिन्ताएँ, सारा बिखराव अपने ऊपर ले लूँ मुझे तो बदले में भी कुछ नहीं चाहिए, न धन, न वैभव! तुम लिखोगे, चारों ओर तुम्हारा यश फैलेगा, तुम प्रश्न होओगे और इस सबमें ही मैं अपने परिश्रम की सार्थकता खोज लूँगी!' आदि से अन्त तक रंजना ने जिस दृढ़ता से यह बात कही उससे शायद अमर भीतर तक हिल उठा। रंजना के हाथ को अपने हाथ में लेते हुए स्निग्ध स्वर में बोला—'मैं जानता हूँ रंजना, मेरे लिए तुम अपना सर्वस्व भी दे सकती हो पर कभी मेरी ओर से भी सोचा है सारी बात को? तुम कमाओगी, काम करोगी और मैं बैठा-बैठा खाऊँगा इसे मेरा अहं कैसे स्वीकार करेगा? और जितने मधुर सपने तुम आज अपने घर के, अपने भविष्य के देख रही हो यथार्थ की आँच से दो दिन में ही वे मुरझा जाएँगे और तुम्हारी यह उन्मुक्त हँसी, यह अल्हड़ता, यह मस्ती सब कुछ सदा-सदा के लिए समाप्त हो जाएगी। उस दिन भी तुम चाहो मुझे एक बार क्षमा कर दो, पर मैं अपने को कभी-कभी क्षमा नहीं कर सकूँगा।'

अमर के वाक्य के अन्तिम शब्द रंजना ने शायद सुने भी नहीं, उसका

मन कहीं और ही चला गया था। रंजना याद कर रही थी कि पिछले दो वर्षों से दिल्ली आकर उसने जब-जब विवाह की बात उठाई, तब-तब अमर ने एक न एक समस्या सामने रख-कर बात को टाल दिया था, पर इस बार तो उसने अपनी ओर से ही निश्चय किया था कि गर्मी में वे लोग विवाह कर ही डालेंगे। विवाह करके ही यदि स्कॉलरशिप मिल गई तो अमर विदेश चला जाएगा और जैसे भी होगा बाद में रंजना को भी बुला लेगा। स्कॉलरशिप नहीं मिली तो कहीं अच्छी-सी नौकरी ढूँढ़ लेगा, पर गर्मियों के बाद से वे सम्मिलित जीवन बिताएँगे और तब से रंजना ने सोते-जागते, उठते-बैठते इस सम्मिलित जीवन के सपने ही देखे हैं।

जिस दिन अमर के पास इण्टरव्यू की सूचना आई थी, वह कितना प्रसन्न था! इस खुशी में दोनों ने साथ सिनेमा देखा था, साथ खाना खाया था, और जब रंजना ने बताया था कि उसी समय उसे भी कॉलेज की लड़कियों के साथ अजंता-एलोरा देखने जाना है तो हठी बच्चे की तरह पीछे पड़ गया था कि जैसे भी होगा वहाँ से वह बम्बई पहुँचेगी और दोनों साथ-साथ जाकर जुहू का सूर्यास्त देखेंगे।

ये सब पन्द्रह दिन पहले की ही तो बातें हैं केवल पन्द्रह दिन पहले की। इन पन्द्रह दिनों में ही आखिर ऐसा क्या हो गया? और अनायास ही रंजना की आँखों के आगे एक बार फिर वही पंक्ति झलक आई—'फिर भी ऐसा है उसका व्यक्तित्व कि आदमी एक बार देख ले तो ज़िन्दगी-भर भूल नहीं सकता।'

रंजना के मन की सारी स्निग्धता और कोमलता एकाएक ही कड़वाहट में बदल गई। उसने अमर के हाथ से अपना हाथ छुड़ाते हुए पूछा—'जो कुछ तुम कह रहे हो उसका अर्थ जानते हो अमर? जानते हो, यह सब तुम किससे कह रहे हो?'

'मुझे गलत मत समझो रंजना! भावुकता को परे रखकर ठंडे दिमाग से सारी बात पर सोचने की कोशिश करो, तब शायद तुम स्वयं यही कहोगी कि मेरा निर्णय ही ठीक है। मेरा भी एक घर हो, जहाँ प्यार हो, स्नेह हो, रंजना

हो, कैसे अस्वीकार कर दूँ कि यह मेरा भी बहुत बड़ा सपना रहा है? पर मेरे जीवन का उद्देश्य, जीवन का यथार्थ, इससे बहुत भिन्न है और इसीलिए इतने अरमान और उमंगों से बनाए अपने भविष्य के नक्शे को निर्ममता से मैं अपने हाथों मिटा रहा हूँ।'

यह सब सुनकर भी रंजना के मन की कटुता कम नहीं हुई। अविश्वास-भरे स्वर में बोली, 'दिल्ली छोड़ने से पहले तो तुम्हारी किसी बात में दूर-दूर तक कहीं कोई ऐसा आभास नहीं मिला था। इन पन्द्रह दिनों में ही एकाएक ऐसा क्या हो गया?'

अमर ने रंजना की ओर देखा उसके स्वर के अविश्वास को समझते हुए बोला—'तुम्हारा जिस ओर संकेत है वैसी कोई भी बात नहीं है रंजना! जानता हूँ, अमला को लेकर तुम शुरू से ही बहुत सशंकित रही हो, पर अब तो अमला के बारे में मैंने तुम्हें सभी कुछ बता दिया तुम्हीं सोचो, मेरे इस निर्णय का अमला से क्या सम्बन्ध हो सकता है भला?' फिर कुछ रुककर बोला, 'पता नहीं तुम्हें विश्वास होगा या नहीं, पर सच कहता हूँ विवाह का निर्णय लेते समय भी यह दुविधा थी और उसके बाद हर दिन इस दुविधा ने मुझे मथा है, और मैं बराबर प्रयत्न करता रहा हूँ कि जैसे भी हो, इस बार मैं अपने निर्णय पर अटल रह सकूँ। पर लगता है, निर्णय लेने में ही मुझसे कहीं बहुत बड़ी भूल हो गई। मन की दुर्बलता से मैं गलत निर्णय ले बैठा मुझे लौटना होगा' अमर के स्वर की आर्द्रता ने रंजना को बुरी तरह मथ दिया। उसका मन हुआ, अमर की गोदी में ही सिर रखकर फूट-फूटकर रो पड़े। पर वह निश्चल बैठी रही और उसकी आँखों की कोरों से आँसू टपक पड़े।

'यह क्या? तुम रो रही हो रंजना?' अपने हाथ पर टपकी हुई आँसू की बूंद से चौंककर व्यथित होकर अमर ने कहा, 'रोओ मत रंजना, मैं यों ही बहुत दुखी हूँ। मेरे दुख को और मत बढ़ाओ। जानती हो इस बार सोचा है, अपने को पत्थर की तरह कड़ा बनाकर बस दिल्ली लौटते ही लिखने बैठ जाऊँगा एक दिन भी बर्बाद नहीं करूँगा। पर तुम मेरी मदद नहीं करोगी तो यह सब कैसे कर पाऊँगा? जीवन चाहे तुम्हारे साथ रहकर बिताऊँ, चाहे अलग रहकर, पर

तुम, तुम्हारी मित्रता, तुम्हारा स्नेह ही तो मेरे जीवन का सबसे बड़ा सम्बल है, मेरी प्रेरणा है। उसके बिना तो मैं अपने को नितान्त असहाय, नितान्त एकाकी महसूस करता हूँ।'

घुटनों में सिर डालकर रंजना फूट पड़ी। आँसुओं के बीच डूबे हुए केवल इतने ही शब्द अमर को सुनाई दिए, 'मैं यह सब नहीं सह सकूँगी अमर यह सब मुझसे नहीं सहा जाएगा।'

बहुत ही प्यार से रंजना के सिर पर हाथ फेरते हुए अमर ने कहा, 'सब कुछ सहा जाएगा रंजना, सब कुछ सहा जाएगा; ज़रा हिम्मत से काम लो!' फिर स्वर को और अधिक कोमल बनाकर बोला, 'तुम किसी सुपात्र से विवाह कर लो अब मैं कभी बीच में बाधा बनकर नहीं आऊँगा। नया घर, नया जीवन, धीरे-धीरे सब कुछ भुला देगा।'

रंजना रोती रही, अमर की स्नेहल उँगलियाँ उसके सिर को सहलाती रहीं और चारों ओर अंधेरा घना होता रहा।

और एक साथ ही अपनी मित्रता के छः वर्ष रंजना की आँखों के आगे घूम गए। पागलों की तरह उसने अमर को प्यार किया है, अमर की छोटी से छोटी इच्छा को उसने आदेश के रूप में माना है। अमर ने जैसा चाहा, रंजना ने अपने को उसी के अनुरूप ढाला। सारे घरवालों के आक्रोश की पात्री बनकर भी वह केवल दिल्ली में नौकरी करने इसीलिए तो आ पहुँची कि अमर ने लिखा था कि बिना रंजना के उसका मन नहीं लगता है और वह बहुत ही चाहता है कि रंजना भी दिल्ली में आ जाए। जब तक वह पढ़ती रही तब तक और यहाँ आकर नौकरी करने के बाद पिताजी ने विवाह के जितने भी प्रस्ताव भेजे उन पर बिना एक क्षण के लिए सोचे, उन्हें इसीलिए तो अस्वीकार करती रही कि उन दोनों में एक समझौता था। और जब पिताजी ने बहुत क्रुद्ध होकर स्पष्ट शब्दों में पूछा था कि आखिर वह चाहती क्या है, तो उसने भी उतने ही स्पष्ट शब्दों में लिख दिया था कि वह चाहती है कि उसके विवाह के मामले में घरवाले हस्तक्षेप करना छोड़ दें। वह विवाह अपनी इच्छा से करेगी और जब करेगी तो घरवालों को सूचना दे देगी। उसने चाहे लिखा नहीं, पर फिर भी

सब कुछ समझ गए थे कि वह अमर से ही विवाह करेगी और घर में सभी इस बात से दुखी थे। पर रंजना ने अमर के सामने न कभी घरवालों की भावनाओं की चिन्ता की, न उनके दुःख की, न उनकी नाराज़गी की। अब वही रंजना उन लोगों से जाकर कहे कि अमर ने तो विवाह करने से इन्कार कर दिया, लो मेरा विवाह कर दो क्या यह सब अमर नहीं जानता? फिर यह सब कहते समय क्या उसे एक बार भी ख़्याल नहीं आया कि रंजना का क्या होगा? जो एक व्यक्ति के प्रति ईमानदार नहीं हो सका, वह कला के प्रति क्या ईमानदार होगा? दुनिया में साहित्यकार क्या विवाह करते ही नहीं या करते हैं तो क्या उनकी कला पथभ्रष्ट ही हो जाती है? तब? उसका मन हुआ, पास बैठे अमर के दोनों कन्धे झकझोरकर ये सारे प्रश्न पूछ डाले। चिल्ला-चिल्लाकर कहे कि तुम कौन होते हो यह निर्णय लेने वाले तुम्हारा यह निर्णय केवल तुमसे ही नहीं, मुझसे भी सम्बन्धित है, तथा क्या अधिकार है तुम्हें अकेले निर्णय लेने का?

पर उसका आवेश आँसुओं में ही बहता रहा, शब्द तो उसके मुँह से एक भी न निकला।

निवास-स्थान करीब आया जानकर अमर ने कहा, 'कल शाम की गाड़ी से तो तुम चली ही जाओगी दिन में मैं आऊँ? कोई प्रोग्राम तो नहीं है?'

'नहीं पर अब क्या होगा आकर?' बहुत ही उदासीन स्वर में रंजना ने कहा।

'रंजना!' और अमर केवल उसकी पीठ सहलाता रहा। चाहकर भी रंजना उसका हाथ नहीं हटा सकी।

घर के सामने टैक्सी रोककर दोनों उतरे तो रंजना ने कहा, 'ऊपर तो मैं अकेले भी जा सकती हूँ।' और वह घूम पड़ी। पर फिर भी अमर उसके साथ-साथ चला। जैसे ही लिफ्ट के पास पहुँची, पलटकर रंजना ने दोनों हाथ जोड़ दिए, 'अधिक कष्ट करने की आवश्यकता नहीं है अमर, मैं चली जाऊँगी।' उसने देखा, अमर संज्ञाशून्य-सा रंजना को देख रहा है शायद वह इस प्रकार के व्यवहार की अपेक्षा नहीं कर रहा था। रंजना लिफ्ट में घुस गई तो अमर भी लौट चला। अमर लौट रहा था और रंजना ऊपर चढ़ रही थी सच ही तो

है, आज से उनकी राहें अनिश्चित भले ही हों, पर अलग तो हैं ही। 'अमर को उसकी आवश्यकता नहीं तो उसे भी अनचाहे व्यक्ति की तरह किसी के जीवन में प्रवेश करने का शौक नहीं। मेरा भी अपना आत्मसम्मान है, अपना अहं है।'

घर में घुसते ही मालूम पड़ा, शीला और मनोज सिनेमा गए हैं—बड़ी राहत मिली। बिना कपड़े बदले ही जैसी की तैसी बिस्तर पर जा पड़ी। मुलायम तकिये का सहारा मिलते ही एक बार फिर आँसुओं का बाँध टूट गया और वह फूट-फूटकर रोने लगी। कॉलेज में बिताए दिन लम्बी-लम्बी बहसे, साथ घूमना, हँसी-मज़ाक, फिर अमर का दिल्ली आना और पत्रों की प्रतीक्षा दुर्दमनीय प्रतीक्षा प्यार-दुलार, और फिर दिल्ली में बिताए दो वर्षों के अनेक-अनेक चित्र उभर-उभरकर उसके मन को सालते रहे और जब मन की व्यथा असह्य हो गई तो दोनों हाथों की उँगलियों को बिखरे बालों में बुरी तरह फँसाकर पागलों की तरह सिर को तकिये पर पटककर रंजना बोली, 'नहीं-नहीं-नहीं! मेरा कोई आत्मसम्मान नहीं, कोई अहं नहीं, मेरा तो अमर है केवल अमर है।'

5

आए हुए चौथा दिन है—स्टेशन से ही उसे लग रहा था कि कोई अप्रत्याशित-अघटनीय उसकी प्रतीक्षा कर रहा है। जल्दी-से-जल्दी उसे जानकर तनाव समाप्त कर देने की बेचैनी में खुदबुदाता वह कमरे पर आया तो और चिट्ठियों के साथ अमला का पत्र था—वह अघटनीय-अप्रत्याशित नहीं था। तब उसने मन को समझा लिया कि शायद वह बेचैनी अमला के पत्र की प्रतीक्षा ही थी। तीन दिन अमला के पत्र के नशे में बेहोश रहते हुए भी उसे मानो दृढ़ विश्वास था कि रंजना आएगी। लेकिन सुबह से तो मानो यह बेचैनी कातर व्याकुलता में बदल गई। क्या हो गया? वह आशंका से भीतर काँप उठा।

रेल में बैठने के क्षण से ही उसे जाने क्यों, लगने लगा था कि अब कभी रंजना से उसकी भेंट नहीं होगी और यह उसी अनुभूति की दुहराती अनुगूँज

थी जो उसने जुहू से लौटकर रंजना को शीला के यहाँ छोड़ते हुए अपने भीतर पाई थी। बिना अमर की चिन्ता किए जब रंजना ने लिफ्ट का दरवाज़ा बन्द कर लिया—और उसे लिए लिफ्ट ऊपर चली गई तो अमर को यह सब बड़ा प्रतीकात्मक लगा—यह लिफ्ट नहीं, लोहे की उँगलियों वाला पंजा है और रंजना को मुट्ठी में बन्द करके इस पंजे ने उसके जीवन से खींच लिया है। इस विचार को ज़बर्दस्ती हटाकर वह स्तब्ध खड़ा मन को समझाने की कोशिश करता रहा कि रंजना ने उसका अपमान किया है यों चले जाना कहाँ का शिष्टाचार है? लेकिन जैसे ही लिफ्ट उठने लगी थी, अनजाने ही उसे विश्वास हो गया, कहीं कोई बहुत बड़ी गलती हो गई है उसके भीतर कोई बार-बार ठोकर मारकर कह रहा था, 'रोको, इसे रोको बहुत भयानक और गलत हो रहा है, इसे अब भी रोक लो!' भीतर की आवाज़ सुनता हुआ वह केवल खड़ा रहा धीरे-धीरे लिफ्ट का नीचे का तला भी ऊपर चला गया। सहसा जाने किस आवेश में वह दौड़कर सीढ़ियों पर भी चढ़ा। फिर मोड़ पर अचानक रुका। कुछ देर सोचता रहा और तब लौट आया। चलती हुई टैक्सी में उसे ऐसा महसूस होता रहा जैसे टैक्सी उसे कितनी दूर बहुत दूर अनजान देश में लिए चली जा रही है।

दूसरे दिन शीला ने बताया कि रंजना लौट गई है; उसके भीतर मानो किसी ने संतोष की साँस ली—अगर इस समय रंजना मिल जाती तो कैसे उसे मुँह दिखा पाता? 'अच्छा! उसके लौटने की तो कोई बात नहीं थी।' औपचारिक रूप से उसने कहा। बैठने और चाय पीने के शीला के आग्रह को मना करके वह लौट आया। अकारण ही ख़्याल आया—हो सकता है, रंजना दिल्ली न जाकर जयपुर चली गई हो। विक्टोरिया पर वह प्रतीक्षा करता रहा, मानो रंजना आएगी। दादर पर भी वह खिड़की से बाहर इस तरह झाँक रहा था मानो उसने आने को कह दिया हो। सोच लिया, अगर वह दादर पर दीख गई तो कहेगा—'अरे रंजना, तुम तो जरा-सी बात का बुरा मान गईं मैं तो मज़ाक कर रहा था।'

सारे रास्ते वह इस तरह प्रतीक्षातुर प्रत्याशा महसूस करता रहा मानो रंजना

अचानक किसी स्टेशन पर प्रकट होकर चौंका देगी; हो सकता है, वह भी इसी गाड़ी से चल रही हो। इसी भ्रम के कारण उसने गाड़ी को शुरू से आखिर तक कई बार अच्छी तरह देखा था।

भोपाल स्टेशन पर अखबार लिया। बम्बई में किसी भी लड़की के आत्महत्या करने का समाचार नहीं था। जहाँ इससे सान्त्वना मिली, वहीं एक नई आशंका आ जुड़ी : मान लो, कहीं ऐसा हो गया तो? वह अपने को कैसे माफ करेगा?

और अब रंजना से मिलने की व्याकुलता जितनी ही उसे मथ रही थी उतना ही उसे अपने ऊपर आश्चर्य हो रहा था : उसे आए हुए तीन दिन हो गए और वह अभी तक नहीं मिला?

'तुमने मेरे पहले पत्र का जवाब नहीं दिया न,' अमला ने लिखा था— 'हाँ भाई लेखक आदमी हो। व्यस्त होंगे। हम जैसे फालतू लोगों के खतों के जवाब देने की फुरसत कहाँ है आपको?'

तब पहले पत्र की कुछ पंक्तियाँ उसे याद हो आईं, 'सबसे पहले तो बधाई लो कि तुमने लिखने का निर्णय किया है और स्कॉलरशिप का मोह छोड़ दिया है अब हमें उपन्यास जल्दी ही मिलेगा न? अमर, मैं जानती हूँ, तुम्हें यहाँ की कुछ बातें शायद अच्छी नहीं लगी हैं शायद, कुछ से तुम्हारे सिद्धान्तों को धक्का लगा होगा—कुछ से तुम्हारी भावनाओं को। सिद्धान्तों का सवाल जहाँ तक है, मैं छिपाऊँगी नहीं (और अब छिपा भी नहीं है) कि मैं उस वर्ग की लड़की हूँ जिसे तुम घृणा से 'पूँजीपति' या 'शोषक' वर्ग कहते रहे हो। अपने इस वर्ग पर गर्व हो या न हो, मुझे अफसोस कतई नहीं है कि मैं क्यों इसका अंग हूँ। लेकिन तुम तो जाति-पाँति नहीं मानते न, फिर मैं नहीं समझती कि यह 'जाति' हमारी दोस्ती के बीच आएगी। तुम्हारा पता नहीं, लेकिन अपनी ओर से आश्वासन देती हूँ। अच्छा, एक कड़ी बात कहूँ तो माफ करोगे? तुम्हारे वर्ग के लोग जिन हीनताओं और कुण्ठाओं के शिकार हैं—मुझे डर है, कहीं वे हमारे बीच में न आ जाएँ। यों तुम पर मुझे बहुत-बहुत विश्वास है। दूसरी बात

भावनाओं को कष्ट पहुँचाने की है; सो इसके बारे में सिर्फ एक बात कहूँगी: मैंने भरसक कोशिश की है कि ऐसा कुछ न हो; मगर फिर भी, कहीं हुआ है तो एक बार इतना ज़रूर सोचना कि मैं लड़की हूँ—एक विशेष 'तरह' की लड़की—और सभी कुछ अपने मन से नहीं करती याद रखना, तुमने वायदा किया है कि जाते ही लिखने में लगोगे।'

इस नए पत्र की पंक्तियाँ थीं, 'लेकिन यह मुझे विश्वास है कि इन दिनों तुम ज़रूर लिख रहे होंगे। कब तक आ जाएगी किताब? खरीदनी होगी, या भेंट करोगे? चलो, कम-से-कम कभी-कभी हम यही सन्तोष कर लिया करेंगे कि इस उपन्यास को लिखवाने में कहीं हमारा भी हाथ है तुम कहोगे, विदेश जाने और दुनिया देखने की कीमत पर तुमने यह उपन्यास लिखा है लेकिन सज़ा हमने कम भुगती है? हमारे कैलाश बाबू आजकल कितने तने रहते हैं—कहते हैं, मेरा दिमाग खराब हो गया है। मन-लायक मित्र के तने रहने का अर्थ क्या होता है, इसे बेचारी रंजना से पूछो।' फिर अन्त में लिखा था, 'बम्बई से घसीटा गया तुम्हारा पत्र मिला था। कुछ उससे और कुछ तुमसे सुनकर रंजना और तुम्हारे परिचय की सारी कहानी जानी। रंजना की दृष्टि से सोचती हूँ तो तुम्हारा धोखा लगता है और तुम्हारे कोण से सोचती हूँ तो लगता है, तुम कोई गलती नहीं कर रहे—रंजना और अमला ज़िन्दगी में बहुत आएँगी, लेकिन न अमर की प्रतिभा आएगी, न प्रतिभा के स्फुरण के क्षण आएँगे। एक बात कहूँ, बुरा तो नहीं मानोगे? तुम्हारे विवरणों से ही लगता है, तुम्हारी ये रंजनाजी बहुत 'पज़ेसिव' हैं वे आखिर क्यों तुम्हें संदूक में बंद करके रखना चाहती हैं? वे इस सीधी-सी बात को भूल जाती हैं कि कलाकार बंधकर नहीं रहता। वह तो एक उन्मुक्त धार है—जो खेतों, जंगलों और पहाड़ों में समान निष्ठा से बहती है—वहाँ की धरती को अपनाती है एक 'धरती' उसे बाँध लेगी तो वह 'धार' कहाँ रह जाएगी? पोखर और तालाब हो जाएगी और पानी वहीं सड़ेगा' फिर 'पुनश्च' करके हाशिये पर लिखा था, 'अभी-अभी लिखते-लिखते एक ख़्याल आया—कहीं तुम्हारी रंजना जी को भी तो भ्रम नहीं हो गया मेरी-तुम्हारी मित्रता को लेकर? अगर ज़रा भी कहीं ऐसा हो तो

लिखना। मैं तत्क्षण पर्दे से हट जाऊँगी शायद इस प्रकार का कोई भी आरोप या भ्रम मुझे बर्दाश्त नहीं होगा यह रंजनाजी को बहुत स्पष्ट शब्दों में बता देना कि मैं अमर के लेखन की प्रशंसिका और मित्र हूँ—व्यक्ति अमर की नहीं।'

सारे पत्र की एक मधुर आत्मीयता के बाद नीचे की ये लाइनें अमर के मन में चुभीं। उसे लगा, अमला रंजना को नहीं, स्वयं उसे आगाह कर रही है। मन-ही-मन उसने कहा, 'बड़ा भ्रम है अपने को लेकर।' ध्यान आया अमला का वाक्य, 'बड़े खूबसूरत मुगालते हैं।' और वह खुद-ब-खुद मुस्कुरा उठा। 'कम्बख्त बात कहना जानती है।' प्रशंसा के भाव से उसने कहा।

उसने अमला को लिखा, 'उपन्यास चल रहा है, लेकिन कल एक बड़ी अजब-सी अनुभूति हुई और बस तभी से मूड खराब है। नायिका को छोड़कर नायक जा रहा है। नौकरी करके बुला लेगा। वह बहुत मना करता है; लेकिन लड़की सोने की चूड़ियाँ दे देती है। बाहर पता नहीं कैसा समय देखना हो, क्या करना हो! इस दृश्य की कुछ बातें लिखते हुए मेरी आँखें भर आईं—और उसके बाद से ही कुछ नहीं लिखा गया।'

और फिर एक 'मोमेण्टम' आ गया तो अमर के सामने बस एक ही चीज़ रह गई—अपना उपन्यास। वह एक भूत था, बुखार था जो उसे उतारना ही था और जिसे अन्त तक लाकर समाप्त ही करना था। उसे रात को नींद नहीं आती थी, वह चाहे लिखे कितनी ही देर—लेकिन खाते-सोते, बातें करते मन के भीतर पृष्ठ-पर-पृष्ठ लिखे जाते थे। उस तनावभरी स्थिति में न खाना अच्छा लगता था, न सोना। जिस दिन उसने अन्तिम पृष्ठ पर अन्तिम पंक्ति लिखी तो समझ में ही नहीं आया कि कलम चलाता जाए या रोक दे। उसे विश्वास ही नहीं हुआ कि उपन्यास के अन्तिम शब्द का अन्तिम सिरा है। उसने उपन्यास खत्म कर लिया?

6

कल जब एकाएक ही कैलाश का फोन आया कि वह ठीक आठ बजे तैयार

रहे, कैलाश उसे लेने आएगा, क्योंकि उसे अमला से कुछ बातें करनी हैं, तो अमला बेहद प्रसन्न हुई थी। अमला खुद उससे बात करना चाहती थी—अमर के जाने के बाद से ही दोनों के सम्बन्धों में जो रुखाई और तनाव आ गया था उसने अमला के मन में खीझ भी उत्पन्न की थी और खिन्नता भी। और शायद इसीलिए वह इस आमन्त्रण पर बड़ी प्रसन्न हुई थी। उसने तरह-तरह से सोचा था कि वह इस तनाव को समाप्त कर देगी।

बड़ी तत्परता से वह तैयार हुई, और जब कैलाश ने मुँह में चुरुट दबाए उसके कमरे में प्रवेश किया तो होंठों पर मुस्कान लपेटकर उसने बड़े अपनत्व से उसका स्वागत किया। कैलाश के हाथ में 'फिल्म फेयर' देखकर कितने आत्मीय और अधिकारभरे स्वर में उसने कहा, 'क्या कैलाश, तुम भी बस जब देखो 'स्क्रीन' और 'फिल्म फेयर' ही पढ़ते रहते हो!' पर जब वह उसके हाथ से 'फिल्म फेयर' छीनने लगी तो हाथ हटाते हुए कैलाश ने कहा, 'क्या करें, एक तो हमारा टेस्ट ही नीचे स्तर का है, फिर दुर्भाग्य से कोई बौद्धिक किस्म का साहित्यिक मित्र भी तो नहीं मिला जो थोड़ा सुधार ही कर देता!' अमला का हाथ जहाँ का तहाँ रह गया। ताने ने बुरी तरह बेध दिया, मन का सारा रस और माधुर्य ही जाता रहा। गर्दन जरा-सी ऊपर करके उसने कैलाश के चेहरे की ओर देखा, वह दूसरी ओर देख रहा था। एक बार तो अमला की इच्छा हुई कि वह जाने से इन्कार कर दे, पर किसी तरह उसने अपने को संयत किया और गाड़ी में जा बैठी।

गाड़ी की चाल धीमी करके कैलाश बोला, 'देखो अमला, आज तुमसे कुछ बातें बहुत ही स्पष्ट रूप से करने के इरादे से आया हूँ।' अमला ने भरपूर नज़रों से कैलाश को देखा, मानो बिना कुछ बताए चेहरे से ही वह जान लेना चाहती हो कि कैलाश क्या कहने जा रहा है।

'तुम भी जानती हो, पिछले कई दिनों से हमारे आपसी सम्बन्धों में एक तनाव आ गया है, और हर छोटी-बड़ी घटना और बात ने उस तनाव को और अधिक बढ़ाया ही है। क्या अच्छा न होगा कि आज हम सारी स्थिति पर बहुत ही स्पष्ट रूप से बात कर लें और रोज़-रोज़ के बढ़ते और परेशान करते इस

मानसिक तनाव से मुक्ति पाएँ?'

अमला इस पर भी चुप रही। सम्भवतः वह होने वाली बात के लिए अपने को साध रही थी। कैलाश भी थोड़ी देर चुप रहा। बस, गाड़ी चलती रही। वह शायद सोच रहा था, बात कहाँ से आरम्भ करे और कैसे आरम्भ करे। उसने गाड़ी की चाल को और धीमा कर दिया—फिर बहुत ही शान्त-संयत स्वर में बोला, 'देखो अमला, मैं किसी भी खास व्यक्ति को लेकर बात नहीं कर रहा हूँ, बात कर रहा हूँ विचारों की। तुम साहित्य में रुचि रखती हो, पढ़ती-लिखती हो, घूमती-फिरती हो—इसमें मुझे कोई आपत्ति नहीं; पर हर किसी के साथ आवश्यकता से अधिक घनिष्ठ हो जाओ, सबसे बराबरी का व्यवहार करो, साधारण-से आदमी को अपना आत्मीय बना लो, यह सब तुम्हें शोभा नहीं देता, और मैं देख रहा हूँ कि तुम्हारा यह रवैया दिनोदिन बढ़ता ही जा रहा है। तुम्हें कम-से-कम अपनी पोज़ीशन, अपनी स्थिति का तो ज्ञान होना चाहिए!'

अमला ने शायद अपने को बेहद अपमानित महसूस किया। फिर भी मन के भावों पर भरसक नियंत्रण रखते हुए बोली, 'तुम्हारा संकेत अमर की ओर ही है न?'

'मैं कह चुका हूँ कि मेरा संकेत किसी व्यक्ति-विशेष की ओर नहीं है, यों तुम चाहो तो उसे भी ले सकती हो।' उसकी बात को बीच में ही तोड़कर कैलाश बोला, 'मैं सोचता था, पुस्तक पढ़कर तुमने पत्र लिखा होगा और यों ही औपचारिक पत्र-व्यवहार तुम लोगों का चलता होगा। पर उसे बुलाकर ठहराना, ऐसी आत्मीयता बरतना यहाँ तक कि तुमने मेरे साथ जाने तक से इन्कार कर दिया और फिर तो मालूम पड़ा। खैर, जो भी हो—पर तुम उसे लेकर मेरे वहाँ आईं, और मुझे मजबूर कर रही थीं कि मैं भी उसके साथ घूमने चलूँ, नहीं चला तो तुम्हें बुरा लगा तुम्हारा यह सारा व्यवहार मुझे जरा भी अच्छा नहीं लगा। उसके बाद उसे लेकर तुम अकेली लेक्स गई। आज बताता हूँ, उस दिन मैं भी वहाँ आया था और तुम्हारा वहाँ घुल-घुलकर बातें करना, पान खाना सोचो, शोभा देता है तुम्हें यह सब? क्या वह हम लोगों के बीच का है?'

अमला कुछ कहने ही जा रही थी कि कैलाश फिर बोल पड़ा। उसने शायद इस दौरान में एक बार भी अपनी बात की प्रतिक्रिया देखने के लिए अमला की ओर नहीं देखा था, देखता तो सम्भव था कि आगे की बात उसके गले में ही अटककर रह जाती।

'तुम इतनी पार्टियों में जाती हो, क्लबों में जाती हो, पुरुषों से मिलती-जुलती हो, मुझे कभी बुरा नहीं लगता, बल्कि मैं तो चाहता हूँ कि तुम और अधिक आओ-जाओ, बराबरी के लोगों से मिलो। बात करने का सलीका तुममें ऐसा है कि अच्छे-अच्छे तुम्हारा लोहा मानते हैं। ऐसी सोसाइटी में मूव करने के सारे ढंग तुम बखूबी जानती हो। पर उधर से तुम्हारी रुचि दिनोदिन घटती जा रही है। वहाँ चलने के नाम से तुम बहाने बनाती हो, और ऐसे फटीचर लोगों के बीच तुम्हारा मन ज़्यादा रमता है, पर यह जान लो कि यह सब मुझे ज़रा-ज़रा भी पसन्द नहीं है!'

बात कैलाश ने काफी शान्त स्वर में आरम्भ की थी, पर अंत तक आते-आते उसका गुस्सा बेहद बढ़ गया था, जिसका कुछ अंश तो उसने 'ज़रा-ज़रा' को बेहद ज़ोर और दृढ़ता के साथ बोलकर ही निकाला। अमला, जो बात के आरम्भ में गुस्से से जल उठी थी, इस समय तक एकदम शान्त हो गई। वह अच्छी तरह जानती है कि शान्त और संयत स्वर में कही हुई उसकी बात सामने वाले व्यक्ति को तिलमिला देने की जितनी शक्ति रखती है, क्रोध या आवेश में कही हुई बातें नहीं रखतीं। इतना सब कह लेने के बाद कैलाश ने जब अमला की ओर पहली बार नज़र डाली तो उसके जड़, निश्चय, निर्विकार चेहरे को देखकर वह एक क्षण को तो समझ ही नहीं पाया कि अमला ने उसकी बातें सुनीं भी या नहीं। पर इस बार अमला ने भी उसकी नज़रों में नज़रें डालकर कहा, 'मैं नहीं समझ पा रही हूँ कैलाश, कि एकाएक ही तुमने यह धारणा कैसे बना ली कि तुम्हारी पसन्द-नापसन्द के अनुसार चलने के लिए मैं बाध्य ही हूँ।'

कैलाश ने ज़रूरत से ज़्यादा ज़ोर देकर ब्रेक दबाया तो गाड़ी बिना एक इंच भी आगे बढ़े चर्रऽऽ की आवाज़ के साथ उछलकर जहाँ की तहाँ खड़ी हो गई। अपने को तिरछा करके उसने ज़रा झुककर अमला के चेहरे की ओर देखा

जिससे आँखें बिल्कुल एक-दूसरे के आमने-सामने ही रहें। उसकी आँखों में ही नहीं, सारे चेहरे पर क्रोध और एक विचित्र प्रकार की तिक्तता उभर आई। 'धारणा!' दाँतों को भींचता-सा वह बोला, 'इसका जवाब तुम मेरे बजाय अपने ही दिल से पूछो तो शायद ज़्यादा अच्छा होगा, समझीं! यह धारणा मैंने एकाएक ही तो नहीं बना ली। इसके पीछे हमारी वर्षों की मित्रता है, मित्रता भी शायद एक अंडरस्टैंड के साथ!'

'अंडरस्टैंड? यह अंडरस्टैंड तो मैंने कभी नहीं दी कि मैं भी तुम्हारे बताए मार्ग पर ही चलूँगी बोलो, कहा है कभी?' न स्वर में किसी प्रकार का विकार था, न चेहरे पर।

कैलाश एक क्षण तो वैसी ही जलती आँखों से अमला को देखता रहा, फिर उसने अपने बुझे हुए चुरुट को सुलगाया और नज़र वहाँ से हटा ली। सुनसान रास्ते पर गाड़ी खड़ी थी और दोनों मौन बैठे थे। धीरे-धीरे अपने को किसी तरह शान्त करके कैलाश बोला, 'ठीक है, तो मैं भी आज साफ-साफ ही जान लूँ कि क्या भविष्य में इस मित्रता को स्थायी रूप देने की कोई बात तुम्हारे मन में नहीं है? और स्पष्ट शब्दों में कहूँ कि क्या तुम मुझसे विवाह करने की बात नहीं सोचती हो?'

'मुझे तो तुम्हारे दोनों प्रश्नों में ही कोई संगति या सम्बन्ध नज़र नहीं आता! मेरे उदाहरण को सामने देखकर भी यदि तुम सोचो कि विवाह से मित्रता स्थायी हो सकती है तो क्या कहूँ?' अमला एक क्षण को रुकी, फिर बोली, 'देखते नहीं, विवाह करके भी पिछले दस वर्षों से मैंने उस व्यक्ति की सूरत तक नहीं देखी, और तुमसे बिना विवाह किए भी पिछले इतने वर्षों से घनिष्ठ मित्रता का सम्बन्ध निभाती आ रही हूँ चाहो तो जीवनभर भी निभा सकती हूँ, और कहो तो आज ही, इसी क्षण सब कुछ तोड़-ताड़कर अलग भी हट सकती हूँ। पर इस सबमें विवाह का प्रश्न आता ही कहाँ है? मित्रता के अस्थायित्व-स्थायित्व के लिए विवाह कितना कमजोर, निर्बल और निरर्थक आधार है, इस बात की सच्चाई को मुझसे अधिक और कौन जानता होगा भला?' एकाएक ही अमला का स्वर कुछ शिथिल हो गया कुछ आर्द्र भी।

कैलाश बड़ी सतर्कता से उसके चेहरे के चढ़ते-उतरते भावों को पढ़ने का प्रयत्न कर रहा था। वह चुप ही रहा।

अमला फिर बोली, 'मैं मानती हूँ कि एक अच्छे मित्र की तरह तुमने मुझे बहुत कुछ दिया, और केवल दिया ही क्यों, शायद मुझसे पाया भी है! मुझे तुम्हारा साथ, तुम्हारा साहचर्य, संगति सभी कुछ बहुत अच्छा लगता है; और इसमें भी सन्देह नहीं कि तुम्हारे साथ बिताए अनेक आत्मीय क्षणों की मधुर स्मृति भी मेरे पास है, जिसे मैं जीवन-भर एक अमूल्य निधि की तरह संजोए रखूँगी; पर इस सबके बावजूद मैंने कभी विवाह की बात नहीं सोची। इन बाहरी बातों के अतिरिक्त हम दोनों के बीच ऐसा कुछ भी तो नहीं है जो हम विवाह की बात सोचें। मैं नहीं जानती, यह भ्रम तुम्हें कैसे हो गया जहाँ तक याद पड़ता है, मैंने कभी ऐसा अस्पष्ट या स्पष्ट संकेत तुम्हें दिया भी नहीं।' और अमला इस प्रकार एकाएक चुप हो गई मानो यह सब कहने में उसे बेहद परिश्रम करना पड़ा हो और अब वह बुरी तरह थक गई हो। यह सब कहते समय शायद अमला स्वयं नहीं जान रही थी कि वह क्या कह रही है। ये शब्द न उसके दिल से निकल रहे थे, न दिमाग से बस, केवल उसके मुख से निकल रहे थे, और इसीलिए शायद वह अपनी ही बात को न महसूस कर पा रही थी, न समझ ही पा रही थी सिर्फ बोलभर रही थी, और जाने क्यों, उसे स्वयं बराबर लग रहा था कि उसके चेहरे का रंग उड़ता जा रहा है, वह सफेद पड़ती जा रही है।

स्वर की आर्द्रता और कोमलता में छिपी हुई बात की कठोरता ने कैलाश के मन और अभिमान को जैसे बुरी तरह मसल दिया। वह विवाह का प्रस्ताव रख रहा है और सामने बैठी यह नारी यों स्पष्ट शब्दों में मना कर रही है! वह अविवाहित है और यह परित्यक्ता; वह सुन्दर है और यह दीखने में अत्यन्त साधारण; फिर भी इतना गरूर! वह बुरी तरह भभक उठा, 'मुझे तो यह देखकर आश्चर्य हो रहा है कि किस प्रकार कोई अपने सारे व्यवहार को, सारी बातों को और सारे इरादे को, बिना चेहरे पर एक भी शिकन लाए यों आसानी से झुठला सकता है और बार-बार कहने की बात क्यों उठाती हो? सब कुछ

क्या कहा ही जाता है—व्यवहार से क्या कुछ भी नहीं समझा जा सकता?' फिर एक क्षण रुककर बोला, 'यह सब तुम क्यों झुठला रही हो सो भी समझता हूँ, नज़र आजकल कहीं और ही जमी हुई जो है।'

इतनी हल्की और इस ढंग से कही हुई बात ने उसे बुरी तरह तिलमिला दिया। उतने ही कटु स्वर में बोली, 'व्यवहार से ही आदमी को समझने की बुद्धि तुममें होती तो शायद इतने वर्षों में तुमने कभी का जान लिया होता कि वर्ग और पैसे की कसौटी पर कसकर मैंने आदमी की इज़्ज़त करना नहीं सीखा है। मुझे तो इसी बात पर आश्चर्य होता है कि इतने साल विदेश में रहकर भी तुम आदमी की तरह आदमी की इज़्ज़त करना नहीं सीखे, और फिर अपने इस दोष पर आवरण डालने के लिए दूसरे पर दोषारोपण करते तुम्हें संकोच तक नहीं होता।'

'अमला!' स्वर को सप्तक पर चढ़ाकर कैलाश चिल्ला उठा।

'चिल्लाते क्यों हो? चिल्लाने-मात्र से ही तो तुम अपनी बात की सत्यता को सिद्ध नहीं कर सकोगे।'

'मैं जानता हूँ, बाबूजी के अतिरिक्त लाड़ और आज़ादी ने तुम्हें काफी ढीठ बना दिया है। अच्छा हुआ कि कोई कदम उठाने से पहले ही सारी बात साफ हो गई, नहीं तो तुम्हारी ये अशोभनीय हरकते मुझसे एक दिन क्या, एक क्षण भी बर्दाश्त नहीं होतीं।' और कैलाश ने उसी आवेश में कार स्टार्ट कर दी।

अमला ने भी जैसे चुनौती देते हुए कहा, 'अपने व्यवहार और अपनी हरकतों की आलोचना करने का अधिकार मैंने कभी किसी को नहीं दिया तुम्हें भी नहीं; इसे मत भूलो!'

कैलाश ने जवाब नहीं दिया, बस गाड़ी घुमा दी।

इसके बाद सारे रास्ते दोनों में से कोई कुछ नहीं बोला। गाड़ी हल्की-सी आवाज के साथ रास्ता पार करती रही। ऊपर से दोनों ही शान्त थे, पर मन में शायद दोनों के ही भूचाल आया हुआ था। कार से उतरकर अमला ने एक बार मुड़कर कैलाश की ओर देखा तक नहीं। सीधी धड़धड़ाती हुई पोर्टिको की

सीढ़ियाँ चढ़ी और अपने कमरे में चली गई। न कपड़े बदले, न खाना खाया, बस कमरे के सारे खिड़की-दरवाज़े बन्द करके, पर्दे खींचकर वह निर्जीव-सी अपने पलंग पर जा पड़ी।

कितनी विचित्र रही आज की यह ड्राइव भी! जाने क्या सोचकर वह गई थी और यों सब कुछ समाप्त करके आ गई! घर से, बस्ती से दूर चले गए, गाड़ी खड़ी करके झगड़ा किया और लौट आए। और इसके साथ ही उसे लगा जैसे शहर से दूर जाकर दोनों 'कुछ' दफना आए और मौन भाव से शायद उसी का शोक मनाते लौट आए।

दूसरे दिन अमला पिता को लेकर गाड़ी में बैठी, तो बहुत ही स्नेह से पिताजी ने उसका हाथ अपने हाथ में लेकर पूछा, 'अच्छी तो रही बेटी? कहीं भी रहता हूँ, मुझे हमेशा तेरी ही चिन्ता सताया करती है। फिर इस बार तो दिन भी बहुत लग गए।'

अमला ने महसूस किया, पिताजी का स्वर कुछ भर्राया हुआ है, और उनके हाथ की पकड़ कसती जा रही है। स्नेह का आवेग जैसे कहीं से फूटा पड़ रहा था। उनके मन को हल्का करने के लिए अमला ने हँसते हुए कहा, 'मैं क्या बच्ची हूँ जो आप मेरी चिन्ता करते हैं? मैं तो अच्छी तरह रही; अन्ना ने खिला-खिलाकर मोटा भी कर दिया।'

'बच्ची तो है ही, बच्ची ही तो है।' और वे पूर्ववत् उसका हाथ सहलाते रहे। पिता का ममत्व, वात्सल्य और स्नेह अमला की नस-नस में समाता चला जा रहा था। अमला ने ध्यान से पिताजी के चेहरे को देखा तो लगा जैसे इस बार वे कहीं से बहुत बदल गए हैं, बहुत बदल गए हैं कुछ अजीब-से भाव उनके चेहरे पर आ-जा रहे थे।

कोठी में पहुँचे तो भाभी बच्चों को लिए पिताजी वाले हिस्से के पोर्टिको में खड़ी थी। सबसे मिल-मिलाकर वे अमला के साथ ही अपने कमरे तक गए। अमला को बराबर लग रहा था जैसे पिताजी कुछ कहना चाह रहे हैं, वे शायद कुछ कहेंगे; पर जब उन्होंने केवल अपने नहाने-खाने की व्यवस्था करवाने की बात ही कही, तो उचित प्रबन्ध करके वह अपने कमरे में लौट आई।

पिताजी का यह आवेगपूर्ण मौन अवश्य ही किसी बात की भूमिका है, यह वह अच्छी तरह जान गई। क्या हो सकती है वह बात, इसका अनुमान अमला किसी तरह भी नहीं लगा सकी। क्या कोई बड़ी आर्थिक हानि का सामना उन्हें करना पड़ा? पर पैसे को तो उन्होंने जीवन में कभी इतना अधिक महत्त्व नहीं दिया! तब क्या हो सकता है?

रात्रि को अमला बैठी हुई पढ़ रही थी कि अन्ना ने आकर सूचना दी कि पिताजी बुला रहे हैं। उसका मन फिर विचित्र-विचित्र आशंकाओं से भरने लगा। योंही विचारों में डूबती-उतराती वह लॉन पार करके पिताजी के पास पहुँची तो देखा, एक बड़े-से पलंग पर अधलेटी अवस्था में वे बैठे थे। अमला घुसी तो झुर्रियों के कटोरों में धँसी निस्तेज-सी आँखों से उन्होंने उसे देखा। सारे चेहरे की सलवटों में जाने कैसा विषाद सिमटा था! अमला पास पड़े कोच पर बैठने लगी तो धीरे से बोले, 'उधर नहीं, इधर आकर बैठ, मेरे पास।'

अमला उठकर उन्हीं के पास बैठ गई। उन्होंने फिर उसका हाथ अपने हाथ में ले लिया। देखते-ही-देखते उनकी आँखों में तराइयाँ आ गईं। इस बार अमला बेहद व्यस्त हो उठी, 'क्या बात है पिताजी? आप जब से आए हैं, बेहद चिन्तित और परेशान से दिखाई दे रहे हैं। लग रहा है जैसे कुछ है, जो इसके बाद वह समझ ही नहीं पाई कि क्या कहे—बस, एकटक पिताजी को देखती-भर रही। पिताजी उसका हाथ सहलाते रहे।

'अमला!' बेहद भर्राए और उखड़े-उखड़े स्वर में पिताजी ने बात आरम्भ की, 'इस बार जब बम्बई और मद्रास गया तो वहाँ की दोनों नई सेट की हुई मिलों के सारे के सारे शेयर्स तेरे नाम कर दिए। कुछ साल बाद ही ये मिलें सोना उगलेंगी। यों भी तेरे नाम जो कुछ है, उससे तू ऐसे-ऐसे पाँच जीवन बिता सकती है। पर सोचता हूँ, क्या मात्र पैसे का आसरा लेकर तू सारा जीवन काट सकेगी? अपने को सुखी बना सकेगी? मैं हूँ तब तक की सोचता हूँ, कोई आसरा तो है, हालाँकि जानता हूँ कि बाप कभी बेटी का सही आसरा नहीं बन सकता, पर मेरे बाद क्या होगा? भाई-भाभी का हाल तू मुझसे ज़्यादा अच्छी तरह जानती है। इसे भी दुर्भाग्य के सिवाय क्या कहूँ कि भाभी के स्नेह की

जगह तुझे खैर…खैर!' बड़े उखड़े-उखड़े स्वर में रुक-रुककर वे बोल रहे थे, 'जीवन में पैसे के अलावा भी बहुत कुछ चाहिए। चाहता हूँ, मेरे जीते-जी वह भी हो जाए तो शान्ति से आँख मूँद सकूँगा, मन पर किसी तरह का बोझ तो न रहेगा।' और उनकी आँखों से टपाटप आँसू टपकने लगे।

अमला ने उनके आँसू पोंछते हुए कहा, 'आप ऐसी बातें क्यों सोचते हैं पिताजी? मैं तो बहुत ही सुखी हूँ, सच बहुत ही।'

पर शायद वे उसकी बात सुन भी नहीं रहे थे।

'अमला! तू तो बहुत समझदार है। पढ़-लिख भी तूने बहुत लिया है। पूछता हूँ, आदमी यदि एक बार भूल कर दे, तो क्या जीवनभर उसे उसकी सजा ही भुगतनी चाहिए? क्या फिर उसे किसी प्रकार भी क्षमा नहीं किया जा सकता?'

पिताजी की बात से अधिक उनके स्वर की आर्द्रता ने अमला को बुरी तरह व्यथित कर दिया। वह आज तक कभी भी नहीं समझ पाई कि इस सारी बात में पिताजी व्यर्थ ही अपने को क्यों दोषी समझते हैं? न वह यही समझ पा रही थी कि जो घटना इस घर में भुलाई जा चुकी है, उसे इस समय दोहराने की आवश्यकता ही क्या है? उन्हें एक प्रकार से रोकती-सी वह बोली, 'किसी ने कोई अपराध नहीं किया पिताजी! आप क्यों व्यर्थ की बातें सोच-सोचकर दुखी होते हैं? कम-से-कम मुझे लेकर आप चिन्ता करना छोड़ दीजिए। पैसे के अलावा भी आपने मुझे वह सभी कुछ दिया है, जिसे लेकर मैं अपना सारा जीवन इसी तरह हँसी-खुशी काट दूँगी।'

'तूने बात का जवाब नहीं दिया। आदमी को एक बार की गलती के लिए क्षमा मिलनी चाहिए या नहीं? गलती चाहे कितनी ही बड़ी हो, कैसी ही हो, पर यदि वह स्वयं उसके लिए पश्चात्ताप कर रहा हो, तो वह क्षमा का अधिकारी है या नहीं?'

बिना कुछ सोचे-विचारे अमला बोली, 'हाँ, है, है, ज़रूर है। पर आप इन सब बातों को मन से निकाल दीजिए।'

'इस बार अचानक किशोरी बाबू से मुलाकात हो गई।' खोए-खोए-से

स्वर में पिताजी बोले।

एक क्षण को तो पहले अमला समझी ही नहीं कि किस किशोरी बाबू की बात पिताजी कह रहे हैं पर जैसे ही समझी, उसे लगा, एक साथ ही कमरे की सारी चीज़ें जैसे घूमने लगी हैं किशोरी बाबू, उसके पति एक बार का अपराध क्षमा जीवन का सहारा टुकड़ों-टुकड़ों में घूमते-टकराते ये शब्द और वाक्यांश एक तारतम्य में बंध गए और वह जड़, निश्चय, चेतनाशून्य-सी पिताजी की ओर देखने लगी। धीरे-धीरे बात का अर्थ और स्पष्ट हुआ तो उसका मन एक भयंकर, नस-नस को फाड़ देने वाली तीखी कड़वाहट से भर गया।

'मैंने तो मिलने से भी इन्कार कर दिया था साफ कह दिया था कि जिसने मेरी प्राणों से भी प्यारी बेटी के साथ ऐसा क्रूर खिलवाड़ किया, मैं इस ज़िन्दगी में उसकी सूरत तक नहीं देख सकता। पर फिर भी वे आए।

'मिला तो पाया कि यह आदमी वह आदमी नहीं है जिससे झगड़ा करके दस साल पहले मैं तुम्हें लौटा लाया था। पश्चात्ताप और दुःख की अग्नि में जलकर उस आदमी ने अपने को कुन्दन बना लिया है।' वे फिर रुके कमरे का क्षणिक सन्नाटा अमला को बड़ा ही भयंकर प्रतीत हुआ। पिताजी को आखिर हो क्या गया। मिल भी लिए तो उसे आखिर यह सब बताने की क्या ज़रूरत थी वह कुछ नहीं जानती, कौन किशोरी है और कौन उसका पति है? जिन चीज़ों का अब उसके जीवन में कोई अस्तित्व नहीं, कोई महत्व नहीं, होने की कोई सम्भावना भी नहीं, उन्हें उठाने से क्या फायदा?

'विश्वास कर, मैं फिर भी उस आदमी के साथ सद्‌भावना से नहीं मिल सका। पर उसने अपने व्यवहार से मुझे जीत ही लिया। बहुत-बहुत बातें हुईं और तीसरे दिन तो उसने स्पष्ट शब्दों में ही कह दिया कि वह निश्चय कर चुका है कि जैसे भी होगा वह तुम्हें वापस ले जाएगा। जो भी सज़ा तुम उसे दोगी, उसे वह भोग लेगा, माफी माँग लेगा और वह मेरे सामने ही रो पड़ा। उसे अपने किए पर कितना पश्चात्ताप है, यह उससे मिलकर ही जाना जा सकता है। बिना आन्तरिक दुःख के पुरुष औरत के लिए आँसू बहाएगा, ऐसा सम्मान आज भी हमारे समाज में औरत को नहीं मिला है, यह तू भी जानती है।'

अमला का सारा चेहरा स्याह पड़ गया और फिर धीरे-धीरे कागज़ की तरह सफेद होकर निर्जीव-सा हो गया। पर पिताजी उधर देख ही नहीं रहे थे। शायद वे स्वयं डर रहे थे कि बात के बीच में ही अमला की ओर देखेंगे तो अपनी बात भी नहीं कह पाएँगे।

'क्या किसी तरह भी तू अपने जीवन के इन दस वर्षों की कटु स्मृतियों को नहीं भूल सकती? जो कुछ हो गया, उसे अनहुआ नहीं कर सकती?'

अमला को लग रहा था जैसे दस वर्षों में जो छूट, जो आज़ादी और अधिकार पिताजी ने दिए, आज एक साथ ही सब कुछ ब्याज-सहित वसूलना चाहते हैं। ऐसा घृणित प्रस्ताव रखने की बात ही उनके मन में कैसे आई? एक बार तो उसकी इच्छा हुई कि बिना किसी प्रकार का जवाब दिए ही उठकर चली जाए। उसका जाना ही उसका जवाब हो जाएगा पर फिर, वह गई नहीं। बोली तो उसके स्वर में न आवेश था न क्रोध पर स्वर बहुत ही निर्जीव और सर्द था :

'पिछले दस वर्ष ही शायद मेरे जीवन के सबसे महत्वपूर्ण वर्ष हैं मेरे जीवन की सबसे अमूल्य निधि हैं पिताजी! इनको अनहुआ करना अपने को अनहुआ करना है और मैं जीवित रहना चाहती हूँ।'

और वह उठकर चल दी। न उसने किसी प्रकार के उत्तर की अपेक्षा की, न उत्तर देने का अवसर ही दिया। उसने इस बात की भी चिन्ता नहीं की कि उसकी इस बात की या इस प्रकार उठ आने की प्रतिक्रिया पिताजी पर क्या होगी या उन्हें कैसा आघात लगेगा।

लौटी तो उसके कदम लड़खड़ा रहे थे। किसी तरह वह अपने कमरे पर पहुँची। एक ही बात उसके मन को मथ रही थी—इतना अपमान-भरा प्रस्ताव! पिताजी ने यह सब उससे क्यों कहा? सुन भी आए थे तो उससे कहने की क्या आवश्यकता थी? क्यों कहा उससे यह सब! उन्हें क्या पता नहीं कि अमला दस वर्षों में कहाँ से कहाँ पहुँच गई है? न भी पहुँचती, उसी स्थिति में होती, तब भी जो कुछ हो गया उसके बाद वह किशोरी की सूरत तक न देखती! पिता होकर भी क्या वे अमला को नहीं जान पाए?

बत्ती बुझाकर वह अपने पलंग पर जा पड़ी और आँखें मूंद लीं।

टण्डन के लाख मना करने पर भी जब मन्दा नहीं मानी और जल्दी-जल्दी तैयार होने लगी तो टण्डन को लगा कि किसी तरह वह भी मन्दा के साथ हो जाए, नहीं तो आज यह मन्दा अवश्य ही अमर से लड़-झगड़कर और उसका मूड खराब करके आएगी। वह मन्दा को भी अच्छी तरह जानता है और अमर को भी। दोनों में कितना स्नेह और कितनी घनिष्ठता है, यह भी उससे छिपा हुआ नहीं है, फिर भी अभी अमर अपने उपन्यास की समाप्ति पर है। और इस समय उसे छेड़ना उसके साथ अन्याय करना है। होगा कुछ नहीं, उसकी इतने दिनों की मेहनत पर पानी फिर जाएगा। उसने एक बार फिर सामने खड़ी, खींच-खींचकर बाल झाड़ती मन्दा को मना किया तो मन्दा भभक पड़ी।

'मैं अभी जाऊँगी, इसी समय जाऊँगी। मुझसे जो ज़्यादा तीन-पाँच की अमर ने, तो उसके सामने ही उसके उपन्यास के सारे पन्ने फाड़ फेंकूँगी, चाहे वे फिर ज़िन्दगीभर ही मन्दा भाभी की सूरत न देखें। बड़े आए हैं लेखक कहीं के! जो आदमी किसी की भावनाओं का मूल्य नहीं आँक सकता, जो किसी की ज़िन्दगी के साथ खिलवाड़ कर सकता है, वह लेखक क्या लाट साहब भी हो तो मैं माफ नहीं कर सकती।' जूड़े में ज़ोर-ज़ोर से बेरहमी के साथ कांटे खोंसती हुई मन्दा बोली।

अमर पर टण्डन को खुद कम गुस्सा नहीं आ रहा था, पर मन्दा की यह बेमौके की ज़िद उसे सरासर ज़्यादती लग रही थी। झल्लाकर बोला, 'ओहोऽ, अब जहाँ इतने दिन सब्र किया वहाँ चार दिन और रुक जाओगी तो क्या हो जाएगा? जानती हो, खाना-पीना और सोना छोड़कर उसने यह उपन्यास लिखा है और तुम हो कि उसे मटियामेट करने पर तुली हो। याद रखो, तुम बात बनाने जा रही हो, पर सारी बात बिगड़ जाएगी और हमेशा के लिए बिगड़ जाएगी; और।'

बात काटकर मन्दा बोली, 'चार दिन! अब तो मैं चार घण्टे भी नहीं रुक सकती। सच पूछो तो तुमने ही पक्ष खींच-खींचकर अमर को बिगाड़ा है, वरना मैंने तो...'

'भाभी! भैया ठीक ही कहते हैं।' रंजना ने बीच में ही कमरे से निकलकर

अनुरोध-भरे स्वर में कहा, 'इस समय तुम जाओगी तो सचमुच ही उनके इतने दिनों के परिश्रम पर पानी फिर जाएगा' मन्दा एक क्षण को रंजना का उतरा हुआ सफेद चेहरा और गीली पलकों के नीचे डबडबाई आँखों को देखती रही, फिर आवेशपूर्ण स्वर में बोली, 'तू चलकर अन्दर बैठ। तुझसे किसी ने राय माँगी है, जो बीच में आ गई? बड़ी आई परिश्रम वाली!' और पर्स को कलाई में डालकर मन्दा चल दी। जाते-जाते टण्डन को कहती गई, 'दुकान जाओ तो जल्दी ही लौट आना, मुझे लौटने में शायद दो-एक घण्टे लग ही जाएँगे।'

टण्डन और रंजना उसे नहीं रोक सके।

स्कूटर पर बैठी तो गुस्से से उसका रोम-रोम जल रहा था। सबसे ज़्यादा गुस्सा तो उसे अपने ऊपर ही आ रहा था कि क्यों टण्डन के कहने से वह इतने दिनों तक चुपचाप बैठी रही? क्यों नहीं उसने जिस दिन रंजना से सब कुछ सुना, उसी दिन अमर की खबर ले डाली? सारी बात का फैसला तभी कर आती। अमर ने क्या तमाशा ही समझ रखा है कि जब मरज़ी आई कह दिया, शादी करेंगे और जब मरज़ी आई कह दिया, नहीं करेंगे!

रंजना पर भी उसे कम क्रोध नहीं था। ऐसी एकनिष्ठता और भावुकता को वह निरा पागलपन ही समझती थी पर पता नहीं क्या था कि बहुत ज़ोर से उसका विरोध भी नहीं कर पाती थी। उसे उस दिन की बात याद आई जब उसने बहुत ही गम्भीरतापूर्वक रंजना को समझाते हुए कहा था :

'देख रंजना, तू भी अब पागलपन छोड़। बहुतों के जीवन में ऐसी घटनाएँ घट जाती हैं, तो क्या ज़िन्दगीभर उसी दुःख में यों घुलती रहती हैं? मैं तेरा विवाह करवाती हूँ और इसी गर्मी में करवाती हूँ। अच्छे से अच्छा लड़का तुझे पत्नी के रूप में पाकर अपने को ख़ुशकिस्मत ही समझेगा।'

पर यह सब सुनकर रंजना के निर्जीव-से चेहरे पर कुछ ऐसा भाव फैल गया मानो जो कुछ मन्दा ने कहा उसे वह समझ ही नहीं पाई या उसे जैसे विश्वास ही नहीं हो रहा हो कि मन्दा भी कभी ऐसी बातें कर सकती है। मन्दा ने फिर कहा, 'धीरज धर रंजना! देख, मैं तुझे अमर के पीछे ही जानती हूँ, पर

तू आज अमर से भी कहीं अधिक मेरे निकट आ गई है। तू जानती है, अमर कितना हमारा अपना है, फिर भी कहूँगी कि अच्छा पति वह कदापि नहीं हो सकता! जिसके जीवन का हर पल अनिश्चित और अस्थिर हो, जो केवल मूड्स पर चले, जिसके लिए जीवन और यथार्थ से कल्पना अधिक महत्त्वपूर्ण हो, उसके साथ जीवन बिताने की कल्पना भले ही मधुर हो सकती है जीवन बिताना कदापि मधुर नहीं हो सकता!'

रंजना चुप।

'इतने दिन हो गए, तू रो-रोकर आधी रह गई। उस आदमी से इतना तक नहीं हुआ कि एक बार जाकर तेरी खबर तक ले ले। इतने आश्वासन देकर और वायदे करके तुझसे घर छुड़वाया और अब ऐसी नीचता पर उतर...'

'भाभी!' और अपना सिर रंजना ने दोनों हथेलियों में छिपा लिया। मन्दा धीरे-धीरे उसके सिर पर हाथ फेरती रही।

थोड़ी देर बाद सिर उठाकर डबडबाई आँखों से और भर्राए गले से रंजना ने जो कुछ कहा वह मन्दा को आज भी याद है :

'जब से अमर से मित्रता हुई है भाभी, मैंने अपने जीवन का हर पल अमर के साथ ही जिया है। यह सब कहकर तुम मुझे केवल आत्महत्या के लिए ही प्रेरित कर सकोगी और किसी के लिए नहीं।' और फिर मन्दा किसी तरह भी नहीं समझ पाई थी कि कलियुग की इस मीरा को क्या कहकर समझाए!

उसके बाद इस विषय पर जैसे सबने बात करना ही बन्द कर दिया था, सब प्रतीक्षा कर रहे थे कि अमर का उपन्यास पूरा हो तो नए सिरे से बात उठाई जाए। और आज!

मन्दा ने हल्के हाथ से दरवाज़ा खटखटाया। कोई उत्तर नहीं, अन्दर से कोई शब्द भी नहीं आ रहा था। उसने ज़रा ज़ोर से दरवाज़ा धकेला तो दरवाज़ा खुल गया।

सामने जो देखा तो मन्दा के पैर एक क्षण को वहीं अटक गए। बढ़ी हुई दाढ़ी, बिखरे रूखे केश और पीला ज़र्द चेहरा लिए अमर लेटा था और जैसे

किसी तरह आँखें खोलकर उसे देखने का प्रयत्न कर रहा था पर शायद देख भी नहीं पा रहा था। पास जाकर उसने उसके ललाट पर हाथ रखा तो एकदम ही चौंक गई, 'अरे, ये तो बुखार में जल रहे हैं!'

सरसरी-सी नज़र कमरे के चारों ओर डाली। मेज़ पर उपन्यास की पाण्डुलिपि सिली-सिलाई पड़ी थी पानी का खाली गिलास मेज़ के पास ज़मीन पर लुढ़का पड़ा था और सुराही खुली पड़ी थी। 'पता नहीं कब से बुखार है!' मन्दा का सारा गुस्सा जाने कहाँ हवा हो गया। रूखे-उलझे बालों में उँगलियाँ फँसाकर बहुत ही स्नेह-भरे स्वर में बोली, 'अमर, कब से बीमार हो? खबर तक न की?'

पर अमर ने जवाब नहीं दिया। चेहरे पर हल्की-सी हरकत अवश्य हुई, पर शायद वह बोल नहीं सका, न आँख ही खोल सका।

'दवाई तो क्या दी होगी, पता नहीं किसी ने पानी को भी पूछा या नहीं! यह तो आज वह आ गई, नहीं तो...' और आगे की बात से ही सिहर उठी।

अब वह क्या करे? यह तो आधी बेहोशी की हालत में हैं, घर भी कैसे ले जाए? सच, किन पागलों के बीच में वह रहती है! एक पागल वह रंजना है जो रो-रोकर मर रही है एक पागल यह है जो लिख-लिखकर मर रहे हैं। और उसे इन सबको संभालना है। सब ही तो उस पर ऐसे निर्भर करते हैं जैसे सबका उस पर अधिकार हो, और वह भी तो संभालती आ रही है संभालना तो अभी भी होगा ही।

'देखूँ, वे दुकान पहुँचे हों तो फोन करके उन्हें बुलाऊँ। किसी तरह घर तो ले जाना ही होगा,' और मन्दा दरवाज़ा बन्द करके नीचे उतरी। फोन किया तो पता चला कि टण्डन दुकान नहीं पहुँचा है। 'वे खिजलाए-खिजलाए अलग कहीं घूम रहे होंगे। इनके अमर को कुछ कह दो, या अमर को लेकर ही कुछ कह दो तो बस सारे दिन मूड बिगड़ा रहेगा दोस्त न हुआ मुसीबत हो गई!'

अब अकेली कैसे ले जाए इस हालत में अमर को छोड़ तो सकती नहीं। क्या-क्या सोचकर आई थी, क्या हो गया?

सामने से टैक्सी आती देख उसने हाथ का इशारा करके उसे रोका और

सरदारजी को सारी स्थिति समझाकर अनुरोध किया कि ज़रा कष्ट करके वे ऊपर चले चलें। बूढ़े सरदारजी परोपकार और परसेवा का माहात्म्य बखानते हुए बड़ी प्रसन्नता से मन्दा के पीछे हो लिए।

दरवाज़ा खोला तो मन्दा ने देखा, बुखार से जलती हुई सुर्ख आँखें खोले अमर इधर ही देख रहा था। मन्दा को देखकर उसने पहचाना, होंठों पर थोड़ी-सी मुस्कुराहट भी आई शायद।

'अमर, नीचे टैक्सी खड़ी है, उठ सकोगे?' और हाथ का सहारा देकर उसे उठाने लगी।

अमर कुछ कहता, उसके पहले ही सरदारजी ने कहा, 'आप हटिए, माँजी, मैं अकेला ही उठाकर रख दूँगा।'

'कहाँ ले जाओगी भाभी? मैं यहीं ठीक हूँ। बुखार...' टूटा-सा स्वर।

'हाँ, ये तुम्हारे उपन्यास के पात्र तुम्हारी सेवा कर देंगे न! पानी तक का तो पता नहीं है कमरे में, और यहीं ठीक है!' फिर एक ओर हटकर बोली, 'उठाइए सरदारजी!' और स्वयं उसकी अलमारी में से कपड़े बटोरने लगी। सरदारजी का सहारा पाकर अमर जैसे-तैसे उठा, नीचे उतरा। टैक्सी में अपनी गोदी में सिर रखकर मन्दा ने उसे आराम से लिटा दिया, अच्छी तरह ढक भी दिया और सब शीशे चढ़ा दिए। बुखार शायद बहुत ही तेज़ था।

अमर का चेहरा देखकर पता नहीं क्यों, बराबर वह यही महसूस करती रही कि इस अर्से में दुःख केवल रंजना ने ही नहीं, अमर ने भी उठाया है, उतना ही दुःख उठाया है। लिखता वह पहले भी था, पर ऐसी हालत? यह लिखने का परिणाम नहीं किसी घोर मानसिक यंत्रणा का परिणाम है, जिसने इसे तिल-तिल करके जलाया है। मन्दा को जैसे सन्तोष हुआ।

घर पर टैक्सी रुकी तो धीरे से अमर का सिर नीचे टिकाकर वह घर के अन्दर दौड़ी नौकर और रंजना को ही बुला लाए पर घुसते ही देखा, टण्डन जैसा छोड़ गई थी वैसा ही बैठा है। दोनों हाथों में उसने सिर थाम रखा है। मन्दा को देखते ही हक-बकाकर खड़ा हो गया, 'क्या हुआ?'

'होगा क्या बाहर चलो। अमर बुखार में बेहोश पड़ा था जैसे-तैसे उठाकर

लाई हूँ।' और फिर दोनों उसे सहारा देकर उठाकर लाए। अमर स्वयं चल रहा था, पर पैर उसके लड़खड़ा रहे थे। मन्दा की आवाज़ सुनकर रंजना भी बाहर निकली तो देखा, टण्डन और मन्दा का सहारा लेकर अमर लड़खड़ाता-सा आ रहा है। पीला ज़र्द चेहरा, बिखरे बाल, बढ़ी हुई दाढ़ी वह जड़वत् जहाँ की तहाँ खड़ी रह गई।

'रंजना, ज़रा बिस्तरा ठीक कर दो।' मन्दा की आवाज़ सुनकर यंत्रवत् उसने बिस्तरा ठीक कर दिया। पता नहीं अमर ने उसे देखा भी या नहीं।

अमर को लिटाकर टण्डन को आदेश दिया, 'तुम इसी टैक्सी से जाकर डॉक्टर को बुला लाओ, और रंजना, तू यहाँ बैठ, मैं ज़रा यू-डीकोलोन की पट्टी भिगोकर लाती हूँ।'

अमर के सिरहाने बैठकर पहली बार रंजना को जैसे सारी स्थिति का ज्ञान हुआ। उसका काँपता-सा हाथ अमर के ललाट पर घूमकर बालों में जा उलझा। बुखार की तेज़ी से वह एक बार जैसे सिहर उठी। जाने किस आवेश में आकर उसने अपने खारे आँसुओं में भीगे अधर क्षणांश को अमर के तप्त ललाट पर टिका दिए। पता नहीं, अमर ने उस स्पर्श को महसूस भी किया या नहीं उसके तप्त शरीर और तप्त मन को उससे कुछ राहत भी मिली या नहीं, पर उसने अपनी भावहीन आँखें रंजना के चेहरे पर टिका दीं। फिर भी उन आँखों में जाने ऐसा क्या था कि रंजना का मन मसोसकर रह गया। मन-ही-मन उसने कहा :

'मन्दा भाभी कहती हैं, तू मूर्ख है जो अमर के पीछे पड़ी है। सारी दुनिया तेरे सामने पड़ी है, सारी दुनिया के एक-से-एक अच्छे लड़के तेरे सामने हैं और तू है कि अमर को लेकर बैठी है।'

कैसे वह मन्दा भाभी को समझाए कि उसे न सारी दुनिया चाहिए, न दुनिया के अच्छे-अच्छे लड़के उसकी तो सारी दुनिया अमर ही है। वह केवल अमर की है, अमर की ही रहेगी। अमर अपनाएगा तब भी, नहीं अपनाएगा तब भी।

रंजना के मन का यह स्नेह, यह एकनिष्ठ आत्मसमर्पण उसकी उँगलियों से

होता हुआ अमर तक पहुँच भी रहा था या नहीं कौन जाने?

7

उपन्यास का समर्पण लिखते समय ही अमर को लगा था कि उसने एक बहुत बड़ा निर्णय ले लिया है।

सारी पाण्डुलिपि टाइप की हुई है लेकिन समर्पण हाथ से ही लिखना ठीक रहेगा, इसमें एक निकटता रहती है। परसों से मन-ही-मन जाने क्या-क्या लिखा था और काटा था। सफेद दूधिया कागज़ पर लिखने से पहले एक और कागज़ पर भी लिखकर देखा था जो बात सोची है, वह कागज़ पर लिखे जाने में कैसा प्रभाव देती है?

'अमला को जिसके परिचय ने यह उपन्यास लिखा लिया।'

अमर ने पैकेट बाँधा, उस पर पता लिखा, फिर डाकखाने आकर लम्बी लाइन में आध घण्टे खड़े होकर उसे रजिस्ट्री से भेजा।

बुखार टूट चुका था और रंजना एक दिन पहले हॉस्टल लौट गई थी। सिर्फ कमज़ोरी थी। दोपहर को दुकान का नौकर खाना लेने आया तो उसके कमरे से डाक भी लेता आया। सबसे पहले उसने अमला का खत खोला, और ज़रा आराम से अधलेटा होकर पढ़ने लगा अचानक वह शिमला जा पहुँची थी, 'अधिक रुकना संभव नहीं था, दिल्ली से बाई कार आना था, समय भी नहीं था, फिर भी पालम से सीधे तुम्हारे कमरे पर गई थी पता चला, आप बीमार हो गए हैं और आपको कोई दोस्त उठा ले गए हैं। क्या करती, लौट आई तुमने अपनी बीमारी की खबर देना भी ठीक नहीं समझा! पर एक बात है, तुम्हारी पड़ोसिन बेचारी बड़ी शिष्ट महिला हैं।'

'एँऽऽ, अमला उसके कमरे पर गई थी?' और वह एकदम उत्तेजना से उठ बैठा। पता नहीं, सेठी परिवार के लोगों ने उसके साथ किस तरह का व्यवहार किया हो वैसे वे लोग हैं तो बड़े शिष्ट और उसका मन हुआ, इसी क्षण

कमरे पर दौड़ जाए, पूछे, क्या अमला सचमुच आई थी? कैसे कपड़े पहने थी? कैसी साड़ी में आई थी? अकेली थी या कैलाश भी?

'अरे हीरा, ये मेज़ ज़रा इधर सरकाओ।' तभी मंदा भाभी का स्वर सुना तो वह सकपका उठा। मंदा दोनों हाथों में सूप और दलिया भरी प्लेटें लिए उसके पलंग के पास खड़ी थी। हीरा ने मेज़ अमर के पलंग के पास खिसका दी। उस पर प्लेटें रखने की व्यवस्था में दुष्ट मुस्कुराहट से मंदा ने कहा, 'बड़े चेक आ गए हैं।'

'चेक?' अमर चौंका। उसने फौरन खत उलटा तो दो हरे-हरे चेक पत्र के पीछे लगे थे।

'लगता है, प्रकाशक लोग रॉयल्टी का हिसाब भी सुन्दर लिफाफों में भेजते हैं।' मन्दा ने हाथ के नैप्किन से चम्मचें पोंछते हुए कहा।

अमर सचमुच धक् रह गया था—एक इसी महीने का था और दूसरा दो महीने बाद का एक-एक हज़ार के दो चेक! उसे विश्वास ही नहीं हो पा रहा था—सचमुच ये चेक ही हैं? चेकों पर बैंक का नाम, नम्बर, सब सही था। अमला की लिखावट थी। नीचे दस्तखत थे। जल्दी-जल्दी पत्र के तीनों पन्ने पलटे इन चेकों की तो कहीं कोई बात ही नहीं लिखी। उसने तो इन्हें भी पत्र के पन्ने ही समझ रखा था। फिर देखा और एक रुद्ध आवेग भीतर से गले की ओर उमड़ने लगा बहुत भीतर। वह निःशब्द बोला—अमला अमला इतना मत करो अमला। मैं बहुत कमज़ोर हूँ।

वह सुस्त होने का समय चाहता था और चाहता था, मन्दा इस समय मज़ाक न करे। बहुत ही निरुद्विग्न भाव से धीरे से कहा, 'अरे, ये तो चेक ही हैं, इन्हें तो मैंने देखा ही नहीं। यह क्या भेज दिया कम्बख्त ने!'

'किस कम्बख्त ने भेजा है?' उत्सुकता मन्दा को भी थी। वह धीरे से पाटी पर बैठ गई। 'अच्छा, ये खाते जाओ साथ-साथ।'

'उसी अमला ने।' अमर सचमुच बहुत अव्यवस्थित हो उठा था। चिट्ठी को ज्यों-का-त्यों सिरहाने रखकर सीधा बैठ गया और नकली झुंझलाहट से बोला, 'आज तो मुझे भले आदमियों का खाना दे देतीं। यह सूप और दलिया

खाते-खाते तो मैं बोर हो गया।'

'खा लो चुपचाप देखो अमर, यह सारा बचपना अब छोड़ दो। पछताओगे।' मन्दा ने ज़ोर देकर कहा, 'देखो, मैं फिर कहती हूँ, तुम पछताओगे।'

'कौन-सा बचपना?' अमर ने जान-बूझकर चम्मच से सूप हिलाना शुरू कर दिया।

'कौन है ये अमला?' जिरह के स्वर में मन्दा ने पूछा।

'दोस्त है।' अमर ने सोचा, फिर वही कटघरा।

'दोस्त है!' मुँह बिचकाकर मन्दा बोली, 'मैं कहती हूँ, एक के प्रति ईमानदार रहना सीखो मुझे रंजना ने सब बता दिया है हमारा तो कोई दोस्त हमें हज़ार-हज़ार के चेक नहीं भेजता।'

अमर से मज़ाक दबाते न बना, 'क्या कहने हैं भाभी! बड़ी लालसा है! एक दोस्त तो हम ही हैं।'

'शर्म नहीं आती!' मन्दा झेंप गई। यह उसका तकिया-कलाम था। इस मज़ाक में बात की गम्भीरता न उड़ जाए, इसलिए जल्दी से बोली, 'अरे लाख रुपए की लड़की है। अपनी शादी करो, घर बसाकर भले आदमियों की तरह रहो—सो तो होगा नहीं, और ये सब करेंगे।'

'क्या सब करेंगे?' अमर को भी गुस्सा आ गया, 'पता नहीं, उस बेचारी के बारे में तुम लोगों ने अपने मन में क्या-क्या फितूर बना रखा है! तुम समझती हो, मैं उसके ये रुपए रख लूँगा? या वह लड़की घर से फालतू पड़ी है?'

'तो लौटा दोगे?' आश्चर्य से मन्दा ने पूछा।

'बिल्कुल कोई यों पैसे भेज दे और मैं रख लूँ! तब तो हो गया।' अमर के माथे पर सलवटें उभर आईं।

'बड़ी अकलमन्दी करोगे! किसी ने अपना समझकर भेजे हैं। और आप लौटाएँगे तो बुरा नहीं लगेगा? यों तो दो-दो रुपए के लिए झगड़ोगे और अब ऐसे वो बन रहे हो।' फिर नीचे पड़े एक बेकार कागज़ को बाहर फेंकने के लिए उठाकर हाथों में मसलते हुई बोली, 'उसके लिए इन रुपयों से क्या फर्क पड़ता है?'

इस बार सचमुच ईमानदारी से अपनी बात, एक बार और समझाने के लिए अमर ने सीधे मन्दा के चेहरे पर आँखें टिकाकर कहा, 'भाभी, तुम लोग शायद कभी भी मुझे नहीं समझोगे। मैं दो-दो रुपए के लिए ज़रूर झगड़ता हूँ और जहाँ अपना अधिकार समझता हूँ, वहाँ प्रकाशकों से, पत्रिकाओं से, पाँच-पाँच रुपयों के लिए अपने सम्बन्ध बिगाड़ लेता हूँ। अगर ज़्यादा व्यावहारिक बनूँ तो शायद इन पाँच के बदले पाँच सौ का काम निकाल सकता हूँ; लेकिन मैं चाहता हूँ, लेखन भी एक सम्मानजनक पेशा हो, उसके परिश्रम के बदले भी उसी तरह कीमत मिले जैसी हाथी दाँत पर नक्काशी करने वाले को मिलती है—किसी भी कलाकृति के परिश्रम पर मिलती है; दान नहीं, पारिश्रमिक मिले। रुपए से मुझे कोई दुश्मनी नहीं है, लेकिन आज अमला दो हज़ार के चेक दान के रूप में भेज सकती है, और उसी से अगर किसी परिश्रम के एवज में मैं पाँच रुपए माँगता तो शायद न निकलते। बस, इसी मनोवृत्ति से घृणा होती है। हमसे पहले वालों ने शायद इन्हें दान की महिमा कुछ इस ढंग से समझा दी है कि अब परिश्रम की महिमा बताते-बताते दो-एक पीढ़ी तो निश्चय ही लगेंगी। हमसे पहले लोग दान लेकर सिद्ध और सन्त बन सकते हैं, लेकिन हम क्या करें, जो न सिद्ध हैं न संत। केवल लेखक बनकर आत्मसम्मान की ज़िंदगी जीना चाहते हैं।'

शायद बात कहते-कहते अमर भूल गया कि वह मन्दा से यह सब कह रहा है। उसे लगा जैसे वह अमला को पत्र में लिख रहा है साथ ही मानो उसे यह भी ख़्याल है कि चेक लौटाते हुए ये सारी बातें कुछ ऐसे ढंग से कहनी हैं कि अमला को बुरा भी न लगे। शायद मन्दा ने उसकी आधी बातें समझीं भी नहीं। तभी टिफिन को तौलिया से पोंछते-पोंछते हीरा ने आकर सारी बात समाप्त कर दी, 'बहनजी, कुछ और भेजना है दुकान?'

'कुछ नहीं, कहना जल्दी आएँगे।' फिर उठते हुए बोली, 'बता देना, ये अमर बाबूजी अपने घर जाने की जिद कर रहे हैं। कहते हैं, यहाँ जंगल में कब तक पड़े रहेंगे?'

खाते-खाते अमर मुस्कुराया।

दूसरे कमरे में मेज़ पर झुककर मशीन चलाती और डोरे को लम्बा खींचकर दाँतों से काटती मन्दा खुले किवाड़ों से देखती रही। अमर चारपाई पर ही औंधा बैठकर पत्र लिखता रहा, फिर सीधा लेटकर देर तक दोनों चेकों को घूरता रहा, फिर पत्र के साथ मोड़कर लिफाफे में रख दिया और जीभ पर गोंद गीला करके लिफाफा चिपकाने लगा।

मन्दा ने दूसरे कमरे में बैठे-बैठे सोचा, 'ये ठीक कहते हैं, अमर का दिमाग खराब है अब अमर मुझसे रुपए माँगे आकर; कह देंगी, अब मुझसे क्यों माँगते हो? बोलो, घर आई लक्ष्मी लौटा दे रहे हैं। कैसे होगा बेचारी रंजना का इस आदमी के साथ?'

टण्डन हिचका—'अमला से तू क्या एक्सपेक्ट करता है?'

अमर कुछ देर चुप रहा, फिर जैसे बोल-बोलकर सोचने लगा, 'देख टण्डन, हमारी ज़िन्दगी में कुछ क्षण ऐसे भी आते हैं, जब हम सिर्फ अपने को खोलते हैं कहूँ तो, दूसरे को सामने बैठाकर अपने अन्तर को नक्शे की तरह फैला देते हैं और स्वयं उसमें अपनी स्थिति को समझते हैं जैसे अंधेरे कमरे में फिल्म डैवलप करने के बाद रोशनी में देखी जाती है शायद वैसा ही एक क्षण यह भी है, मैंने खुद कई बार सोचा है कि आखिर मैं उससे क्या एक्सपेक्ट करता हूँ? पैसा? अनेक बार मैंने पूछा : आखिर मैंने उसके चेक क्यों लौटा दिए?—यों यह लेन-देन भले ही दो व्यक्तियों के बीच में रहे; लेकिन वस्तुतः मैं तो उसे लेकर बदले में समाज को ही कुछ देता। कल वह जाकर उन रुपयों की एक अँगूठी उठा लाएगी और वह साधन जिससे कोई बड़ा काम हो सकता था, उसकी उँगली की शोभा बनकर उसके अहं को संतुष्ट करता रहेगा, लेकिन यह सारी बात तर्क में ही ठीक लगती है, व्यावहारिक रूप में लगता है कि कहीं अमला यह न सोचे कि ये सारी भावनात्मकता यह सारी आत्मीयता केवल इन चेकों तक पहुँचने का सेतु थीं।'

'वही तो मैं भी पूछता हूँ कि आखिर तुम उससे एक्सपेक्ट क्या करते हो?' टण्डन ने बात काटकर दुहराया।

'मुझे उससे प्यार हो गया—ऐसा भी मुझे कतई कहीं दूर-दूर तक भ्रम नहीं है क्योंकि शायद हम दोनों ही अपने को, अपनी हैसियत को कभी एक क्षण को नहीं भूल पाते मैं जानता हूँ, तुम्हें विश्वास नहीं होगा, लेकिन मेरे लिए यह सिर्फ एक मैत्री है। एक मधुर मैत्री। यों हम दोनों शायद कहीं भी एक-दूसरे की ज़िन्दगी को काटते नहीं हैं उसका अपना जीवन है, अपनी समस्याएँ, सम्पर्क और सम्बन्ध हैं मेरी अपनी ज़िन्दगी की धार है, अपने दुःख-सुख हैं—आपस में हम दोनों कहीं एक-दूसरे का रास्ता नहीं काटते—सिर्फ समानान्तर चलती दो रेखाएँ हैं। मैं जानता हूँ, तुम्हें और रंजना को अमला के बारे में कुछ भ्रम है; लेकिन अगर मेरा विश्वास कर सको तो कहूँ, ऐसी कहीं कोई बात नहीं है।' अमर के मन में कलकत्ता के वे दो दिन, अमला का व्यवहार और सारे पत्र टुकड़ों-टुकड़ों में आते रहे।

'तब फिर तुम्हारे और अमला के बीच कॉमन क्या है सिर्फ यही कि वह तुम्हारी पाठिका है?' टण्डन मुँह में सिगरेट लगाकर एक हाथ से ही माचिस जलाने की कोशिश करने लगा।

'कॉमन?' अमर सोचने लगा। फिर मानो विचारों को समेटकर बोला, 'शायद इतनी ही बात कॉमन नहीं है टण्डन—उसके सारे व्यक्तित्व में ज़रूर कुछ ऐसा प्रेरक है, जिसकी मेरे आन्तरिक व्यक्ति को इस समय खोज है या शायद यह भी नहीं।' वह फिर रुका—'हाँ, यही कॉमन हो सकता है कि हम दोनों अपनी-अपनी परम्पराओं और परिधियों से ऊपर उठने की बेचैनी को महसूस करते हैं—शायद यह बेचैनी ही कॉमन हो।'

'मैं तेरी बात समझ गया।' टण्डन ने कहा, 'अपने-अपने वर्ग और वातावरण से उठने या असन्तुष्ट होने की भावना ही तुम्हारी आन्तरिक समानता का सेतु बनती है यही न?'

'हाँ तुमने बात को अधिक स्पष्ट शब्द दे दिए।' अमर बोला और सोचता रहा कि क्या वास्तव में कहीं अनजाने उनके बीच में यही बात तो कॉमन नहीं है? तभी टण्डन का प्रश्न उसे बीच से काटता चला गया।

'यह बात तुम्हें रंजना में नहीं मिलती?'

शायद इस जगह रंजना के संदर्भ की न तो अमर को आशा थी, न वह इसके लिए प्रस्तुत था। वह सहसा भीतर से अव्यवस्थित हो उठा उसे लगा, टण्डन की बात का कोई जवाब उसके पास नहीं है।

टण्डन ने अपनी बात का प्रभाव तोला, ज़रा देर प्रतीक्षा की और फिर सधे लहजे में बोला, 'रंजना भी तो अपने वातावरण और वर्ग से उठने को व्याकुल है। उसने भी तो अपनी परम्पराओं और परिधियों को तोड़ा है। तुझे उसमें कुछ भी प्रेरक नहीं लगता?'

धीरे से, ताकि वातावरण का जादू न टूटे, टण्डन एक कुहनी के बल बैठ गया। अमर चुप था। उन दोनों के बीच इस समय क्षणों की धार कुछ इस तरह बहती चली जा रही थी जैसे सस्पेन्स की तनावभरी खिंचावट में पर्दे पर प्रोजेक्टर के चलते रहने की खरखराहट सरकती रहती है।

'उसमें प्रेरक कभी रहा ही नहीं, ऐसा तो नहीं है।' आखिर अपने से ऊपर आकर अमर बोला। मगर भीतर उसे लगता रहा, जैसे इस बात का कोई जवाब नहीं है—न वह 'हाँ' कह सकता है न 'ना'। उसने धीरे से कहा, 'इस बात का जवाब एकदम नहीं दिया जा सकता।'

'तेरी जब इच्छा हो तब जवाब देना, लेकिन अब बात आ ही गई है तो एक बात कहूँगा।' फिर दो-एक क्षण सोचा—शायद अमर के चेहरे को देखा कि वह बात सुनने को तैयार है या नहीं। सिगरेट का धुआँ लीलकर बोला, 'तुझे अमला और उसके परिवेश ने छा लिया है। मुझे तो लगता है कि अभी तू जान ही नहीं सकता कि अमला और तेरे बीच कॉमन क्या है? तूने आज ही अपना उपन्यास उसे समर्पित करके पोस्ट किया है, इसलिए कुछ भी टिप्पणी नहीं करूँगा—लेकिन सचमुच इस नए प्रभाव में तू इतनी बड़ी बात क्यों नहीं देख पा रहा, यह मेरी समझ में नहीं आता।'

'क्या?' अमर ने डरते-डरते पूछा।

'कि यह लड़की तुझे कितनी गहराई से प्यार करती है, तेरे लिए क्या करने को तैयार है वरना जो कुछ बम्बई में हुआ, उसके बाद कोई भी भली लड़की तेरी सूरत देखती? इन दो दिनों की बीमारी में उसने तेरी जैसे सेवा की है, जिस

ढंग से तेरे दुःख-दर्द को अपने पर ले लिया है—उन सबने तो मुझे सचमुच हिला दिया।

टण्डन के चेहरे की व्यथा और लहरों की तरह आते-जाते भावों को देखकर अमर को लगा जैसे उसके भीतर कुछ पिघलने लगा है। फिर भी उसने तर्क रखा, 'यह भी तो हो सकता है, मैं कहीं अपने भीतर, इस मध्यकालीन भारतीय नारी की पूजा से ही डरता होऊँ हो सकता है, बाँध डालने वाला यह प्यार मुझे अपने से भारी लगता हो।

'अमर!' इस बार टण्डन ने दृढ़ स्वर में कहा, 'तू मेरा मित्र है सच-सच कहूँ? उस लड़की से मुझे तेरे माध्यम से ही स्नेह है। और मैं यह भी जानता हूँ, कल तू अगर रंजना को मारकर भी आएगा तो मैं तेरा ही साथ दूँगा। तू उससे शादी करे न करे मुझे कोई दुःख नहीं होगा। ठीक है, ज़िन्दगी में बहुत साथ होते हैं, बहुत लड़कियाँ आती हैं और किन्हीं कमज़ोर क्षणों में हम कुछ वायदे भी कर लेते हैं। लेकिन ज़रूरी नहीं है कि हरेक से शादी ही की जाए। मगर एक बात मैं कहूँगा अमर, कि शादी करने की बात कहीं भी ज़रा भी मन में हो, तो यही लड़की है जिससे तुझे अपने हित में अपने लेखन के हित में शादी कर लेनी चाहिए, क्योंकि यही लड़की है जो तुझे सिर्फ तेरे बेटर-सेल्फ अर्थात् लेखन को नहीं बल्कि ख़ुद तुझे सारी कमजोरियों और कमियों के साथ प्यार करती है।' टण्डन यहाँ फिर ठहरा, शायद इतनी बात को अमर को आत्मसात् कर लेने देना चाहता था। जैसे सूखी मिट्टी पर पानी-भरा लोटा डालकर राह देख रहा हो कि सूख जाए तो और डाले। फिर धीरे से कहा, 'और तू उसे मारने पर तुला है!'

अभी तक बहुत-से तर्क, बहुत-सी दलीलें, बहुत-से जवाब अमर के मन में आ रहे थे—लगा, सब एकदम जाने कहाँ चले गए हैं। उसके मन में कुछ नहीं है—वह सचमुच अपराधी है। बीमारी के दौरान में उसने चुपचाप रंजना की सेवाओं को ग्रहण किया है, न तब सोचा, न बाद में। जैसे वह उसकी बात सोचने से डरता था और बलपूर्वक उसे दिमाग से बाहर निकाले रखता था अब उसे न सामने के नियॉन-साईन दिखाई दे रहे थे, न ट्रैफिक का शोर कानों में आता था।

टण्डन की बात भी वह नहीं सुन रहा था—उसे तो ऐसा लग रहा था जैसे यह सब टण्डन नहीं, खुद उसके भीतर कोई बोल रहा है। और जब सहसा टण्डन चुप हो गया, तो उसे ऐसा लगा जैसे यह चुप्पी एक ऐसा गहरा गड्ढा है—जिसकी घुटन वह सह नहीं सकेगा यह चुप्पी उसे तोड़ देगी मानो टण्डन का यह बोलना उसे अंधियारी ऊबड़-खाबड़ घाटियों के पार निकाले ला रहा था। उसे सब स्वीकार है उसे सब मान्य है लेकिन उसने व्यथित भाव से कहा, 'टण्डन, एक सुखी गृहस्थ-जीवन के सुख का सपना मेरे मन में न कौंधता हो—यह मैं नहीं कहूँगा। आखिर मैं भी आदमी हूँ। रंजना के प्यार और समर्पण को मैं नहीं जानता, ऐसा भी नहीं है मैं मुँह से बोलूँ, या न बोलूँ, लेकिन उसे मुझसे ज़्यादा अच्छी तरह कौन जानता है?' फिर उसने उद्वेग लीला, 'मगर तू बता, आखिर कैसे यह ज़िम्मेदारी ले लूँ? मुझे उस सुनसान कमरे में लौटना रोज़ अच्छा नहीं लगता—वहाँ कहीं तौलिया पड़ा होगा, कहीं पैण्ट; मेज़ पर पाजामा फैला होगा तो कुर्सी पर गिलास। यह सब मैं खुद सह सकता हूँ—लेकिन उस बेचारी लड़की को लाकर क्यों मारूँ? मेरे तो न खाने का ठीक है न रहने का। कभी दोनों वक्त का एक वक्त खा लिया, कभी चाय-नाश्ते पर ही काट दिया—यहाँ बैठे हैं तो ग्यारह बजे तक यहीं बैठे हैं। आज बस को पैसे नहीं हैं, तो मन्दा भाभी से माँग लिए। इस सबमें उस बेचारी को क्यों घसीटूँ?' फिर उसका गला रुंध आया, 'रंजना को मैंने मारा हो या न मारा हो, लेकिन यह सब निश्चय लेते समय अपने को कितना मारा है, मैं ही जानता हूँ।' उससे बात पूरी नहीं हो पाई।

टण्डन की तनी पीठ ढीली हो गई; धीर स्वर में पूछा, 'अच्छा, यह सब रंजना नहीं जानती? तेरी हालत, तेरा स्वभाव, तेरी आर्थिक स्थिति या अनिश्चित दिनचर्या की जानकारी रंजना को नहीं है?—यही मैं कहता हूँ अमर, तू नहीं जानता कितनी बड़ी गलती कर रहा है। रंजना यहाँ नहीं सुन रही, इसलिए मैं कह भी रहा हूँ। तू मुझे बता, रंजना में क्या कमी है? पढ़ी-लिखी, सुन्दर, समझदार, अपने पैरों पर खड़ी है। उसे एक से एक अच्छे लड़के मिल जाएँगे। दूसरी तरफ आप अपने को देखिए, बदले में उसे क्या देंगे? आप बहुत धनी हों बहुत सुन्दर हों सो भी नहीं—कल चाहे तीसमार खाँ बन जाएँ,

आज एक साधारण-से लेखक ही तो हैं! मैं भी तो सुनूँ, आपके घर आकर वह बेचारी कौन-से पालने झूलेगी? और इतने सब पर भी वह ज़िद कर रही है तो इसीलिए न कि कोई चीज़ है जो उससे भी बड़ी है।'

अमर ने घुटने पर कुहनी रखकर हथेली में माथा ले लिया। एक ज्वार था, जो उसके ऊपर से गुज़रता चला जा रहा था। कितना बड़ा सच था जो टण्डन ने कह दिया था। आखिर उसे हो क्या गया है कि वह इस लड़की के गहन और एकनिष्ठ प्यार को नहीं पहचान पाता? सभी कुछ तो ताश के खुले पत्तों की तरह साफ है—उसका अपना जीवन, उसकी अपनी परिस्थिति रंजना का प्यार, रंजना का त्याग। उसकी आँखों पर कौन-से पर्दे पड़े हुए हैं जो इतना जलता सत्य उसे नहीं दिखाई देता? और उस पल उसे लगा, नहीं, उसे सब दिखाई देता है—वह सब कुछ समझता है, सब कुछ जानता है। सिर्फ अपने सामने उसे स्वीकारने से डरता रहा है, शायद कोई बद्धमूल हीनताभाव है कि वह यों प्राप्त से आँखें मूंदकर अप्राप्य-अज्ञेय के पीछे भागता रहा है

डूबे-डूबे उसने सुना, टण्डन खुद ही बोले जा रहा था रुक-रुक कर —'सच पूछो तो मैं इसमें तुझे दोष भी नहीं देता! कुछ मिथ्स—मिथ्या धारणाएँ—हमें परम्परा से मिलती हैं और हम उन्हें बिना जाँचे ज़िन्दगीभर पालते जाते हैं। उन्हीं में एक मिथ यह भी है कि कलाकर को घर नहीं बसाना चाहिए। ये ज़िम्मेदारी उसे खा जाती है—या यह कि उसे दुखी और निर्धन ही होना चाहिए। न उसे अच्छा खाने का हक है, न पहनने का मैं कहता हूँ, यह सब बकवास है।' और भी पता नहीं क्या-क्या बोलता रहा।

पता नहीं, कितना समय योंही बीत गया। कम-से-कम अमर को लगा, घंटों बीत गए। फिर उसने गहरी साँस ली और अपने भीतर की जाने किन तहों से टण्डन के कन्धे पर हाथ रखकर काँपते स्वर में बोला, 'टण्डन, तू मेरा दोस्त है एक काम करेगा?'

टण्डन के कन्धे पर रखे अमर के हाथ ने महसूस किया कि टण्डन के भीतर कुछ सिहर उठा। मुँह से कुछ नहीं कहा, बस प्रश्न-दृष्टि से देखा।

'देख टण्डन, मेरी समझ में कुछ नहीं आता।' अमर ने गीली आँखें उसके

चश्मे पर टिका दी, 'मेरा दिमाग खराब हो गया है। मुझे अपना भला-बुरा कुछ भी नहीं सूझता तू विश्वास कर, इस क्षण जो भी निर्णय तू मेरे लिए देगा, मैं उसे ज्यों-का-त्यों मान लूँगा, एक भी बार ना-नुच करूँ तो जो तेरा मन हो सो कर देना। तू बता मैं क्या करूँ?'

'होश में बोल रहा है?' टण्डन ने पूछा।

'तू बोल तो सही मैं एकदम होश में हूँ।'

टण्डन ने गौर से अमर के चेहरे को देखा और तब उसे लगा जैसे सहसा उसका शरीर ढीला पड़ गया। धीरे से उसने चश्मा उतारा और फिर अपने में डूबकर अपनी मोटी भौंहों और माथे की सलवटों को मसलने लगा सिर्फ उसकी उँगली की अँगूठी कभी-कभी बाहर की रोशनी में चमकती रही। अमर ने अपना हाथ हटा लिया। कुछ देर प्रतीक्षा की और फिर अचानक ही भूल गया कि टण्डन के उत्तर की राह देख रहा है। उसे लगा, छाती पर रखा बोझ था जो उसने टण्डन को सौंप दिया और स्वयं हल्का हो गया—मन के बहुत ही भीतर आया, काश यह निर्णय वह अमला से कराता!

आखिर जैसे कुछ हुआ ही न हो, इस तरह चश्मा नाक पर रखकर सहसा टण्डन उठ खड़ा हुआ, 'अच्छा, अब चलें बहुत देर हो गई।'

अमर ने समझ लिया वह सोचने को समय चाहता है। वह भी उठा, रूमाल उठाकर झाड़ा और चहलकदमी की तरह दोनों बाहर की दिशा में बढ़े। अमर ने देखा—होटलों को छोड़कर बाहर की दुकानें बन्द हो गई हैं। कलाई उठाई—ग्यारह को सात मिनट।

टण्डन नीचे देखता एक-एक कदम चलने लगा। छोटी-सी हँसी हँसकर बोला, 'यार, तूने बड़ा मुश्किल काम दे दिया है'

अमर कुछ नहीं बोला—सिर्फ निरुद्विग्न प्रतीक्षा करता रहा। छोटी-सी खुली जगह से जब दोनों एक-एक करके लॉन से निकलने लगे, तो टण्डन सहसा ठिठका। फिर मानो साहस करके बोला, 'तो सुन, कर डाल।'

'डन!' अमर ने ऐसी तत्परता से कहा मानो वह इस उत्तर को तैयार रखे जानता था, टण्डन यही निर्णय लेगा, तब झट वह यही जवाब देगा।

लेकिन टण्डन को मानो झटका लगा। उसे विरोध की आशा थी। अपने ही निर्णय को काटना चाहता हो, इस तरह वह ठिठका—उसके होंठ फड़के। फिर कुछ सोचकर चुप हो गया।

दोनों ने सड़क पार की और एक मूक समझौते की तरह अपनी-अपनी सवारियों की खोज में निगाहें दौड़ाने लगे। बहुत स्वाभाविक लहजे में अमर ने कहा, 'लेकिन एक बात है टण्डन, जो भी होगा—वह इसी हफ्ते में सात दिनों में हो जाएगा। मैं कमज़ोर आदमी हूँ यार, पता नहीं फिर दिमाग में क्या फितूर आ जाए।'

टण्डन वही पुराना आदमी हो गया था, कन्धे पर हाथ मारकर बोला, 'अबे शादी तेरी हो रही है या मेरी? कहाँ तो साले ऐसे भड़क रहे थे कि नहीं, हम शादी करेंगे ही नहीं; और कहाँ अब यों उतावले हो उठे कि सात दिन में ही करा दो।'

जब अमर ने उसकी बात में कोई सहयोग नहीं किया, तो उसे खुद अपना मज़ाक निहायत बेमौज़ूँ लगा। अमर बहुत गम्भीर हो गया था। अपनी ओर वाले मोटर-साइकल रिक्शे में बैठते समय उसने सुना—अपने मज़ाक पर क्षमा माँगने के लहजे में टण्डन उससे अनुरोध कर रहा था, 'चल, आज उधर ही चल न।' फिर शायद उसे याद आ गया कि मन्दा पता नहीं, अभी तक आई होगी या नहीं।

'नहीं मुझे भी तो सोचने दे।' फिर खुद ही मज़ाक सूझा, 'कल भाभी से लड़ना है। आप चली जाती हैं तो इस नेता को दुनिया सुधारने की सूझती है।' फिर याद करके कहा, 'अच्छा, अब तू भी चल, बहुत देर हो गई और हाँ, अपने पास फूटी कौड़ी नहीं है। पैसे-वैसे का इन्तज़ाम कर लेना।'

टण्डन हीरो की अदा से बिना मुड़े सिर के ऊपर एक हाथ हिलाकर चला गया। अमर उसे देखता रहा—सचमुच, इस टण्डन को लेकर वह ऐसी उलटी-सीधी बातें कैसे सोच पाता है? अगर कोई भावना इसके प्रति उसके मन में होनी चाहिए तो वह होनी चाहिए कृतज्ञता की।

8

कन्धे पर शॉल डालकर अमला बाहर निकल आई और रेलिंग के सहारे खड़ी होकर शून्य नज़रों से आसमान की ओर देखने लगी। काले-कजरारे बादल घिर-घिर आए थे और लगता था, शायद इस बार वर्षा हो ही जाएगी।

एकाएक ही उसे अमर के पत्र का ख़्याल आया। उसे जवाब देना है। पत्र के साथ भेजा हुआ अपना चेक देखकर अमला को दुःख के साथ-साथ अमर पर क्रोध भी आया था। उसे लगा था मानो अमर ने चेक को अस्वीकार करके उसके सम्बन्ध को ही अस्वीकार कर दिया है। पर दूसरे ही क्षण दुःख और क्रोध की यह भावना जाती रही थी और एक बहुत ही मधुर भावना ने जन्म लिया था। अमर का वह अहं उसे भीतर-ही-भीतर सहलाता रहा—अमर को उसके बहुत निकट खींच लाया। आज तक सब उसे पैसे की वजह से ही तो मान-सम्मान और प्यार देते रहे हैं—मेजर कपूर, कैलाश और किशोरी भी क्या उसे इसीलिए अपनाना नहीं चाहते कि आज वह अनेक मिलों की डायरेक्टर है? पर अमर उसके पैसे की परवाह नहीं करता।

तो क्या अमर उसे प्यार करता है?

और तभी अमला के सामने अमर की अन्तिम पंक्तियाँ उभर आईं, 'उपन्यास समाप्त हो गया है और अब बहुत ही खाली-खाली महसूस कर रहा हूँ। बीमारी के दौरान में रंजना दो दिन तक मेरे पास रही। उसके हाथ से रखी हुई यूडी-कोलोन की पट्टियों ने मेरे शरीर से अधिक, मेरे मन को राहत पहुँचाई थी, और एक बात मैं अच्छी तरह समझ गया था—रंजना मेरे जीवन की पूरक है। उसके बिना मैं अधूरा हूँ, अपूर्ण हूँ। वह मेरी आत्मा का अंश है। और इस सत्य को मैं शायद अब अधिक दिन तक नहीं झुठला सकूँगा। कितनी विचित्र बात थी कि दो दिन साथ रहकर भी हम एक शब्द न बोले! पर मौन रहकर ही जिन भावों का आदान-प्रदान हो गया, उन्हें हज़ार-हज़ार शब्द भी अपने में नहीं समेट सकेंगे। उपन्यास लिखने के दौरान में हर क्षण मैंने

एक अजीब-सी बेचैनी महसूस की, एक विचित्र-सा दर्द मुझे पल-पल टीसता रहा और मैं समझता रहा कि यह दर्द-बेचैनी, सृजन-प्रक्रिया का परिणाम है। किन्तु जब आधी बेहोशी की स्थिति में मन्दा भाभी मुझे अपने कमरे के पलंग पर लिटाकर चली गई और क्षणांश के लिए मैंने अपने माथे पर रंजना के अधरों का स्पर्श महसूस किया, तो लगा जैसे उसने मेरी सारी बेचैनी, सारे दर्द को ही पी लिया। दो दिन रहकर वह चली गई, पर लगता है, बहुत जल्दी ही मुझे उसे फिर से लाना होगा—अपने जीवन में, अपने घर में। मुझे तुम्हारी बात याद है कि हर प्रकार का समझौता कला को पथभ्रष्ट कर देता है। विवाह, ज़िम्मेदारियाँ कलाकारों के लिए घातक हैं; वे उसे मार देती हैं। मैं इस बात की सच्चाई को झुठला दूँ इतना साहस भी नहीं, फिर भी इतना तो तुम स्वीकारोगी ही कि कला के सृजन के लिए कलाकार का जीवित रहना आवश्यक है और मैं शायद रंजना के बिना जीवित ही नहीं रह सकूँगा। एक ओर यह सब महसूस करता हूँ और दूसरी ओर कहीं बहुत भीतर से मुझे कोई बराबर चेतावनी देता रहता है कि विवाह करके मैं अपने लेखन की हत्या कर दूँगा। सच मानना अमला, दुविधा और असमंजस की इस स्थिति में अब एक पल भी गुज़ारना भारी पड़ रहा है। एक ओर रंजना और अमर के व्यक्ति को जीवित रखने का प्रश्न है तो दूसरी ओर अमर के लेखक को। बड़ा ही निर्णय-दुर्बल व्यक्ति हूँ। पल-पल मन की स्थिति बदलती है और साथ निर्णय भी बदल जाते हैं। तुम बताओ और खूब सोचकर बताओ, मैं क्या करूँ?'

बादल फिर धीरे-धीरे बिखर गए और पानी की एक बूंद भी न गिरी। वातावरण में साँझ का धुंधलका कुछ गहरा हो चला था। अमला को इच्छा हो रही थी, वह एक बार जैसे भी हो कुछ देर के लिए बाहर घूम आए।

अमर के पत्र का जवाब तो अब कल देगी।

क्या लिखेगी अमर को? लिख दे कि रंजना से विवाह कर लो?

नहीं, जाने क्यों मन बार-बार कहता है, ऐसा मत लिखना ऐसा मत लिखना। पर क्यों? क्या अमर से कुछ आशा रखती है? नहीं। फिर भी वह नहीं चाहती कि अमर रंजना का हो, किसी एक का हो। जैसे वह सबकी होकर

किसी की भी नहीं है, वैसे ही अमर भी सबका रहे, केवल रंजना का ही न हो। उसे लगा, वह कहीं नहीं जाएगी, अभी बैठकर अमर को पत्र लिखेगी :

'हो सकता है, रंजना तुम्हारे जीवन की पूरक हो, तुम्हें उससे प्यार हो, फिर भी मैं यही कहूँगी उससे विवाह न करना। विवाह को तुम जैसा व्यक्ति भी आवश्यक समझे इतना महत्त्व दे, यह बात गले नहीं उतरती। मैं तो सोचती हूँ, विवाह केवल एक बन्धन है, एक फन्दा है, जो प्यार का गला घोंट देता है। विवाह कर लोगे तो तुम मर जाओगे, वह मर जाएगी, तुम लोगों का प्यार मर जाएगा। तुम्हारे जीवन में रह जाएगा एक मानसिक तनाव और उसके जीवन में रह जाएगी अविरल अश्रुधारा। तुम रंजना से पूछो, यह सब उसे मंज़ूर है?

'बहुत सम्भव है अमर, इस सबसे सहमत न होओ। हो सकता है, तुम्हें कुछ दुःख भी हो, तुम मुझे कुछ गलत भी समझो; पर मैं जो महसूस करती हूँ, वही लिख रही हूँ। जाने क्यों, कभी इस बात से सहमत नहीं हो पाई कि व्यक्ति अपने में अपूर्ण होता है, उसे किसी पूरक की आवश्यकता होती है। फिर यदि तुम जैसे व्यक्ति को भी—जिसकी ऐसी सशक्त लेखनी है और प्रखर कल्पना—अपूर्णता महसूस हो, तो जान लो तुम्हारे जीवन की पूरक तुम्हारी कलाकृतियाँ ही होंगी, रंजना नहीं।'

और भी अनेक बातें, अनेक तर्क अमला के दिमाग में आए; पर बराबर उसे लगता रहा कि अमर इन सब बातों को स्वीकार भले ही कर ले, मान्यता नहीं देगा। वह रंजना से विवाह कर लेगा।

दो मिनट तक अमला पैकेट को उलट-पुलटकर देखती रही। वह जानती है कि इसमें अमर के उपन्यास की पाण्डुलिपि है, उस उपन्यास की, जिसको पूरा करवाने के लिए अमला ने उसे अनेक उपदेश दिए थे, लम्बी-चौड़ी बातें समझाई थीं; फिर भी जाने क्यों उसे खोलकर पढ़ने का उत्साह वह अपने मन में नहीं पाती। पिछले कुछ दिनों से उसे बराबर ही महसूस हो रहा है कि अमर उसकी बातों का विरोध भले ही न करे, लेकिन मानेगा नहीं। अमला का अपना मन ही उससे पूछ बैठता है—आखिर अपनी बात मनवाने का इतना

आग्रह क्यों? और न माने तो इतनी निराशा क्यों? क्या सचमुच उसके मन में केवल अमर के लेखक को, अमर की कला को ही जीवित रखने की लालसा है? और कुछ नहीं?

अमला ने कसकर आँखें मूँद लीं।

क्या होता जा रहा है उसे आजकल! वह अधिक नहीं सोचेगी। अपने मन की अधिक छानबीन भी नहीं करेगी, नहीं तो वह सचमुच ही किसी दिन पागल हो जाएगी, जीवन ज्यों-ज्यों निष्क्रिय होता जा रहा है, मन और कल्पना उतने ही क्रियाशील होते जा रहे हैं। पर कितना घातक है यह सब—इस बात को वह दो-तीन महीने में ही समझ गई थी।

सोचना! सोचना! सोचना! सचमुच वह बहुत ऊब गई है रात-दिन के इस सोचने से, और चाहती थी कुछ ऐसा काम उस पर आ पड़े कि रात-दिन के लिए वह जुट जाए। शारीरिक परिश्रम उसने कभी किया नहीं था, और कर भी नहीं सकती थी; पढ़ने से उसे आजकल बेहद अरुचि हो गई थी, तब फिर वह क्या करे?

अमला ने बड़े ही निरुत्साहित हाथों से पैकेट खोला और जैसे ही पन्ना पलटा, देखा :

'अमला को—जिसके परिचय ने यह उपन्यास लिखा लिया।'

अमला अवाक्-सी इस समर्पण को देखती रही और एक विचित्र-सी पुलक उसके तन-मन को सिहरा गई। कैलाश के दिए हुए अनेकानेक उपहारों की चमक एकाएक ही धुँधली पड़ गई और आज तक के सारे आदान-प्रदान इस समर्पण के सामने बहुत ही तुच्छ लगने लगे। सच, उसने कभी भी कल्पना नहीं की थी कि अमर अपनी रचना को उसे ही समर्पित कर देगा। बार-बार वह उस समर्पण को ही पढ़ रही थी और लग रहा था, जैसे अमर ने अमला के आगे अपने को ही समर्पित कर दिया है। इस उपहार में न वैभव का प्रदर्शन था, न अमला को प्रसन्न करने का प्रयत्न; किन्तु इसमें अमर की आत्मा का निचोड़ था, जिसे उसने कलम के माध्यम से बूँद-बूँद करके उस नीरस, शुष्क कागज़ के पन्नों पर उँडेल दिया था। अमला की आँखें भीग आईं।

तभी कागज़ की एक छोटी-सी स्लिप सरककर नीचे गिर गई। अमला ने झुककर उठाया तो अमर का पत्र था :

'अमला, तुम्हारी प्रेरणा जिस रूप में साकार हुई है, उसके समर्पण की एकमात्र अधिकारिणी तुम ही हो। चाहता था, समर्पण की पंक्तियों में कुछ मन की बातें लिख सकूँ, पर भय है, तुम्हारे आसपास के लोग, तुम्हारे वर्ग के लोग, तुम्हारे 'निकटतम मित्र' उसे सहज भाव से नहीं ले सकेंगे और तुम्हारे लिए अजीब-सी उलझन पैदा हो जाएगी, इसीलिए बहुत ही औपचारिक ढंग से एक पंक्ति लिख दी है।

'पढ़कर बताना कैसा लगा! कहाँ तक सफल हो सका हूँ! तुम्हारी राय ही मेरे लिए सबसे महत्त्वपूर्ण होगी, क्योंकि वह कम-से-कम व्यक्तिगत राग-द्वेषों से तो दूर होगी।

'एक बात और—एक उपन्यास की तुमने प्रेरणा दी, अब चाहता हूँ एक उपन्यास की सामग्री भी दो। पहले ही कह दूँ, इस मामले में भयंकर स्वार्थी आदमी हूँ, और क्रूर भी। तुम्हारे व्यक्तित्व ने, जीवन ने मुझे बहुत आकृष्ट किया है, पर उसके बारे में विशेष कुछ नहीं जानता। जान पाऊँ तो सोचता हूँ, तुम्हारे जीवन और अपनी कल्पना के संयोग से एक ऐसे चरित्र का निर्माण कर सकूँगा कि अमर सचमुच ही अमर हो जाए।

'पर तुम्हारा सहयोग अपेक्षित है बोलो मिलेगा?'

'मन की बात उसका चरित्र—व्यक्तित्व, जीवन' ये ही शब्द आड़े-तिरछे अमला की आँखों के आगे तैरने लगे।

क्या थी अमर के मन की बात? कागज़ पर लिख भेजता, वह जान तो लेती! यों न जानने का भी एक आनन्द है जो चाहे कल्पना करो।

उसने अभी तक अमर को पहले वाले पत्र का उत्तर भी नहीं दिया। आज ही पाण्डुलिपि पढ़कर बड़ा-सा पत्र लिखेगी। अमर से उसे लिखवाना है—वह प्रेरणा देगी; सामग्री भी देगी, जो कुछ अमर चाहेगा, सब कुछ देगी, पर अमर को बाध्य करेगी कि वह सब प्रकार की चिन्ताओं से तटस्थ होकर, और सब प्रकार की ज़िम्मेदारियों से मुक्त होकर लिखे। दिल्ली रहकर यदि यह सब

सम्भव नज़र न आता हो तो दिल्ली छोड़ दे।

वह अमर की प्रेरणा है, एक सशक्त लेखक की प्रेरणा है। वह उसे प्रेरित करेगी—चाहे अमर उसे गलत समझे या सही।

अमर का पत्र था। अमला ने वहीं खड़े-खड़े उसे फाड़ डाला। ज़रूर उलाहना होगा, वह उसे कुछ लिख ही नहीं रही है। पर ऐसा कुछ भी नहीं था, केवल लिखा था :

'जिस दिन तुम्हारे पास उपन्यास की पाण्डुलिपि भेजी थी उसी दिन रात को एकाएक निर्णय ले डाला कि रंजना से विवाह करना है, और साथ ही यह भी तय कर डाला कि एक ही सप्ताह में कर डालूँगा तुम्हारे पत्र की, तुम्हारी राय की प्रतीक्षा थी खैर, अब तो तीन दिन बाद विवाह ही है। निर्णय लेने के बाद से ही बहुत हल्का महसूस कर रहा हूँ। लगता है, व्यर्थ ही इतने दिनों तक बोझ लादे रहा, निर्णय पहले ही ले लेना चाहिए था।

'विवाह की तरह विवाह नहीं हो रहा है, सो तुम्हें निमन्त्रण भी क्यों दूँ? पर हाँ, अपनी शुभकामनाएँ अवश्य भेजना। उपन्यास पर राय कब मिल रही है? उत्सुक हूँ।'

अमला ने पत्र वापस लिफाफे के अन्दर रख दिया और फाटक पर खड़े-खड़े सामने की ओर देखकर सोचने लगी—आज वह किधर जाए?

चारों बैठे थे—अमर, रंजना, टण्डन और मन्दा। टण्डन ने पिछली तारीख डलवाकर दोनों से फॉर्म भरवाए थे और यह तय हो चुका था कि रजिस्ट्रार घर पर ही आएगा—वे लोग कोर्ट नहीं जाएँगे। निकटतम मित्रों को टण्डन ने स्वयं जाकर ही सूचना दे दी थी, और जो कुछ करना है उसकी एक निश्चित रूपरेखा भी बना ही ली थी और सब कुछ करके टण्डन बड़ा हल्का-हल्का महसूस कर रहा था। अमर और रंजना को यों चुपचाप बैठा देखकर टण्डन बोला, 'ये दोनों तो यों शरमा रहे हैं जैसे सचमुच के ही दूल्हा-दुल्हन हों।'

'और क्या, ये तो ऐसे कर रहे हैं जैसे कभी एक-दूसरे को देखा ही नहीं

हो—या जानते ही नहीं हों!' मन्दा ने अमर को परसों से इतना छेड़ा और बनाया है कि उसकी बोलती बन्द कर रखी है।

'जानते नहीं हैं!' सिगरेट को एक ओर फेंककर टण्डन बोला, 'बेटा! दुनियाभर में तो मटरगश्ती करते फिरते थे अरे, इन लोगों का क्या ब्याह करवाना, बस कह दो—साथ रहना शुरू कर दें!' रंजना और अमर दोनों ही मुस्कुरा दिए।

'माफ करो! तुम्हारे इन अमर साहब का कोई भरोसा है? लेखक आदमी ठहरे आज मूड बना तो शादी कर ली, कल मूड बने तो छोड़ दें और कह दें, मैंने तो शादी ही नहीं की सो प्रमाण तो रहना चाहिए।'

'ऐ मन्दा! बन्द करो यह बकवास!' टण्डन को बुरा लगा कि शादी के समय यह छोड़ने की बात क्यों कर रही है। टण्डन शादी करवाने के साथ-साथ यह भी महसूस करने लगा था कि इन दोनों के सुखी जीवन का उत्तरदायित्व भी जैसे उसी पर है। यह बन्धन अटूट हो दोनों के व्यक्तित्व को निखारने-चमकाने वाला होना ही चाहिए, नहीं तो अमर चाहे उसे क्षमा कर दे, वह स्वयं अपने को कभी क्षमा नहीं कर सकेगा।

तारकशी के काम की लाल शिफॉन की साड़ी में लिपटी रंजना को अमर के पास छोड़कर जब मन्दा उठी, तो उसका मन बार-बार यही आशीर्वाद दे रहा था—यह बन्धन अटूट हो, यह जोड़ी अमर रहे।

कमरे से निकलकर बड़ी दुष्टता से मुस्कुराकर उसने दरवाज़ा धीरे से बन्द कर दिया।

पहली बार ट्यूब लाइट के दूधिया आलोक में क्षणभर को रंजना और अमर की आँखें मिलीं और अमर ने विभोर भाव से कसकर उसे अपनी बाँहों में जकड़ लिया।

रंजना को लगा जैसे उसकी सारी भटकन ही समाप्त हो गई। उसने अपनी मनोवांछित मंज़िल पा ली।

9

अमर की डायरी

हनीमून

टण्डन ने सुझाव दिया, 'तुम लोग कहीं घूम आओ, कुछ दिनों को हनीमून मनाओ।'

रंजना ने मना कर दिया, 'अभी संभव नहीं है छुट्टी मिलना। बीमारी के लिए, बम्बई वाले ट्रिप के लिए, मैंने पहले ही बहुत ले रखी है।'

मैंने कहा, 'इन दिनों कुछ ऐसा जोश आ गया है कि एक छोटा-सा उपन्यास और पूरा कर डालूँ। शादी के चक्कर में जो ऊपर से और कर्ज़ा कर लिया है, वह भी बराबर हो जाएगा।'

'हाँ, हाँ, और क्या!' रंजना तपाक से बोली, 'बहुत ज़िन्दगी है अभी तो टण्डन भाई साहब, जब इच्छा होगी तभी हनीमून मना लेंगे।'

'मैंने तो इसलिए कहा कि कम-से-कम तुम यह तो महसूस करो कि शादी हो गई है।' टण्डन ने बात साफ की।

'अरे यहाँ तो 'दिन को होली, रात दीवाली रोज़ मनाती मधुशाला है।' मैं उत्साह से रंजना का कन्धा भींचकर बोला।

लेकिन सच बात है, मुझे लगता ही नहीं जैसे मेरा विवाह हो गया है। जैसा रंजना के साथ व्यवहार तब था, वैसा ही अब है। उसमें कहीं कोई ऐसा विशिष्ट नहीं हुआ है कि जिसकी ओर ध्यान आकर्षित हो।

कनॉट प्लेस के दो-तीन होटलों में दोस्तों के साथ हाहा-हूहू करने के बाद जब हस्बमामूल मद्रास होटल से आखिरी बस लेकर आया तो लगा, घर में बड़ा बोझ है। मेज़ पर खाना रखा था। मेरे आते ही नौकर औंधी प्लेटों को सीधा करने लगा। मैंने पूछा, 'रंजना सो गई क्या?'

'भैनजी बहुत नाराज़ हैं उन्होंने खाना नहीं खाया।' नौकर ने बताया।

'नाराज़? अरे लो ये भी कोई बात हुई?' मैं भीतर वाले कमरे में गया। वह पलंग पर करवट लेकर लेटी थी। जाकर ज़ोर से पीठ पर हाथ मारते हुए अतिरिक्त उत्साह में कहा, 'अरे उठो श्रीमतीजी, यह पहले ही दिन नाराज़ी!' बत्ती नहीं जली थी। कोई जवाब भी नहीं।

कन्धा अपनी ओर खींचकर सीधा किया तो गर्दन एक तरफ मोड़ ली सूँ-सूँ के साथ सुबकियाँ तेज़ हो गई। रंजना रो रही थी। सन्नाटे में आ गया।

'रंजना रंजना! क्या बात है?'

'कुछ नहीं।'

'तो भी।'

'आप अपने घुमो-फिरो भटको आपको क्या है!' और रंजना बच्चों की तरह रोने लगी।

मैं हँस पड़ा। दोनों हाथ खींचकर उसे उठाने लगा।

'आपको हँसी आ रही है, यहाँ भूखे-प्यासे मर गए।' रंजना बोली।

'माफ करो यार, गलती हो गई, अब आगे से नहीं करेंगे।'

मैंने उसके हाथ छोड़कर अपने कान पकड़े, एक बार उठक-बैठक की तो रंजना हँस पड़ी, 'अरे-अरे नौकर क्या कहेगा? तब तो ख़्याल आया नहीं, अब ये सब कर रहे हैं।'

'मेरी समझ में नहीं आता कि आपको अकेले घूमना अच्छा कैसे लगता है? आपको ये नहीं लगता कि कोई और भी है?' खाते समय उसने पूछा।

'भई, मैं तो चाहता हूँ कि तुम भी चलो, घूमो!' मैंने कहा।

'आपने तो कह दिया, चलो-घूमो! दिनभर थककर चूर-चूर आओ तो घूमने की सूझती है या मन होता है कि आध-पौन घण्टे आदमी आराम करे?' रंजना ने कहा तो मुझे लगा कि वह आरोप कर रही है।

बात सच थी। मैं चुप हो गया। जब वह कोई बात ज़ोर देकर कहती है तो डिबेट के अन्दाज़ में एक हाथ को दूसरी हथेली पर रखकर झटकते हुए बोलती है।

खाने के बाद जब हम लोग पान खाने, घूमते हुए सिनेमा के पास गए तो

गली में यहाँ-वहाँ चारपाइयाँ बिछाए लोग सो रहे थे। रंजना ने फिर कहा, 'इस गली में यहाँ से वहाँ तक आप देख लीजिए, सब लोग छ:-सात बजे तक घर लौट आते हैं। खाया-पीया और घूमने निकल गए।'

लौटते हुए उसने मेरा हाथ पकड़ लिया और हाथ झुलाते हुए हम लोग चहलकदमी करते चलने लगे, 'मेरी समझ में नहीं आता, आपका मन कैसे लगता है? आपको घर आने की इच्छा नहीं होती? मुझे तो कहीं अच्छा नहीं लगा। हमेशा मन करता रहता है; आपके साथ रहूँ आपके पास रहूँ हम लोग साथ घूमें, सिनेमा जाएँ।'

रास्तेभर मैंने लिखने की बात सोची थी, अब हुआ फिर कभी लिखेंगे। ज़िन्दगी में ये बातें ज़्यादा ज़रूरी हैं। हम लोग बहुत धीरे-धीरे आ रहे थे। रंजना की बात समझकर मैंने सोचते हुए कहा, 'हम लोगों के साथ यह समस्या सचमुच बड़ी विकट है। मैं सारे दिन बन्द होकर लिखना-पढ़ना करता हूँ और तीन-चार बजे तक घूमने-भटकने निकल जाता हूँ—यह मेरी वर्षों की आदत है। खैर, आदत बदली भी जा सकती है। लेकिन मैं सचमुच सारे दिन इतना ऊब जाता हूँ कि घूमने-फिरने को मन तड़पने लगता है। तब तुम थकी-माँदी चूर-चूर आती हो। तुम्हें आराम चाहिए। यह न संभव है, न मुझसे इतना अत्याचार हो ही पाएगा कि दिनभर खट-पिसकर तुम आओ, और तब मैं कहूँ कि तुम मुझे कनॉट प्लेस में कहीं मिलो।'

'हाँ, उस वक्त क्या इतनी हिम्मत रह जाती है?'

'तो फिर क्या हो? इस गली के सारे लोग दिनभर नौकरी करने दस-दस मील दूर दफ्तरों में जाते हैं और उन्हें घर आने की जल्दी रहती है—मुझे सारे दिन घर में काम करना होता है और बाहर निकलने को तबीयत छटपटाती रहती है।'

रंजना भी सोच में पड़ गई। और मैं गम्भीरता से विचार करने लगा कि सचमुच इस समस्या का हल क्या हो? यही हो सकता है कि रंजना से नौकरी छुड़ा दी जाए; लेकिन यह न वह स्वयं चाहेगी न इतनी बड़ी ज़िम्मेदारियों के साथ संभव होगा?

दोस्त

कल एक घटना हो गई।

रविवार था और दोपहर को मेरे दो दोस्त आ गए। घण्टों जमे बतियाते रहे।

'कैसे हैं आपके मित्र!' उनके जाते ही रंजना ने अपने कमरे की 'हालत' देखकर कहा, 'लगता है जैसे बनमानुस आ गए हों सारे कमरे में दियासलाई, सिगरेट की राख भरी है—किताबें उलट-पलट दी हैं, सोफे के कढ़े हुए कवर सरकाकर दरारों में घुसा दिए हैं।'

'क्या करें, साहित्यिक ऐसे ही होते हैं।' मैंने बात टाल दी—लेकिन मन में झुँझलाहट आई। रंजना को यह शिष्टाचार सिखाना होगा कि अपने जिस मित्र को मैं जैसा व्यवहार दूँ, वही वह दे।

लेकिन वह झल्लाहट ज़्यादा नहीं रही, और मैं सब कुछ भूलकर अपने उपन्यास की बात सोचने लगा। उसे अच्छी तरह सोचकर पूरा कर लूँ तो अमला को कैसी खुशी हो! मैं बाल्कनी पर कुहनियाँ टेके खड़ा-खड़ा यही सोच रहा था कि पास में रंजना आकर खड़ी हो गई।

'आप मुझसे नाराज़ हैं? जब से ठीक से बोल ही नहीं रहे।' उसने रुआँसे स्वर में पूछा।

'नहीं रंजना!' मैंने प्यार से उसके कन्धे पर हाथ रख दिया, 'उस वक्त ज़रा गुस्सा आया होगा, अब तो याद भी नहीं है।'

'कम-से-कम रविवार के दिन तो हम लोग साथ रहें, उसमें भी अगर ये आ जमने वाले आ जाएँगे तो...' और रंजना देर तक ज़िद करती रही कि मैं नाराज़ हूँ और नाराज़ी को मन में रखकर घुटता हूँ, और कहकर बात नहीं साफ कर लेता। रात को देर तक रोती रही। मैंने एकाध बार समझाया भी कि मुझे इन बातों को लेकर सोचने की फुरसत ही नहीं मिलती—मेरे दिमाग में अपनी ही बातें रहती हैं, तो वह शिकायत करने लगी कि शादी के बाद इतने शीघ्र ही हम एक-दूसरे को यों अपरिचित-अनसमझे रह जाएँगे, इसकी उसने कल्पना भी नहीं की थी।

मेहमान

पार्टियों का दौर समाप्त हो गया है।

बहुत दिनों बाद—शायद ज़िन्दगी में पहली बार—यह अनुभव हुआ कि मेरा भी अपना घर है। रंजना इस फ्लैट के एक-एक हिस्से को इस गर्व से दिखा रही थी जैसे ताजमहल दिखा रही हो, 'ये आपकी स्टडी होगी यहाँ बैठकर निश्चिन्त होकर लिखिए।' ऐसी व्यवस्था और ऐसी सुरुचि मुझे विश्वास ही नहीं होता कि यह सब मेरा है सुबह उठता हूँ तो 'बेड-टी' आ जाती है, फिर ब्रेक-फास्ट, फिर भोजन, फिर चाय फिर खाना और रात में दूध! सारे दिन को घड़ी के हिसाब से नहीं, भोजन-नाश्ते के हिसाब से बाँट दिया गया है। मैं जो ऐसी व्यवस्था और नियमबद्धता का कभी अभ्यस्त नहीं रहा, बड़ा पराया-पराया-सा महसूस करता हूँ। यहाँ तो बेड-टी के साथ ही ब्रेक-फास्ट ले लेने की आदत है। वहीं होटल में बैठे-बैठे गप्पें लड़ाईं, अखबार पढ़ा तो लगा कि अब खाना खाने कौन दुबारा आएगा—ब्रेक-फास्ट ही इतना कर लो कि भोजन का काम दे दे। खाकर गए तो जाकर ब्रुश किया, नहाना-धोना हुआ और फिर लिखने-पढ़ने की बात सोची यहाँ सभी कुछ इतना तय है कि कौन काम कब करना है एक खाने से निश्चिन्त नहीं हो पाता हूँ कि दूसरे का समय आ जाता है।

'देखिए, टण्डन वगैरा का घर कैसा साफ-सुथरा, सुरुचिपूर्ण रहता है! मैं चाहती हूँ, हमारा घर वैसा ही साफ-सुथरा रहे। चाहे कभी कोई आ जाए, उसे ऐसा न लगे जैसे उसके लिए सब ठीक-ठाक कर दिया गया हो,' रंजना ने सोफे, कुर्सियों और मेरी राइटिंग-टेबल को मुग्ध भाव से देखते हुए कहा था। फिर अचानक होश में आकर बोली, 'पर मुझे आपसे यही डर है। कभी अपनी किसी साथ की लड़की को लेकर आऊँगी तो देखूँगी कि कहीं तौलिया पड़ा है, कहीं किताब रखी है कहीं सोफे की गद्दियाँ लुढ़क रही हैं।'

और मुझे लगता है, मैं यहाँ मेहमान बनकर रह रहा हूँ, मैं तो केवल कुछ दिनों को यहाँ आया हूँ, मेरा वास्तविक घर तो वही कमरा है, जिसकी चारपाई के सिरहाने सारे धोबी के धुले कपड़े तकिये का काम देते हैं। दरवाज़ों के पर्दे और तौलिया में कोई भेद नहीं है। मन को समझाता हूँ कि आखिर वह ज़िन्दगी तो बहुत चलती नहीं! जब भी, जहाँ भी, इस तरह की ज़िन्दगी की

शुरुआत होती ही। फिर आदमी को यह तो मानकर ही चलना चाहिए कि अकेले रहने और किसी के साथ रहने में कहीं तो अन्तर है ही। कभी-कभी अपने पर ही दया आती है। देखो व्यवस्था और सुख मेरे लिए कितने पराये हो गए हैं कि उनके बीच में मैं मेहमान अनुभव करने लगता हूँ!

फिर भी इस पुलक और परितृप्ति को ऐसी अजनबी आँखों से क्यों देखता हूँ, जो रंजना के अंग-अंग में छलकती है? कैसे उत्साह और उल्लास से वह महीने का बजट बनाती रहती है और तब बड़े संकोच से मैं कहता हूँ, 'रंजना, वर्ष में एक या दो बार तुम जितना कहोगी, उतना पैसा मैं दे दूँगा लेकिन नियमित रूप से महीने-महीने दे पाना बड़ा मुश्किल है।'

'अरे आप चिन्ता क्यों करते हैं?' वह मुझे समझाती है, 'यह सब हम लोगों का ही है—मेरा-तुम्हारा क्या है? मेरे कॉलेज से जो मिलेगा, वह मेरा है और आपको जो मिलेगा, वह आपका है—यह सोचना ही गलत है। अभी तक आप भी रहते ही थे, और मैं भी रहती थी।'

मुझे लगा, जो बात मुझे कहनी चाहिए थी, वह रंजना ने कह दी है। मैं अपने को तौलता रहा कि यह कितनी व्यावहारिक और समझदार है और ऐसी बातें मेरे दिमाग में क्यों नहीं आतीं? क्यों मुझे यह लगता रहता है कि और परसों जब रंजना ने महीने के सारे खर्चे चुकाए—मकान, दूध, लाला, नौकर, सफाईकर्मी के दिए, तो मेरे ऊपर अपने-आप ही एक अपराध का बोझ आ गया। 'अच्छा ही तो है, इन छोटे-छोटे सिर-दर्द से रंजना ने मुक्त कर दिया अब मैं निश्चित भाव से मन लगाकर लिखूँगा। लेकिन मन किसी तरह नहीं माना और मैं बाहर घूमने निकल गया।

'सचमुच कभी-कभी लगता है, मैंने तुम्हारे हित में अच्छा नहीं किया।' रंजना ने रात को भावोच्छ्वसित स्वर में कहा था, 'तुम हमेशा उदास-उदास, खोए-खोए रहते हो, हँसते-बोलते नहीं हो, और अक्सर बैठे-बैठे सोचते रहते हो—तो मुझे लगता है, मैंने जैसे तुम्हारे साथ बहुत बड़ा अन्याय किया है। और तब, मन में अपराध की भावना आती है, शायद अपने सुख के लिए मैंने

तुम्हें कैद कर डाला।'

'तुम्हरा सुख मेरा सुख नहीं है रंजना?' मैंने उसकी बात से पिघलकर पूछा था।

'पहले कभी लगता था—अब नहीं लगता।' रंजना रोने लगी तो मुझे खुद रोना आ गया—मेरे साथ अनेक कुंठाएँ हैं, अनेक अवरोध हैं इस बेचारी निश्छल लड़की को क्यों मार रहा हूँ?

10

रंजना जड़, अवाक्! जो कुछ उसने देखा उससे!

एक बार उसका मन हुआ कि उलटे पैरों वापस लौट जाए, पर तभी श्वेत वस्त्रों में लिपटी एक नारी की हथेलियों में छिपा हुआ अमर का मुँह ऊपर उठा और सामने रंजना को देखकर विस्मय से भरा एक निर्जीव-सा स्वर उसके मुँह से निकला, 'अरे रंजना, तुम!'

इस वाक्य के साथ ही उस नारी ने घूमकर पीछे की ओर देखा और रंजना ने अनिच्छापूर्वक अपने पैरों को भीतर की ओर धकेल दिया। रंजना उस नारी के विषय में कुछ अनुमान लगाने का प्रयत्न कर रही थी कि तभी उसने मुस्कुराते हुए कहा, 'ओह रंजना! मैं अमला हूँ, रंजना! नाम से तो जानती ही होओगी, क्यों?'

अमला को ऊपर से नीचे तक देखते हुए रंजना ने बहुत धीमे से कहा, 'बहुत अच्छी तरह जानती हूँ।' स्वर धीमा होते हुए भी व्यंग्य और तिक्तता से पूर्ण था, जिसे स्वयं रंजना ने भी महसूस किया और उसे अमर की बात याद हो आई, 'तुम मेरे मित्रों को अपना मित्र समझा करो और उनसे अधिक अच्छी तरह पेश आया करो।' रंजना ने अमर की ओर देखा तो पहली बार उसका ध्यान गया कि उसका चेहरा बेहद बुझा हुआ था और पलकों में हल्की-सी नमी थी।

'तुम्हारे जाने के कुछ देर बाद ही अचानक अमला आ गई।' अपनी ओर

देखती रंजना की दृष्टि से बचने के लिए ही जैसे अमर ने कहा।

'आप तो कश्मीर गई थीं न? इतनी जल्दी लौट आई? फिर खबर-सूचना कुछ भी नहीं?' रंजना ने कुछ इस ढंग से पूछा मानो अमर के 'अचानक' शब्द की सत्यता को अच्छी तरह जान लेना चाहती हो।

'मेरे प्रोग्राम तो मेरी सनक पर निर्भर करते हैं, और सनक हर क्षण बदलती रहती है।' फिर सोफे पर बैठती हुई बोली, 'खबर-सूचना तो मैं कभी देती नहीं—अचानक मिलकर सामने वाले को स्तम्भित कर देने का भी एक आनन्द होता है, रंजना।' और अमला मुस्कुरा दी।

इस बार रंजना ने भरपूर नज़रों से अमला की ओर देखा, मानो वह इस नारी के भीतर तक पैठकर जान लेना चाहती हो कि आखिर वह है क्या। पर उसकी नज़र ही नहीं, उसका सारा ध्यान भी अमला के अधरों पर फैली विचित्र-सी मुस्कान में ही उलझकर रह गया और उसे लगा कि सामने बैठी यह नारी कुछ रहस्यमयी है, कि लाख प्रयत्न करने पर भी वह उसके बारे में कुछ नहीं जान पाएगी; और तभी उसे अमर का लिखा एक वाक्य याद आया—'ऐसा है उसका व्यक्तित्व कि आदमी एक बार मिल ले तो ज़िन्दगी भर भूल नहीं सकता।'

चलते हुए अमला ने रंजना की पीठ पर बड़े दुलार से हाथ फेरते हुए कहा, 'शाम को तुम दोनों मेरे साथ ही चाय पीओगे। ठीक पाँच बजे मैं "गेलॉर्ड" में मिलूँगी।'

'चार बजे हमारी स्टाफ-मीटिंग है। मैं नहीं आ सकूँगी अमला जी। ये आ जाएँगे।' और उसने अपना नीचे वाला होंठ काटकर मन के उमड़ते आवेग को जैसे बाँध लिया।

'नहीं, मैं कोई बहाना नहीं सुनूँगी। आना तुम दोनों को ही है।' और अमला धड़ाधड़ सीढ़ियाँ उतरने लगी तो रंजना की नज़रें एक क्षण को उसकी साड़ी के लम्बे घिसटते हुए पल्ले से ही उलझकर रह गई। अमर उसके पीछे-पीछे उतर रहा था, और तब उसे ख़्याल आया कि नीचे तक तो उसे भी जाना ही चाहिए।

अमला की कार गई तो रह गए अमर और रंजना। दोनों साथ-साथ ऊपर चढ़ रहे थे, पर रंजना को लग रहा था जैसे अमर उससे बहुत दूर चला गया है।

रंजना रोते-रोते प्रतीक्षा कर रही थी शायद अमर आए उसे समझाने मनाने पर अमर नहीं आया।

शाम को जाने से पहले एक बार उसने बहुत ही औपचारिक ढंग से पूछा, 'तुम "गेलॉर्ड" चलोगी?'

'नहीं।'

'अमला बहुत बुरा मानेगी। तुम सोचती हो कि उसे तुम्हारी मीटिंग की बात पर विश्वास हो गया होगा?'

'न हो, मेरा इससे क्या जाता है?'

इसके बाद अमर ने कुछ नहीं कहा और चला गया।

रंजना तड़पकर रह गई।

अमर की छाती पर सिर पटक-पटककर रंजना कह रही थी, 'मुझे मार डालो अमर, मुझे मार डालो! नहीं तो मैं खुद मर जाऊँगी। पोटेशियम साइनाइड खाकर मर जाऊँगी इस तरह मुझसे नहीं जिया जाता।' अमर का चेहरा निर्विकार था और उसकी निर्जीव-सी उँगलियाँ रंजना के बालों की बिखरी हुई लटों से उलझी हुई थीं। वह एकटक रंजना की लाल सूजी हुई आँखों की ओर देख रहा था, जिनसे लगातार आँसू बहते जा रहे थे, पर उसके मुँह से प्यार या सान्त्वना का एक शब्द भी नहीं निकल रहा था।

'तुम साफ-साफ क्यों नहीं कह देते कि तुम अमला से प्यार करने लगे हो? इसीलिए अब मैं तुम्हें अच्छी नहीं लगती यह घर अच्छा नहीं लगता, कुछ भी अच्छा नहीं लगता।' उन्मादिनी की तरह रंजना बोले चली जा रही थी।

तभी अमर झटके से उठा और रंजना के दोनों कन्धों को पकड़कर उसने उसे सीधा बिठा दिया, फिर उसकी आँखों में आँखें डालकर बोला, 'पागल मत बनो रंजना, मैं तुम्हें सब कुछ साफ-साफ बता सकता हूँ, पर जानता हूँ, तुम्हें मेरी किसी बात पर विश्वास नहीं होगा। अमला को लेकर बहुत पहले

से ही न जाने कितनी गलत धारणाएँ, शंकाएँ पाले हुए हो तुम एक बार भी अपने पूर्वाग्रहों से मुक्त होकर तुमने जानने की कोशिश नहीं की कि वह कौन है, किन परिस्थितियों और मजबूरियों में रह रही है। जानतीं तो शायद हमारे सम्बन्धों को लेकर यों त्रस्त न होतीं। पर तुम्हारा प्यार इतना संकीर्ण है रंजना कि किसी और के दुःख-दर्द को देखना ही नहीं चाहता तुम।' और अमर बीच में ही चुप हो गया, मानो अपनी बात पूरी करने के लिए उसे शब्द नहीं मिल रहे थे।

रंजना आँसू-भरी आँखों से एकटक अमर की ओर देख रही थी। उसके कहे एक-एक शब्द को इतने ध्यान से सुन रही थी कि कहीं कोई बात, कोई शब्द अनसमझा न रह जाए। और जैसे ही अमर चुप हुआ, उसने अमर की छाती में ही मुँह छिपाकर सिसकते हुए कहा, 'मुझे बताओ अमर, कुछ ऐसा बताओ कि मेरे मन से संशय का यह दंश निकल जाए। पर देखो, मुझे छलना मत, मुझसे झूठ मत बोलना। मैं तुम्हारी हर बात पर विश्वास कर लूँगी, पर किसी दिन भी जाना कि तुम मुझसे झूठ बोले हो, तो उसी दिन चली जाऊँगी, सचमुच चली जाऊँगी!'

अमर ने बहुत धीरे से रंजना का सिर ऊपर उठाया और पहली बार प्यार से उसका माथा चूम लिया। फिर बहुत ही कोमल स्वर में बोला, 'रंजना, अमला से तुम्हें ईर्ष्या नहीं, सहानुभूति होनी चाहिए। इतने ऐश्वर्य और वैभव के बीच भी कितनी निर्धन है वह, कितनी रिक्त है! उसका दर्द मुझे छूता है। वह ऊपर से हँसती है, मस्त रहती है, पर मन के घाव—जो सच्चे स्नेह के अभाव में नासूर बन गए हैं—रात-दिन रिसते रहते हैं; और उस सारी पीड़ा को अपने में ही समेट वह जीती है। उसके पास तो तुम्हारी तरह एक अमर भी नहीं है, जिसकी छाती पर सिर पटक-पटककर अपना दुःख, अपना दर्द ही उड़ेल सके!' और अमर के हाथ की जकड़ ढीली हो गई और स्वर भीग आया। रंजना इस तरह उसे देख रही थी मानो कुछ समझ ही नहीं रही हो। फिर धीरे से पूछा, 'क्यों, तुम तो कहते थे कि वह किसी से विवाह करने जा रही है? क्या नाम था शायद कैलाश!'

'हाँ, मैं भी यही सोचता था, पर वह भी उसके जीवन से निकल गया। दोष भी किसी को नहीं दिया जा सकता। किस्मत को मैं मानता नहीं वरना उसे ही दोष देता। अब तो यही कह सकता हूँ कि यह उसके जीवन की विवशता है, ट्रेजेडी है कि जो कुछ उसे प्राप्त है उसे वह भोग नहीं पाती, अस्वीकार कर देती है, और एक ऐसे अदेखे, अनजाने सुख के पीछे भागती है, जो शायद उसे कभी प्राप्त नहीं होगा।' और तभी अमर को लगा, कुछ ऐसी ही सी बात टण्डन ने एक बार उसके लिए भी कही थी। हाँ, सच ही तो है, यही बात तो उस पर भी लागू होती है। जाने क्या है कि रंजना के इस उन्मुक्त समर्पण को, एकान्तिक प्यार को वह भोग नहीं पाता।

इतना सब सुनने के बाद भी रंजना को लग रहा था कि उसका प्रश्न तो जहाँ का तहाँ ही है। क्या अमला उससे प्यार करती है? क्या अमर भी उससे प्यार करता है?

तभी रंजना ने तकिये से अपना सिर उठाया, पर वह बैठी नहीं। औंधे लेटे-लेटे ही उसने पूछा, 'एक बात पूछूँ अमर? तुम्हारी पत्नी बनकर ही आखिर मैंने ऐसा कौन-सा अपराध कर दिया कि मेरे प्रति तुम्हारा सारा प्यार ही सूख गया? मानती हूँ, साथ रहने की कठिनाइयाँ और समस्याएँ तो हैं ही पर मैं तो सोचती थी कि ये कठिनाइयाँ हमें और पास लाएँगी और निकट लाएँगी; हमें एक बना देंगी। यों अलगाव तो तुमसे मैंने कभी भी महसूस नहीं किया। विवाह के लिए इंकार करके एक महीने तक तुमने मेरी सूरत तक न देखी थी, तब भी मन में एक अटूट विश्वास था कि अमर मेरा है, आज नहीं तो कल वह अवश्य मुझे मिलेगा। पर जब अमर मुझे मिल गया तो लगा कि वह पहले जैसा अमर नहीं है कोई और चीज़ हमारे बीच आ गई है, और हम दिनोंदिन दूर होते जा रहे हैं।' यह सारी बात उसने बहुत ही संयत स्वर में कही थी, पर बात के अन्त तक आते-आते जैसे फिर वह बेहद अधीर हो उठी। अमर के दोनों गालों को अपनी हथेलियों में पकड़कर रंजना ने झकझोरते हुए पूछा, 'देखते हो अमर, मैं तो वही रंजना हूँ जिससे मिलने को तुम व्याकुल रहते थे जिसे उसकी अच्छाइयों और बुराइयों के साथ तुम प्यार करते थे और प्यार

करके फिर उतने ही अतृप्त हो जाया करते थे—मैं तो वही हूँ, पर अब तुम्हें क्या हो गया है अमर?

'याद है, तुमने लिखा था कि रंजना तुम दिल्ली आ जाओ, मेरा मन नहीं लगता; और मैं माँ-बाप, घर-बार छोड़कर चली आई! तुम्हारी हर इच्छा को मैंने आदेश माना। आज भी मानती हूँ। आज भी तुम्हारा सुख ही मेरे जीवन की चरम कामना है; इसलिए कहती हूँ, जो कुछ भी हो, तुम मुझसे कहो। यदि अमला को लेकर तुम सुखी होना चाहते हो, तो मैं स्वयं तुम्हारे जीवन से हट जाऊँगी। तुम एक बार पहले मुँह से कह भर दो कि तुम क्या चाहते हो!'

बिना ज़रा भी हिले-डुले बहुत ही सधे हुए स्वर में अमर ने कहा, 'मैं तुमसे कुछ नहीं चाहता रंजना! सब कुछ तो तुमसे ले लिया, अब और क्या चाहूँगा? बस इतना ही चाहता हूँ कि तुम मुझे इतना प्यार मत करो। जिस प्यार का मैं प्रतिदान नहीं दे सकता, वह मेरे लिए बोझ बन जाता है एक असह्य बोझ। इसी बोझ के नीचे मैं रात-दिन घुट रहा हूँ। तुम चाहे कुछ न कहो, पर मैं जानता हूँ कि तुम्हें कुछ नहीं दे पाया न घर, न धन, न सुख, न प्यार। तुम्हारे सामने जब अपने को देखता हूँ तो पाता हूँ कि मैं बहुत छोटा हूँ, बहुत नीच हूँ, बहुत स्वार्थी हूँ, और यही भावना मुझे पल-पल सालती रहती है। तिल-तिल समर्पित होता तुम्हारा यह व्यक्तित्व, तुम्हारा यह एकान्तिक प्यार मुझे मत दो रंजना बस और मैं कुछ नहीं चाहता!'

रंजना अवाक्-सी उसकी ओर देख रही थी। और उसे लगा, आँखें मूँदकर, बिना रुके जो कुछ अमर कहे चला जा रहा है, वह रंजना से नहीं कह रहा है—जैसे वह अपने किसी पात्र का डायलॉग बोल रहा है। क्योंकि बात में न कहीं विवशता थी, न अनुभूति, न वेदना। जैसा निर्विकार उसका चेहरा था, वैसा ही निर्विकार था स्वर।

रंजना कुछ नहीं बोली। अमर आँखें खोलता तो वह उनमें झाँककर ही उसकी बात की सच्चाई को जान लेती। पर अमर ने आँखें खोलीं ही नहीं। और रंजना सोच रही थी—कैसा है यह पति, जो अपनी पत्नी से कह रहा है, मुझे प्यार मत करो, एकान्तिक प्यार न करो! विवाह से पहले तो इसने कभी ऐसा

नहीं कहा तब?

'रंजना, तुम जानना चाहती हो न कि मैं अमला से क्या चाहता हूँ? हमारा सम्बन्ध क्या है? तो सुनो।' और रंजना अमर के बदले हुए स्वर और लहजे से चौंक गई।

'तुम्हें छूकर कह रहा हूँ, इसलिए सबकुछ सच-सच ही कहूँगा।' और उसने पास लेटी रंजना को एक हाथ से खींचकर अपने से सटा लिया।

'हम दोनों मित्र हैं, मात्र मित्र। बहुत खींचो तो हमारी मैत्री को मधुर मैत्री का नाम दे सकती हो, बस। उसका दर्द मुझे छूता है, छूता ही नहीं, व्यथित भी करता है और उसका व्यक्तित्व मुझे बाँधता है। जिस तरह एक लोभी आदमी सोने-चाँदी को देखकर विवेक खो बैठता है, उसी तरह मैं भी उसके सामने विवेक खो बैठता हूँ। पर उसके नारीत्व के सामने नहीं, उसके शरीर के सामने नहीं, उसके जीवन के सामने। जैसे-जैसे उसके जीवन के पृष्ठ मेरे सामने खुलते जा रहे हैं, वैसे-वैसे उसका सब कुछ जान लेने की ललक मन में बढ़ती जा रही है, और यही ललक मेरे विवेक, मेरे सन्तुलन को, मेरे कर्तव्य-बोध को निगल जाती है। अक्सर लगता है, मेरी जो कृति सचमुच मुझे अमर बना देगी वह अमला को लेकर ही होगी— चाहे उसके जीवन को लेकर, चाहे उसकी प्रेरणा को लेकर। पर कभी-कभी मुझे स्वयं भी लगा है कि इन सब बातों से कहीं मैं अपने को छल तो नहीं रहा—अपने को धोखा तो नहीं दे रहा? लेकिन नहीं रंजना, सच कहता हूँ, वास्तविकता यही है। तुम खुद ही सोचो, इसके अतिरिक्त हमारे सम्बन्ध हो ही क्या सकते हैं? मैं उससे क्या चाह सकता हूँ? अमर रंजना की पीठ सहलाता जा रहा था और बुझे-बुझे स्वर में इस तरह बोले चला जा रहा था मानो 'कन्फेस' कर रहा हो।

रंजना सुन रही थी और इन सारी बातों की पृष्ठभूमि में सवेरे वाले दृश्य को समझने का प्रयत्न कर रही थी, पर इन दोनों में उसे कोई मेल ही नज़र नहीं आ रहा था। अनेक प्रश्न, अनेक जिज्ञासाएँ अभी भी उसके मन में घुमड़ रही थीं। पर उसे लगा, अब कुछ भी पूछना व्यर्थ है। रंजना के सारे प्रश्न और अमर के सारे उत्तर जो सत्य हैं उसे नहीं बदल सकते। तब पूछने से लाभ!

तभी अमर ने खींचकर रंजना के सिर को अपने सीने पर टिका लिया और उसके बालों में उँगलियाँ घुमाते हुए बोला, 'पर नहीं रंजना, अब मैंने सोच लिया है कि तुम्हें सुखी करना ही मैं अपने जीवन का चरम लक्ष्य बना लूँगा। मैं सब कुछ छोड़ दूँगा—घूमना-फिरना, मित्रों का साथ, अमला से सम्बन्ध, यहाँ तक कि लिखना-पढ़ना भी। कहीं नौकरी करूँगा और एक सद्‌गृहस्थ और अच्छा पति बनकर रहूँगा। अब से मैं अमर होकर नहीं जिऊँगा, रंजना का पति होकर जिऊँगा, केवल रंजना का पति। तुमने मेरे लिए घरबार, परिवार छोड़ा, मैं भी तुम्हारे लिए सब कुछ छोड़ दूँगा फिर तो तुम ख़ुश रहोगी न?' और अमर की आँखों से अनायास ही आँसू ढुलक पड़े और स्वर बहुत करुण और तरल हो गया।

'यह सब कुछ कहने के पहले तुम मुझे मार ही क्यों नहीं डालते, अमर? तुम सोचते हो, तुम्हें मारने के लिए मैंने विवाह किया है? मैं क्या तुम्हारी शत्रु हूँ? तुम इतने क्रूर और निर्दयी भी हो सकते हो, यह तो मैंने कभी सोचा तक नहीं था।' और फिर बहुत ही रुंधे हुए गले से बोली, 'मैंने तो हमेशा यही चाहा है, मेरा हर प्रयत्न इसी ओर रहा है कि तुम खूब लिखो, चारों ओर तुम्हारा यश फैले। तुम्हारे बनाने में मैं मिटती चली जाऊँ, मिटती चली जाऊँ लेकिन लेकिन।' और शब्द फिर सिसकियों में डूब गए।

'रंजना, तुमने मुझसे पूछा था न कि मैं तुमसे क्या चाहता हूँ? यही प्रश्न मैं उलटकर तुमसे पूछना चाहता हूँ कि तुम आखिर मुझसे क्या चाहती हो? अपनी इन शहीदाना बातों से क्यों बार-बार मुझे ज़लील कर रही हो? यह करूँ तब भी नहीं, वह करूँ तब भी नहीं। आखिर तुम्हीं बताओ, मैं क्या करूँ?'

और दो क्षण को दोनों ही चुप हो गए। फिर रंजना ने धीरे से अमर की छाती पर से सिर उठाया और एकटक अमर के चेहरे को देखने लगी। ज़ीरो पावर के हल्के से प्रकाश में उसने अमर के चेहरे पर जो भाव देखा उससे वह भीतर तक भयभीत हो उठी। विवशता भरे बड़े ही कातर स्वर में वह बोली, 'मैं तुमसे कुछ नहीं चाहती अमर, सचमुच कुछ नहीं चाहती। मैं तो केवल तुम्हारे भीतर के उस अमर को पाना चाहती हूँ जो मुझे प्यार करता था, जिसे मैं प्यार

करती थी, जिसके सामने उसका लेखन और रंजना दो विरोधी चीज़ें नहीं थीं, दोनों एक-दूसरे की पूरक थीं, एक-दूसरे की सहायक थीं। तुमसे भीख माँगती हूँ अमर, मेरे उस अमर को लौटा दो।' रंजना के स्वर की कातरता, उसकी व्यथा अमर को भीतर तक चीरती चली गई, पर उससे कुछ नहीं बोला गया। दो क्षण चुप रहकर बहुत ही टूटे-से स्वर में फिर रंजना ही बोली, 'पर जाने क्यों लगता है, अब वह अमर मुझे कभी नहीं मिलेगा। जुहू की वह भयावनी साँझ मुझे आज भी याद है। उस दिन समुद्र की उन लपलपाती विकराल लहरों ने केवल सूर्य को ही नहीं निगला था तभी तो उसके बाद से मैंने अपने अमर को कभी नहीं पाया। शायद अब कभी पा भी नहीं सकूँगी।'

मुर्गे ने भोर का एहसास कराया तो अमर ने धीरे से रंजना का सिर अपनी छाती पर से सरकाकर अपनी बाहु पर टिकाते हुए कहा, 'अब सो जाओ रंजना, सारी रात योंही बीत गई।' और एक आज्ञाकारी बच्चे की तरह रंजना ने अपनी दोनों आँखें मूँद लीं।

अन्धकार को चीरकर कुहराभरा प्रकाश वातावरण में छाने लगा था। सारी दुनिया की खोई चेतना धीरे-धीरे लौट रही थी और रंजना और अमर की चेतना खो रही थी—निविड़ अभेद्य अन्धकार में।

जब रेल सारी रौनक, बस्ती, और चहल-पहल को छोड़कर दूर-दूर तक फैले ऊबड़-खाबड़ मैदानों में से गुज़रने लगी, तो पहली बार रंजना को इस बात का एहसास हुआ कि वह क्या कर बैठी है और वह भीतर तक काँप उठी। उसकी खोई चेतना धीरे-धीरे लौट रही थी और उसके साथ ही कल संध्या से लेकर अब तक के चित्र, अनेक बातें उसके मानस-पटल पर उभरने लगीं।

'सुनो, मन्दा भाभी का टेलीफोन आया था, उन्होंने आज हम दोनों को बुलाया है।' कॉलेज से लौटते ही उसने कहा था।

'आज? आज तो मैं नहीं जा सकूँगा।'

'क्यों, आज भी अमला के साथ कोई प्रोग्राम है क्या?' और पूछकर ही उसे लगा था कि नाहक में ही उसने अमला का जिक्र किया; केवल

'क्यों' पूछकर ही छोड़ देती। कल की बात को वह एकदम समाप्त कर देना चाहती थी।

'नहीं! अमला तो आज सवेरे चली भी गई होगी। मुझे कुलश्रेष्ठ के यहाँ जाना है अपने उपन्यास के सिलसिले में।'

'अरे, यह क्या, तू अकेली? अमर कहाँ रह गए?' मन्दा भाभी ने पूछा था। और जवाब सुनकर भन्नाती हुई बोली थी, 'ऐसी की तैसी कुलश्रेष्ठ की! उन्हीं के लिए तो खासतौर से मैंने आलू की कचौरियाँ और खीर बनाई है। अब?'

'एक काम करो, सारा खाना साथ बाँध लो। अमर को कुलश्रेष्ठ के यहाँ से पकड़कर ले लेंगे। और कहीं बाहर बैठकर खाएँगे।' टण्डन का सुझाव था।

नौकर पर खाना, प्लेटें, गिलासें, पानी आदि लादते हुए मन्दा भाभी ने कहा था, 'देखते ही अमर फिर चिढ़ाएँगे, भाभी तो ऐसी तैयारी करके निकलती हैं मानो लाम पर जा रही हों।' और हँसने लगी थीं।

पर जब कुलश्रेष्ठ के यहाँ से दूसरी बार भी यह जवाब सुनकर निकले कि अमरजी आए ही नहीं, तो मन्दा भाभी बुरी तरह से भन्ना रही थीं, 'ये तुम्हीं हो जो मरते रहते हो अमर के पीछे, उसे तुम्हारी कौड़ीभर परवाह नहीं। यहाँ बेवकूफ की तरह खाना लादे फिर रहे हैं और लाट साहब का कहीं पता नहीं।'

तीनों रीगल के सामने खड़े यह तय कर रहे थे कि कहाँ बैठकर खाया जाए, पर मूड तीनों के ही खराब हो गए थे। तभी टण्डन बोला, 'अरे अमर!' और दोनों ने घूमकर देखा, कुछ दूर पर एक टैक्सी में अमर बैठा था, साथ ही थी एक महिला। ट्रैफिक की लाइट से टैक्सी कई कारों के पीछे खड़ी थी। रंजना ने झपटकर आगे बढ़ते हुए टण्डन को रोक दिया, 'उन्हें मत बुलाइए भाई साहब।' और टण्डन ने जैसे समझते हुए पूछा, 'कौन है यह?'

'अमला।'

'तो तुमने पहले ही क्यों नहीं बता दिया?'

'मुझे खुद नहीं मालूम था।' और हरी लाइट होने पर टैक्सी सामने से

निकल गई तो तीनों ने ही देखा कि अमर ही था और उस महिला के साथ बैठा था। उसने किसी को भी नहीं देखा था।

उसके बाद क्या हुआ, कुछ याद नहीं। खाना शायद उन लोगों ने नहीं खाया था न चाहकर भी रोते-रोते रंजना ने सारी बात बता दी थी मन्दा गुस्से में न जाने क्या-क्या बकी थी, और टण्डन मुट्ठियाँ भींच-भींचकर दाँत किटकिटा रहा था, 'मैं देख लूँगा साले को! तमाशा समझ रखा है कम्बख्त ने! मक्कार झूठा।'

अर्धचेतन स्थिति में ही घर आकर उसने अमर के नाम पत्र लिखा था और उसकी मेज़ पर रख आई थी। अब तो याद भी नहीं क्या लिखा था।

अमर लौटकर सीधा उसी के पास आया था, 'अरे, यह क्या, सो गई रंजना? क्यों बुलाया था मन्दा भाभी ने?'

आँखें बन्द किए-किए ही रंजना ने कह दिया, 'योंही!'

अमर अपने कमरे में चला गया, डाक देखने। और उसके बाद बड़ी देर तक रंजना उसकी प्रतीक्षा करती रही—धड़कते दिल से। पत्र पढ़कर वह क्या कहेगा क्या कहेगा! पर अमर आया ही नहीं। रात दो बजे के करीब एक बार उसने दबे पैरों जाकर देखा था—टेबल लैम्प जलाए, अपनी कुर्सी पर बैठा अमर कुछ लिख रहा है—एकदम डूबा हुआ, शायद डायरी।

सवेरे नौ बजे भी जब अमर नहीं उठा तो उसने जाकर उसे बाँह से हिलाकर उठाया, 'चलकर चाय पी लीजिए।' चाय की मेज़ पर दोनों ऐसे शान्त बैठे थे, मानो कुछ हुआ ही नहीं हो। अमर ने उसका बंधा हुआ सामान देखकर भी कुछ नहीं पूछा था, न उसने ही कुछ बताया। सवेरे से वह एक बार भी नहीं रोई थी वह रोती क्या, उसकी चेतना ही लुप्त हो गई थी। मशीन की तरह उसने सारा सामान ठीक किया था, पर मन में न कोई आवेग था, न उद्वेलन।

हल्ली ने टैक्सी आने की सूचना दी तो वह एक क्षण समझ ही नहीं पाई कि बाहर बैठे अमर से कुछ कहकर जाए या योंही चली जाए; पर तभी देखा, कन्धे पर कोट डाले अमर खड़ा है, 'तुम्हें स्टेशन तक छोड़ आता हूँ।' दोनों चुपचाप उतर गए। और जब हल्ली ने हाथ जोड़कर कहा, 'फिरकर जल्दी ही

लौटिए।' तो रंजना की सारी जड़ता एकाएक ही जलकर आँसुओं के रूप में बह निकली। उसने पर्स में से निकालकर एक रुपया उसके हाथ में रख दिया; पर उससे कुछ बोला नहीं गया।

टैक्सी स्टार्ट हुई तो आँसूभरी आँखों से ही उसने पीछे छूटते अपने घर की ओर देखा—उस घर की ओर जिसे उसने बड़ी उमंग से सजाया था, जिसके फर्श की एक-एक टाइल को विम से रगड़-रगड़कर उसने अपने हाथों से चमकाया था, जिसके ड्राइंगरूम में सुन्दर-सा कार्पेट बिछाने के लिए वह रुपए जमा कर रही थी।

और प्लेटफार्म पर खड़े-खड़े ट्रेन चलने तक का समय दोनों के लिए बेहद बोझिल हो आया था; लग रहा था जैसे हर क्षण खिंचकर इतना लम्बा होता चला जा रहा है कि काटे नहीं कटता। फिर एकाएक ही हलचल का बढ़ जाना—सीटी, हरी झण्डी, लोगों की भागदौड़ और फिर एक ज़ोर का धक्का। रंजना को लगा, वह धक्का रेल को नहीं लगा, उसके दिमाग पर लगा है; और अनायास ही उसने प्लेटफार्म पर निश्चेष्ट, जड़-से खड़े अमर के सामने अपने दोनों हाथ जोड़ दिए। कहा उससे कुछ नहीं गया। तभी अमर ने एक हाथ से उसके दोनों जुड़े हुए हाथ पकड़ लिए और दूसरे हाथ से अपनी नम पलकों को पोंछ डाला।

गाड़ी सरक गई तो हाथ अपने-आप छूट गए और दूरी बढ़ती ही गई बढ़ती ही गई। रंजना के मन में अजीब-सा कुहरा छाया हुआ था वह स्वयं नहीं जान रही थी कि क्या हो गया क्या हो रहा है। प्लेटफार्म के बाहर आते ही सारा कम्पार्टमेंट धूप से भर गया और अनेक चित्र बनने-बिगड़ने लगे।

ट्रेन ने गति पकड़ ली थी। रंजना घुटनों में सिर छिपाए बैठी थी। उसकी चेतना के एक सिरे पर ये सब चित्र उभर रहे थे, दूसरे सिरे पर एक और ही चित्र उभर रहा था।

उसे वह दिन याद आ रहा था जब वह माँ-बाप से लड़-झगड़कर दिल्ली के लिए रवाना हुई थी। अमर की तरह पिताजी भी उसे छोड़ने के लिए स्टेशन आए अवश्य थे, पर एक शब्द तक नहीं बोले थे। ट्रेन के चलते समय उनकी

आँखों की कोरें भी नम हो गई थीं।

पर कितना अन्तर था उस दिन और आज के दिन में! उस दिन उसकी आँखें चाहे रो रही थीं, पर मन प्रसन्न था आज आँखें सूखी हैं, पर मन रो रहा है। उस दिन 'कुछ' बनने का उत्साह था, आज सब कुछ टूट जाने की पीड़ा।

11

अब?—सवाल मन की बहुत ऊपरी सतहों से उभरा। प्लेटफार्म से झुककर उसने एक बार और सूनी पटरियों को देखा शायद ट्रेन लौट आए या कोई जंजीर खींचकर रोक दे। लेकिन सड़क के पुल और उस प्लेटफार्म के बीच बूँदा-बाँदी में भीगती पटरियाँ थीं, बोरा ओढ़े कोयले बीनती दो-एक औरतें थीं और सिर पर रेलों का समय और प्लेटफार्म नम्बर बताती हिन्दी-अंग्रेज़ी में एनाउन्सर की आवाज़ थी।

'सारा मौसम कैसा अजब हो गया है!'—उसने पुल की सीढ़ियाँ चढ़ते हुए सोचा। फिर पुल के बीच में, रेलिंग पर कुहनियाँ टेके, देर तक चुटकी से निचला होंठ नोचता रहा। बारिश का पानी नीचे पटरियों पर धारों में टपक रहा था। पीछे कुलियों के साथ भाग-भागकर चलने वालों का प्रवाह था, बच्चों को घसीटती औरतें और एयरबैग लटकाए बेफिक्र नौजवान। वह जब भी आया, पुल पर ऐसी ही अन्धाधुन्ध भागती भीड़ मिली, लेकिन वह उस शोर और भीड़ के किनारे खड़ा-खड़ा सिर्फ सूनी आँखों से देखता रहा, वह न किसी चेहरे को पहचानता था, न आवाज़ सब दूर थे, सब पराये थे। फिर भी एक अजिज्ञासु उत्सुकता से बाहर उलझा था, ताकि भीतर झाँकने का अवकाश न मिले साथ ही उसे अपना यों पुल पर खड़े होना बड़ा प्रतीकात्मक भी लगा जैसे भीतर और बाहर के कोलाहल के बीच किसी बहुत ही पतले पुल के किनारे पर वह खड़ा है और पुल के किनारे, एकरस घिरी वर्षा से भीग गए हैं।

पब्लिक लाइब्रेरी के सामने फुटपाथ पर खड़े होकर ताँगे, मोटर-साइकलों

से उछलती कीचड़ बचाते हुए उसने फिर सोचा—'अब!' और खुद ही सहसा चौंककर ठिठक गया। इधर-उधर देखा। हाँ, उसका भ्रम ही था। उसे लगा जैसे यह 'अब?' उसने नहीं सोचा, उसके पास खड़े किसी व्यक्ति ने उसे सम्बोधित करके कहा। फिर भी उसने अपने आस-पास देखा। यहीं कहीं किसी के मुँह से उसने यह 'अब?' शब्द सुना था और जब उसने सुना था, तब उसमें एक निश्चित अर्थ था, भविष्य था।

वह 'अब?' पूरे एक इतिहास का अन्त था, एक नए इतिहास की प्रारम्भ आज की तरह अर्थहीन, भटका हुआ प्रश्नवाचक चिह्न-मात्र नहीं था।

अमर के मन में खुद-ब-खुद कल वाले पत्र की पंक्तियाँ उभर आईं—'मैं लौट रही हूँ, जिस घर में आई थी वहीं मन्दा भाभी ने जाने कितने सपने सजाकर मुझे तुम्हारे हाथों सौंपा था मेरा भाग्य, मेरा सुख, मेरा भविष्य। तब क्या कभी सोचा था कि सुख का यह महल कितनी खोखली नींव पर खड़ा है? आज तुमने मुझे बता दिया कि तुम्हारे जीवन में मैं कहाँ हूँ, क्या हूँ! जानती हूँ, वह सब जान लेने के बाद मेरे सामने दो ही रास्ते हैं या तो चुपचाप सब सहती चली जाऊँ और एक दिन योंही मर जाऊँ, या उसी घर में लौटकर पिता से कहूँ—'बाबूजी, मुझे माफ कर दो। मैंने सचमुच बहुत बड़ी गलती की अपनी इच्छा से विवाह करके मैंने बहुत सुख भोगा अब मुझे माफ कर दो। इतने बड़े घर में मुझे कहीं भी शरण ले लेने दो मैं चुपचाप पड़ी रहूँगी।' तुम्हारे थके-हारे जीवन को थोड़ी-बहुत विश्रान्ति देने के लिए बड़ी साध से इस घर को सजाया था, उसे छोड़ते हुए मन बहुत-बहुत टूट रहा है। एक बार पूछने को मन होता है, मैंने तो जाने-अनजाने कभी तुम्हारा अहित या अशुभ नहीं चाहा, कोई ऐसा बड़ा अपराध भी नहीं किया फिर मुझे यह कठोर सज़ा किस अपराध के लिए दे रहे हो? सोच रही हूँ, इस अन्तिम वेला में तुम्हारे लिए भी तो कुछ लिखूँ पर क्या? इस रीते मन में कुछ भी तो नहीं है तुम्हारे लिए न प्यार न घृणा। झूठ न बोलूँ तो रोम-रोम से दुराशीष ही निकल रही है। ईश्वर करे, तुम भी ज़िन्दगी-भर योंही जलो। जलो और जानो कि असफल प्यार का दर्द भी क्या होता है किसी की आत्मा की कचोट कैसी होती है इस दुर्भावना के लिए मुझे माफ कर

देना। तुम्हारे सामने उज्ज्वल भविष्य पड़ा है; यश, धन और प्यार सभी कुछ तो तुम्हारे मार्ग में बिखरे हैं समझ लेना एक बाधा थी, जो आज हट गई।'

सौ साल की ऊँचाई से कल अमर को सारा पत्र बड़ा किताबी लगा था, आज उसकी याद आती पंक्तियाँ, उस उन्मुक्त समर्पण के भाव से पूछने की निश्छलता, सभी कुछ मन में गाढ़ा-गाढ़ा धुआँ भरता रहा।

12

(रंजना का पत्र अमर के नाम)

26 अगस्त,' 58

अमर,

नाम के आगे 'मेरे' लिखने का साहस भी नहीं हो रहा है, क्योंकि जानती हूँ कि अब तुम मेरे नहीं रहे। सच मानो तो मुझे यह विश्वास भी नहीं हो रहा है कि आँसुओं के पार जिस लिफाफे की धुंधली-सी आकृति दिखाई दे रही है, वह तुम्हारा है तुमने मुझे पत्र लिखा है! मन को आश्वस्त करने के लिए अनेक बार मैंने इस पत्र को गढ़ा है और पढ़कर हर बार मुझे लगा है जैसे मेरी जड़ता, मेरी दृढ़ता गल रही है, पिघल रही है। पूछती हूँ, तुमने मुझे क्यों लिखा? जिस असह्य बन्धन को तोड़ फेंकने के लिए तुम्हारा मन-शरीर सब कुछ बुरी तरह कसमसा रहे थे, जब वह टूट ही गया तो फिर से जोड़ने का प्रयत्न क्यों कर रहे हो? सच मानना, तुम्हारा पत्र देखकर मैंने तुम्हें कोसा है पढ़कर और कोसा बहुत-बहुत कोसा है; पर यह भी उतना ही सच है कि मन का एक अनजाना अतृप्त कोना जाने कैसे सुखद सन्तोष से भर उठा—लगा जैसे मेरी लाज रह गई। क्योंकि न चाहकर भी हर दिन, हर दिन क्यों, हर क्षण मैंने तुम्हारे पत्र की प्रतीक्षा की है। हर दिन की निराशा ने मुझे तोड़ा नहीं, दूसरे दिन की आशा के साथ गूँथ दिया और इसी प्रकार मैं दस दिन बिता गई। अपनी इस पागल स्वप्नाकांक्षा को क्या कहूँ जो रात-दिन तुम्हारे पत्र के स्वप्न देखते-देखते इतनी बढ़ जाया करती थी कि तुम्हें ही देखने लगती थी और कल्पना के किसी छोर

पर 'हाथ में अटैची लिए' अमर का एक चित्र उभर-उभर जाया करता था। पर फिर भी कहती हूँ कि तुमने मुझे क्यों लिखा? यह सब मेरी अपनी कमज़ोरी की बातें हैं, तुम्हें केवल इसलिए लिख रही हूँ कि तुम्हें सब कुछ बता देने की आदत बहुत पुरानी है, छूटते-छूटते समय तो लगेगा न? पर तुम इसका यह निष्कर्ष मत निकालना कि मैं फिर लौट आऊँगी। नहीं अमर, वह सब अब मेरे लिए सम्भव नहीं होगा, क्योंकि वह श्रेयस्कर भी नहीं है।

याद है, एक बार पहले भी इसी प्रकार तुमने सम्बन्ध तोड़कर अपनी ही इच्छा से फिर मुझे अपनाया था। पर आज जब पीछे मुड़कर देखती हूँ तो लगता है, उसके बाद का जीवन, जीवन नहीं, कटु स्मृतियों की एक कहानी-मात्र है, जिसमें तुम्हारी आहत आत्मा और मेरी अतृप्त आकांक्षाएँ सिसक रही हैं। तभी तो एक दिन मैं अपना सारा साहस बटोरकर सब कुछ छोड़ आई। एक बार भी प्रतिवाद किए बिना जिस प्रकार तुम मुझे स्टेशन छोड़ आए, उससे यह भी स्पष्ट हो गया कि यह सब तुम्हारा मनचाहा ही हो रहा है। इसीलिए पूछती हूँ—अब यह पत्र क्यों? भूल क्यों नहीं जाते कि रंजना कोई थी, या कोई है। समझ लो, रंजना मर गई कम-से-कम तुम्हारे लिए तो मर ही गई। मरे हुए का मोह मनुष्य को क्लेश देता है अमर! फिर मैंने तो जीवित रहकर भी तुम्हें क्लेश दिया है। अब इस मोह-बन्धन से मुक्त हुए हो तो क्यों नहीं अपनी सारी शक्ति, अपने बिखरे, अस्त-व्यस्त व्यक्तित्व को संभालने-संवारने में लगाते? बस

—रंजना

(रंजना का पत्र अमर के नाम)

1 सितम्बर, ' 58

अमर,

फिर तुमने पत्र लिखा? तुम्हारे पहले पत्र का उत्तर मैंने इसलिए तो नहीं दिया था कि तुम फिर पत्र लिखो। मैं तो सिर्फ तुम्हें अपना निर्णय बता देना चाहती थी। मैं नहीं चाहती कि यह टूटा सम्बन्ध पत्र-व्यवहार को सेतु बनाकर फिर जुड़े, और फिर भी मैं तुम्हें पत्र लिख रही हूँ। मन में एक दुर्दमनीय चाह

है, जो लिखने को मजबूर कर रही है। विवाह के बाद तुमने मुझे, मेरे व्यवहार को लेकर डायरी के न जाने कितने पन्ने रंग डाले। मैं तो डायरी लिखती नहीं, सो सब कुछ मन में ही उमड़ता-घुमड़ता रहता था, मन को ही सालता-कचोटता रहता था, और जब कसक बहुत बढ़ जाया करती थी तो सारा दर्द आँखों की राह बह जाया करता था। पर आज मन कर रहा है, तुम्हें लिखूँ। तुम भी जान लो कि तुम्हारे हर व्यवहार की प्रतिक्रिया—तुम्हारी उपेक्षा, अवहेलना, तुम्हारे झूठ, छल और विश्वासघात की प्रतिक्रिया मेरे मन पर भी हुई है और बहुत गहरी हुई है। जब-जब तुमने मेरी भावनाओं पर प्रहार किया है, हर बार मेरा मन बुरी तरह घुटा है, तड़पा है, सिसका है। लगता है कि इस अध्याय को सदा के लिए समाप्त करने से पहले यदि मन की यह सारी घुटन तुम पर ही उड़ेलकर मुक्त नहीं हुई, तो मुझसे जिया भी नहीं जाएगा।

सबसे पहले तुम्हारी बात का ही उत्तर दूँ—मैं मीरा के पास क्यों ठहरी? तुम्हीं बताओ, क्या मुँह लेकर माँ के घर जाती? बिना खबर-सूचना के यों अचानक पहुँच जाने की क्या सफाई पिताजी को देती? मेरे विवाह और भविष्य को लेकर उनके कितने अरमान थे! मैं उन्हें कुचलती चली गई। अच्छे-अच्छे प्रस्ताव वे लाए, मैं अस्वीकार करती चली गई। और मेरी हर इच्छा के आगे उन्हें झुकना पड़ा। वे झुके भी। शायद मेरे सुख की बात सोचकर उनके सारे विरोध अपने-आप ही बह गए शायद मेरे सन्तोष में इन्होंने अपना सन्तोष ढूँढ़ लिया। और अब मैं उन्हीं के पास जाऊँ और यह कहूँ कि मैंने गलती की? सद्कामनाओं से लिपटे तुम्हारे आदेशों की उपेक्षा करने का दण्ड मुझे मिल गया। नहीं अमर, यह साहस कम-से-कम आज मुझमें नहीं है। जानते हो, इस सारी ट्रेजेडी की एक और कचोट है, जो मुझे अपने दुःख से भी ज़्यादा सालती है। इस प्रकार स्वेच्छा से विवाह करके मैं अपने परिवार और परिचितों के बीच एक आदर्श उपस्थित करना चाहती थी। अब तो लगता है, लोगों का इस पर से विश्वास ही उठ जाएगा। एक अच्छी चीज़ को हमने गलत सिद्ध कर दिया।

विवाह के बाद के तुम्हारे व्यवहार को देखकर एक प्रश्न हमेशा ही मन में घुमड़ता रहता था कि आखिर तुम्हारी इस परितप्त मनोदशा का कारण क्या

है? मैं तो पहले जैसी ही थी। बदले तुम्हीं थे और शादी के बाद नहीं बदले, बदल तुम उसी दिन गए थे, जब अमला ने अपनी मुस्कान के जादू से बाँधकर तुम्हें कलकत्ता से बम्बई भेजा था। तभी तो अपने कमिटमेंट से मुकर कर बिना मेरी भावनाओं और भविष्य की चिन्ता किए जिस निर्ममता से तुमने सारी बात को अस्वीकार कर दिया था और यह तक जानने की चिन्ता नहीं की कि रंजना जीती है या मर गई। मुझे तभी सारी स्थिति को समझ लेना चाहिए था। पर जाने किस मोह का पर्दा आँखों के सामने पड़ा हुआ था कि समझकर भी नासमझ ही बनी रही।

मन्दा भाभी विवाह की बात सुनाने आई तो मैं सब कुछ भूल गई। भूल गई कि जो व्यक्ति मैत्री को झुठला सकता है वह विवाह को भी झुठला सकता है। विवाह के बाद मेरी आदतें, मेरा हर व्यवहार, यहाँ तक कि मेरी उपस्थिति भी तुम्हें कष्टकर लगने लगी। शायद तुम्हारा वही समय सबसे अच्छा कटता था, जब मैं कॉलेज रहा करती थी। मेरे आने से पहले ही तुम बाहर निकल जाया करते थे रात में देर से लौटकर सीधे पढ़ने या लिखने बैठ जाते। बड़ी देर तक मैं प्रतीक्षा में करवटें बदलती रहती शायद तुम आ जाओ, तुम आ जाओ, पर तुम नहीं आते तो सो जाया करती। कभी-कभी ज़िद करके बुला लेती तो आते ज़रूर, पर तुम्हारा व्यवहार सर्द और रूखा रहता और हमेशा इस बात का बोध कराया करता मानो यों बुलाकर मैंने कोई अपराध कर दिया।

अपनी बात क्या कहूँ? जितनी तुम उपेक्षा करते मुझसे कतरा-कतराकर रहते, तुम्हारे साथ रहने की मेरी लालसा उतनी ही अधिक बढ़ती जाती। कई बार तो मन करता, कॉलेज भी न जाऊँ, कुछ दिन ऐसे बिताऊँ, जिसका हर क्षण तुम्हारे साथ बीते। लेकिन निकटतम से निकटतम क्षणों में भी मैंने तुम्हारे शरीर का दबाव ही महसूस किया है, उस गर्मी का कभी एहसास ही नहीं हुआ जो प्यार से उत्पन्न होती है और जिसमें मन की जड़ता गल जाती है और अलगाव की सीमाएँ डूब जाती हैं।

और एक प्रश्न रात-दिन, उठते-बैठते निरन्तर मेरे दिमाग पर हथौड़े की चोट की तरह घनघनाता रहता—यह सब क्या है यह सब क्यों है, क्यों है?

और इस प्रश्न ने मुझे मजबूर कर दिया कि मैं छिपकर तुम्हारी डायरी पढ़ूँ तुम्हारे पत्र पढ़ूँ, और वह सब जान लूँ जो तुम मुझसे छिपाते हो, जो शायद इस सबका कारण है। आज तुम जान लो कि मैंने तुम्हारी सारी डायरी पढ़ी है, अमला के पत्र पढ़े हैं, और मैं सब कुछ जाने बैठी हूँ, जिसे तुम छिपाते आए थे।

तुम शायद कल्पना भी नहीं कर सकोगे मेरे उस दिन के दुःख की, मेरी मानसिक व्यथा की, जिस दिन मैंने तुम्हारी डायरी में पढ़ा था—'मैं जानता हूँ कि अमला को लेकर कुछ भी सोचना मेरे लिए न तो उचित है न श्रेयस्कर, फिर भी जाने क्यों, एक विचित्र-सी कमज़ोरी मन में घर करती जा रही है। जितना उसे भूलने की कोशिश करता हूँ, उतनी ही वह मन पर छाई रहती है। मैं उससे दूर रहता हूँ, पर मन जैसे हमेशा उसी के साथ रहता है—लगता है, वह मेरे व्यक्तित्व का, मेरी आत्मा का अभिन्न अंश है। हालाँकि मैं इस भावना से मुक्ति पाना चाहता हूँ, पर मन यही करता है, कुछ दिनों को उसके पास जाकर रहूँ। शिमला में वह अकेली थी और उसने बुलाया भी था; मैं ही जानता हूँ, मैंने कैसे अपने पर नियंत्रण किया।'

इसका एक-एक शब्द, मानो किसी ने लोहे की गर्म सलाख से मेरे हृदय पर दाग दिया। मन हुआ, चुपचाप घर से निकल जाऊँ, पर निकली नहीं। रात तुम लौटकर आए तो इच्छा हुई कि तुम्हारी छाती पर सिर पटक-पटककर पूछूँ कि यह विश्वासघात मेरे साथ क्यों कर रहे हो? प्यार उससे करोगे, पर क्योंकि उसे पा नहीं सकते, इसलिए रहोगे मेरे साथ? पर पूछ भी नहीं सकी, क्योंकि जानती थी कि तुम अपने इस गुरुतर अपराध की बात को भूलकर इसी पर नाराज़ होओगे कि मैंने तुम्हारी डायरी क्यों पढ़ी? पर मन की घुटन बढ़ती गई, बढ़ती गई। फिर भी मन में जाने क्या था कि लगता रहता था कि एक दिन ऐसा आएगा कि यह सब ठीक हो जाएगा और मैं अपने अमर को पा लूँगी। अपने सुखी भविष्य के प्रति बड़ी आस्था थी मन में, और उससे भी अधिक आस्था तुम्हारे प्रति थी, क्योंकि दुःखी मैं चाहे कितनी ही हुई, पर अपने मैत्री के मधुर दिनों की याद ने फिर भी मुझे टूटने नहीं दिया। पर जब भविष्य में दुःख ही

लिखा हो तो आस्था को अपने-आप टूटना पड़ता है और मेरे विश्वास और मेरी आस्था को बिखराकर चूर-चूर कर देने वाली वह शाम आ पहुँची जब तुम मुझसे झूठ बोलकर अमला के पास गए और मैंने तुम्हें देख लिया। उस दिन लगा, जिस धरातल को अपना समझकर मैं खड़ी हूँ, वह खोखला है।

तुम्हारा यह कहना ठीक है कि मैंने बहुत भावुकता और आवेश में ही वह पत्र लिखा था और घर छोड़ने का निर्णय लिया था; पर उस समय शायद मैं स्वयं नहीं जानती थी कि पत्र की लिखी हर बात मुझे यों सत्य करके ही दिखानी होगी। शायद मन में यही था कि तुम उस पत्र को पढ़ोगे, आओगे और फिर मेरे रोने और तुम्हारे मनाने-समझाने में ही सारी बात एक बार तो समाप्त हो ही जाएगी। पर पत्र पढ़कर तुम भीतर आए ही नहीं और तब धीरे-धीरे मुझे लगा कि अब इस घर में रहने से बढ़कर अपमान की बात मेरे लिए हो ही नहीं सकती। बराबर यही लगता रहा, जैसे तुम्हारे मन की बात ही मैंने लिख दी, यह भावना निश्चय में बदल गई जब तुम सवेरे उठे और आगे होकर मुझे स्टेशन छोड़ आए। अपमान का यह दंश मुझे जीवनभर सालता रहेगा। इतना मान तो हम शत्रु का भी रख लेते हैं, फिर आखिर मैं तो तुम्हारी 'कुछ' थी ही।

बस अमर, तुम जो चाहते थे वह हो गया। अब क्यो व्यर्थ मुझे समझा-बुझा रहे हो? तुम कहते हो मैंने गलती की, तो मान लेती हूँ। पर गलत कहो, सही कहो, जो होना था सो हो गया और मैं जानती हूँ कि मैंने ठीक ही किया।

लिखने को तो न जाने कितनी-कितनी बातें और मन में घुमड़ रही हैं, पर अधिक कुछ नहीं लिखूँगी। यह सब लिख पाई, इसी पर आश्चर्य हो रहा है।

—रंजना

(रंजना का पत्र मन्दा के नाम)

3 सितम्बर, '58

प्रिय मन्दा भाभी,

उपदेशों और प्यार-भरी झिड़कियों से भरा आपका पत्र मिला, जिसके अन्त में आपने आज्ञा दी है कि पत्र के पढ़ते ही मैं दिल्ली पहुँच जाऊँ। अमर के पास न जाना चाहूँ तो आपके पास पहुँच जाऊँ। भाभी, आपका प्यार, उपदेश

और आज्ञा सब सिर-आँखों पर, लेकिन मैं आ नहीं सकूँगी।

बस इतना जान लीजिए कि यह निर्णय मैंने केवल एक दिन की घटना पर नहीं लिया है।

आपने पूछा कि जिस घर को मैंने इतने उत्साह, इतनी उमंग से बसाया-सजाया था, उसे छोड़ कैसे आई? जिसके लिए वह घर सजाया था जब उसी को छोड़ दिया तो घर का क्या मोह करती! अब तो किसी का मोह मन को नहीं बाँधता।

टण्डन भैया को प्रणाम कहिए। पत्र दीजिए।

आपकी

रंजना

(मीरा का पत्र अमर के नाम)

6 सितम्बर, '58

प्रिय अमरजी,

परिचय तो हम लोगों का बहुत पुराना है, पर पत्र शायद पहली बार लिख रही हूँ, और सो भी ऐसी विकट स्थिति में कि मेरी तो बुद्धि ही काम नहीं करती कि क्या लिखूँ।

रंजना को सामान के साथ अपने घर में खड़ी देखा तो आश्चर्य की सीमा नहीं रही, और जब सब कुछ जाना तो दुःख की सीमा न रही। मैं तो विश्वास ही नहीं कर सकी कि आप लोगों के बीच भी कभी यह सब हो सकता है। जब आप लोगों के विवाह की खबर सुनी तो कितने प्रसन्न हुए थे हम दोनों। और विवाह के चार महीने बाद ही देखती हूँ कि रंजना सामान लिए खड़ी है कि 'मैं घर छोड़ आई हूँ, अब लौटकर कभी नहीं जाऊँगी। जब तक कोई और प्रबन्ध नहीं हो तब तक तेरे घर में रहूँगी।' कैसे विश्वास हो कि जो कुछ वह कह रही है, वह सच है! मुझे तो आज भी किसी तरह यह विश्वास नहीं हो रहा है कि आप लोगों के बीच यह ट्रेजेडी घटी है। आप लोगों का प्यार यौवन के आवेग का परिणाम नहीं था, उसके पीछे लम्बे परिचय और मैत्री का सबल आधार था। रंजना तो शायद उस समय से आपको प्यार करती आई है जब वह इस

शब्द का पूरा-पूरा अर्थ भी नहीं समझती थी। तभी तो मुझे रंजना की बात पर विश्वास नहीं हो रहा था, पर आने के बाद दस दिन तक रंजना की जो हालत देखी तो लगा कि उसकी बात ही सच है और दुनिया में सब कुछ सम्भव है। तभी आपका पत्र आया, मैंने भी उसे पढ़ा और लगा कि आपने तो इस सारी बात को कोई महत्त्व ही नहीं दिया है। मानो रंजना का यों चले आना कोई बहुत ही साधारण-सी बात हो। तब मन में एक प्रश्न उठा कि वास्तव में बात बिल्कुल साधारण है और रंजना उसे बढ़ाकर देख रही है, या कि बात सचमुच में बहुत बड़ी है और आप उसे बहुत साधारण समझ रहे हैं। सब कुछ जान-कर भी मैं निर्णय नहीं ले पा रहीं हूँ बस, मैं तो इसी में प्रसन्न हूँ कि सम्बन्ध तोड़ने का यह निर्णय आप लोगों का आपसी समझौता नहीं है, सिर्फ एकतरफा है और आप रंजना को वापस बुला रहे हैं। यह जानकर ही आपको पत्र लिखने का साहस भी हुआ।

आपके दोनों पत्र ही मैंने पढ़े हैं, रंजना के उत्तर मैंने नहीं पढ़े। मुझे नहीं मालूम उसने क्या लिखा है पर मेरा आपसे एक ही अनुरोध है कि ऐसी बातें पत्रों से नहीं सुलझा करतीं, सम्भव है और उलझ जाएँ; इसीलिए आप मेरा यह पत्र पाते ही फौरन चले आइए और रंजना को ले जाइए। उसे आपके साथ भेजने का ज़िम्मा मैं लेती हूँ। वह कितनी दु:खी है और इन थोड़े-से दिनों में ही उसने अपनी क्या हालत बना ली है, आप शायद कल्पना भी नहीं कर सकेंगे। रात-दिन रोती रहती है, और पता नहीं क्या-क्या लिखती और फाड़ती रहती है। तबीयत उसकी बेहद खराब रहती है। सारे दिन चक्कर आते हैं, कै करती है और सिर दर्द के मारे फटा पड़ता है। पहले मैंने सोचा था कि शायद भूखे रहने के कारण ही यह सब हो रहा है, पर जैसे सारे लक्षण दिखाई दे रहे हैं उससे तो कुछ और ही सन्देह हो रहा है। मैं चाहती थी वह डॉक्टर को दिखा दे; पर न वह घर से बाहर ही निकलने को तैयार है, न डॉक्टर को दिखाने को। सम्भव है, यह मेरा सन्देह-मात्र ही हो। पर यदि सच हो तब तो उस हालत में यह और भी आवश्यक हो जाता है कि आप शीघ्रातिशीघ्र उसे ले जाएँ, और केवल ले ही नहीं जाएँ, उसे अधिक से अधिक प्रसन्न और सन्तुष्ट रखने का प्रयत्न करें।

बड़ी उत्सुकता से मैं आपके पत्र की नहीं आपकी प्रतीक्षा कर रही हूँ।

शुभेच्छु
मीरा

(अमला का पत्र अमर के नाम)

2 सितम्बर, ’58

प्रिय अमर,

जब हमारा प्लेन कलकत्ता के ऊपर मंडरा रहा था, तो पूरब में पौ फट रही थी। इतने दिनों तक बाहर रहकर लौटना बड़ा अच्छा लग रहा था, और कुछ समय के लिए मन बेहद हल्का और प्रसन्न हो आया था। हवाई अड्डे पर देखा, भाभी स्वागत के लिए खड़ी थीं। आश्चर्य हुआ, और कहूँ कि मन की सारी खुशी एक अनसमझ खीझ में बदल गई, तो गलत न होगा। सच पूछो तो उनका आना न समझ आया, न भाया। गाड़ी में बैठते ही सबसे पहली बात उन्होंने कही, ‘कैलाशजी ने डॉक्टर गुप्ता की साली से शादी कर ली है, वे कल ही बम्बई से लौट रहे हैं।’ और फिर मेरा मुँह यों देखने लगीं, मानो बड़ा भारी शॉक मुझे इस बात से लगेगा। इस बात का शॉक तो नहीं लगा, पर यह बात ज़रूर मन को बेध गई कि ये भाभी हैं, जो सिर्फ यह सुनाने के लिए दमदम तक चली आई।

अपने जिस घर में लौट आने पर मैं प्रसन्नता का अनुभव कर रही थी, वहाँ पहुँची तो देखा कि इन चन्द महीनों में ही घर में बहुत कुछ बदल गया है। पिताजी वाली कोठी में दफ्तर खुल गया है और मेरी कोठी का आधा भाग पिताजी को दे दिया गया है। हम लोग अकेले-अकेले प्राणी हैं। पूरी कोठी हमारे लिए अनावश्यक समझी गई। चाहती तो लड़ सकती थी और अपना अधिकार वापस ले सकती थी, पर वैसा कुछ करने की न मेरी इच्छा हुई, न पिताजी की राय।

पिताजी को देखा तो दूसरा सदमा लगा। कुछ महीनों में ही मानो उनकी उम्र के दस साल बढ़ा दिए। सारा समय वे पूजा-पाठ में ही लगे रहते हैं या थोड़ा-बहुत पढ़कर काट देते हैं। सारे कारोबार से उन्होंने हाथ खींच लिया है। लगता है, उन्हें मजबूरन अपने को अकर्मण्य बनाना पड़ा है, विरोध करने

वाली मैं तो थी ही नहीं, सो शायद सब कुछ बड़ी आसानी से हो गया। मुझे न कोठी का मोह है न पैसे का, पर कोई यों मुझे मेरे अधिकार से वंचित करे, चाल चले, यह भी सह्य नहीं। फिर भी अभी तक इस ओर मैंने कुछ नहीं किया है। मेरे मौन को सब लोग मेरी स्वीकृति का सूचक समझ रहे हैं। पर अन्याय और अनीति के प्रति मौन रहना अमला ने सीखा नहीं। बस, ज़रा मन से स्वस्थ हो लूँ।

मेरे आने के दूसरे दिन कैलाश विवाह करके आ गया। भाभी ने जब यह सूचना दी थी, तब सचमुच मुझे कुछ भी नहीं लगा था, मानो इस बात का मुझसे कोई सम्बन्ध नहीं हो; पर जब कैलाश ने स्वयं टेलीफोन पर रिसेप्शन में आने का निमन्त्रण दिया तो एकाएक ही हथेलियों में ठण्डा पसीना आ गया और भरसक प्रयत्न करने के बावजूद काँपते गले से ज़रूर आऊँगी के अतिरिक्त मैं कुछ नहीं कह पाई। बाद में बड़ी देर तक अपने पर झल्लाती रही कि मैं उसे बधाई क्यों नहीं दे सकी।

यों पार्टी में जाने का ज़रा भी मन नहीं था, पर लगा कि न जाना अपनी पराजय की स्वीकृति है, इसलिए गई।

लगता है, अब बहुत दिन यहाँ नहीं रहा जाएगा। घर में सारी स्थिति इस तेज़ी से बदल रही है कि कुछ समझ नहीं आता क्या करूँ। रोज़ ही पिताजी से न जाने कैसे-कैसे कागज़ों पर दस्तखत करवाए जाते हैं और वे हैं कि बिना किसी विरोध के चुपचाप करते जाते हैं। मैं चाहती हूँ कि विरोध करूँ, पर जाने कैसी जड़ता व्याप गई है कि कुछ किया नहीं जाता। न यह सब सहा जाता है, न कुछ किया जाता है; इसीलिए सोचती हूँ, यहाँ से फिर लौट जाऊँ। यों यहाँ का मौसम सुहावना होने ही वाला है मेरे बाग में तो अभी से फूल खिलने लगे हैं; पर पता ही नहीं चलता है कि कब फूल खिलते हैं और कब झर जाते हैं। उनकी गंध, उनके रंग, कोई भी तो मेरे मन को नहीं बाँध पाते। जिस ऊँचाई पर पहुँचने की बात तुमसे कहकर आई थी, लगता है, वह तो बात भर ही रह गई।

सम्भव है, बहुत जल्दी ही कहीं पहुँच जाऊँ। फिलहाल पत्र यहीं देना। रंजना को मेरा प्यार, चाहो तो तुम भी ले लेना। अब तो वह ख़ुश है न?

सस्नेह
अमला

(रंजना का पत्र मीरा के नाम)

25 सितम्बर, ' 58

प्रिय मीरा,

तेरे पहले पत्र का उत्तर देने की बात सोच ही रही थी कि कल तेरा दूसरा पत्र आ गया।

हाँ मीरा, बीमारी की वजह से ही तुझे पत्र नहीं लिख सकी। कमज़ोर अभी भी काफी हूँ, फिर भी आज लिखूँगी।

तेरा सन्देह सच ही था। जिस समय डॉक्टर के घर से निकली, मन बड़ा बोझिल हो आया था। अपना ही अभी कुछ ठौर-ठिकाना नहीं और यह नई ज़िम्मेदारी! अभी इस सबके लिए मैं कतई तैयार नहीं थी। अमर की प्रतिक्रिया जानना चाह रही थी, पर उन्होंने तो ऐसा मौन धारण कर लिया था मानो मैं साथ ही नहीं होऊँ। लगा, अमर बहुत खिन्न और चिन्तित हो आए हैं। मुझे बुरा लगा। सच कहती हूँ—मैं खुद इस बात से प्रसन्न नहीं थी, पर अमर अप्रसन्न हों यह बात मन को बेध गई। इसमें तो मेरा कोई दोष नहीं। दोनों चुपचाप घर आ गए। मैं उम्मीद कर रही थी कि अमर कुछ तो कहेंगे, पर बिना कुछ कहे ये प्रेस चले गए। मैं लेटी-लेटी इस स्थिति को सहज भाव से ग्रहण करने का प्रयत्न करने लगी। इनके एक मित्र की बात याद आई 'लेट ए चीको कम, एण्ड एवरीथिंग विल बी ऑलराइट, ' और पहली बार मन में एक हल्की-सी पुलक जागी। उस पुलक को, या मन में जागे उस भाव को देने के लिए मेरे पास कोई नाम नहीं है। बड़ी विचित्र-सी अनुभूति थी बस; और मन एक नई ही कल्पना करने लगा। क्या सचमुच ही यह घटना हमारे टूटे सम्बन्धों को जोड़ सकती है, फटे मनों को मिला सकती है? अनेक कहानियाँ, अनेक घटनाएँ आँखों के आगे से गुज़र गईं जहाँ बच्चा पति-पत्नी के बिगड़े सम्बन्धों में सेतु बन गया। और तुझसे सच कहती हूँ, कुछ देर पहले जो बोझ लग रहा था उसके प्रति एक अनजान-सा मोह हो आया।

रात में अमर आए। खाना खाकर वे मेरे पास बैठ गए। आजकल वे केवल काम से ही बाहर जाते हैं अन्यथा सारे समय मेरे ही पास बैठे रहते हैं। मैं जानती थी अब कुछ कहेंगे, कहा भी—

'रंजना, अब क्या होगा?' उन्होंने मेरा हाथ अपने हाथ में ले लिया। मैं चुप रही।

'अभी तो किसी भी तरह इस सबके लिए अपने को तैयार नहीं पा रहा हूँ—न मानसिक रूप से, न आर्थिक रूप से। तुम क्या सोचती हो?' उनकी जिज्ञासु आँखें मुझ पर टिकी हुई थीं। लगा, वे मुझसे भी ऐसी ही कोई बात सुनने की आशा कर रहे थे।

'मैं क्या सोचूँ? मेरी तो कुछ भी समझ में नहीं आ रहा है।'

'नौकरी मैं अभी से ढूँढ़ना शुरू कर दूँगा, फिर भी लगता है, बहुत जल्दी यह सब हो गया।' उनका स्वर बेहद व्यथित था।

'हाँ,' मैं समझ ही नहीं पाई, मैं क्या कहूँ। वे भी चुप हो गए, पर लगा जैसे वे कुछ कहना चाह रहे हैं, पर कह नहीं पा रहे हैं।

'मैं सोचता हूँ, डॉक्टर से ही कह दिया जाए कि अभी हम इस सबके लिए तैयार नहीं हैं, यह अपने-आप कोई रास्ता सुझा देंगी। बस, कुछ खर्च की व्यवस्था करनी होगी, सो मैं कर लूँगा।' दूसरी ओर देखते-देखते ही वे सारी बात कह गए और जब मैं उनकी बात का अर्थ समझी तो सन्न हो आई। दो क्षण तो मुँह से कोई बात ही नहीं निकली, फिर इतना ही कहा :

'यह सब पहले ही सोचना था; अब यह सब करना क्या उचित है?'

'अनुचित ही क्या है? यह ठीक है कि सोचना पहले ही था, पर अब इस बात पर अफसोस करने से लाभ? अब तो आगे का रास्ता निकालना है। मैं तुम्हारी राय जानना चाहता हूँ।' न चाहते हुए भी मैंने कह दिया, 'मैं क्या राय दूँ, जो तुम ठीक समझो वही करो।' अपनी स्वीकृति देकर मैं रात में कई बार रोई।

उन्होंने जो ठीक समझा वही किया और इसके तीसरे दिन मैं नर्सिंग होम पहुँच गई। डॉक्टर का अपना छोटा-सा नर्सिंग होम था और वह इस सबके लिए काफी मुश्किल से ही राज़ी हुई थी। उसकी नर्स हँस रही थी—'कोई

आता है बच्चा नहीं होता, ऑपरेशन करिए; कोई आता है बच्चा नहीं माँगता, ऑपरेशन करिए।' मेरी आँखों से चुपचाप दो बूंद आँसू ढुलक गए उन आँसुओं के पास बोलने की शक्ति होती तो वे यहीं कहते, 'कौन कहता है मैं बच्चा नहीं माँगती, मैं बच्चा नहीं चाहती। मैं चाहती हूँ, चाहती हूँ, पर मैं मजबूर हूँ, बहुत-बहुत मजबूर!'

यों इंजेक्शन के नाम से ही मेरी जान निकलती है, पर उस दिन मन इतना भरा हुआ था कि सूई क्या, इस शरीर पर कोई तीर-तलवार चलाता तो शायद कुछ न होता। मैं संज्ञाहीन-सी पड़ी थी, किसी भी चीज़ का कोई बोध नहीं था। पर एकाएक ही सारी जड़ता को चीरकर एक अजीब-सी भावना मन में उठी, मानो कोई भीतर ही भीतर रो-रोकर चिल्ला रहा है—'मुझे मत मारो, मुझे मत मारो!' लगा, यह स्वर मुझे आरे की तरह ऊपर से नीचे तक चीर गया। मीरा, कल्पना कर सकोगी इस दर्द का? और दर्द तो इसके सामने लगा ही नहीं।

दूसरे दिन ही नर्सिंग होम से छुट्टी मिल गई और कम-से-कम पन्द्रह दिनों तक बिस्तर पर रहने का आदेश देकर डॉक्टर ने विदा कर दिया। इन पन्द्रह दिनों में अमर करीब-करीब बराबर ही मेरे पास रहे हैं। मेरी दवाई और खाना अपने हाथ से देते हैं, पढ़कर कुछ सुनाते हैं। पर मेरा मन किसी में नहीं रमता। लगता है, मन के भीतर कहीं कुछ बहुत ही कोमल था जिसे मैंने बड़ी निर्ममता से कुचल दिया है, और कुचलन की पीड़ा मन को निरन्तर ही टीसती रहती है। कल तेरा पत्र आया। लिखा था कि 'यदि मेरा सन्देह सच हो तो अपनी हिफाज़त रखना—बहुत-बहुत प्रसन्न रहना, और' हिदायतों की और खाने-पीने की चीज़ों की एक लम्बी सूची थी। टपाटप मेरी आँखों से आँसू टपक पड़े। मीरा, तेरी किसी भी हिदायत को मानने के लिए मैं बाध्य नहीं। मुझे अब कुछ नहीं खाना होगा, कोई हिफाज़त नहीं रखनी होगी।

नर्सिंग होम छोड़ा तब से बस एक ही भावना है, जो हर क्षण मन पर छाई रहती है। वही दृश्य, वही भावना नर्सिंग होम की बेहद चौड़ी सीढ़ियाँ—एक किनारे से नर्स का सहारा लिए मैं उतर रही थी, दूसरे किनारे से अमर उतर रहे

थे, और मुझे लग रहा था, हम दो ऐसे किनारे हैं, जिन्हें अब कोई सेतु नहीं बाँध सकेगा; हम कभी एक नहीं हो सकेंगे। साथ रहकर भी दूर एक होकर भी अलग। सब कुछ ठीक कर देने वाला कोई 'चीको' नहीं होगा और हमारी ज़िन्दगी यों ही बीत जाएगी—नीरस, शुष्क, अवसादपूर्ण नहीं मीरा, अब और कुछ नहीं लिखूँगी। जिन भावनाओं को इतने दिनों तक संयम से बाँधे बैठी थी, वे फूट पड़ना चाह रही हैं। वे फूटीं तो मैं बह जाऊँगी; और अभी मुझमें बहने की सामर्थ्य भी नहीं है। मैं बहुत कमज़ोर हूँ, मुझे अभी पूरा आराम करना है, टॉनिक खाना है, इंजेक्शन लेने हैं।

सब कुछ करूँगी पर जो सेतु टूट गया वह तो टूटा ही रहेगा हमेशा-हमेशा।

तेरी ही रंजना

13

कॉफी हाउस का एकरस कोलाहल गूँज रहा था और उसमें से गुज़रते हुए अमर को हल्का-सा सन्तोष हुआ।

ऊपर गया तो अनायास ही खिल उठा। मुँह से निकला, 'अरे कौन, शकुन?'

उसे देखकर शकुन बैठने के लिए जगह छोड़ती एक तरफ सरक गई। बोली, 'मैंने सोचा, इतने ज़ोर-ज़ोर से हॉल में कौन बोल रहा है नीचे? झाँका तो आप फोन से भिड़े थे।'

अमर झेंप गया। सचमुच फोन से बातें करते हुए उसे ख़्याल ही नहीं रहता कि उसका स्वर कितना ऊँचा है। 'इतने ज़ोर से बोल रहा था क्या? हट, झूठी!' अपने कन्धे से अमर के कन्धे को हल्के से धकेलकर शकुन बोली, 'अरे, तू तो सचमुच उदास हो गया। अच्छा बाबा, तू ज़ोर-ज़ोर से बोल नहीं रहा था। मैंने यहीं से देख लिया था। पहले हम लोग सिरे वाली कुर्सियों पर बैठे थे, सो नीचे का हॉल सारा दीखता था। इधर खाली हुआ तो इधर आए थे।' लम्बे सोफे पर शकुन खिड़की की तरफ हटी। अमर बैठा तो ख़्याल आया कि

इस समय उसकी इच्छा एकदम अकेले रहने की थी। कॉफी हाउस के सामने से निकलते हुए अचानक टण्डन को फोन करने की बात उसे सूझ गई थी, इसलिए इधर आ गया। हर क्षण आशंका थी कि कोई-न-कोई मिल जाएगा और उसे ज़बर्दस्ती बैठना होगा। अकेले बैठने की इच्छा से आप कॉफी हाउस जाइए तो हमेशा यहा होता है—कोई-न-कोई आकर्ण-मुस्कान आपकी ओर बढ़ी चली आती है। कई बार तो अमर का मन हुआ, कह दे, कॉफी मेरी ही तरफ से रहेगी, लेकिन आप कृपया उस मेज़ पर बैठकर पी लीजिए—मैं इस समय शांति चाहता हूँ।

'इनसे मिलें, आप हैं मौनी'दा यानी श्री चिन्तामणि घोष—आकाशवाणी के संगीत-विभाग में।' अचानक शकुन की आवाज़ से अमर का ध्यान टूटा। अभ्यासवश उसने हाथ जोड़े सामने वाले सोफे पर साँवले दुबले-पतले-से सज्जन बैठे थे अद्धी का झक-झक करता, चुनी बाँहों वाला कुर्ता, सोने के बटन चाँदी की अँगूठी में जड़ा नए पैसे के बराबर अण्डाकार मूँगा, दूसरे हाथ की अँगुली में अँगूठी की तरह पहनी हुई मिज़राब। दोनों हाथों से ठण्डी कॉफी का गिलास पकड़े बड़े तन्मय भाव से तीला चूस रहे थे।

'और ये अमर द ग्रेट यानी महान कहानीकार, उपन्यासकार और बीवी के फरमाबरदार' और अचानक उसे कुछ याद आ गया तो बात बीच में काटकर बोली, 'अरे हाँ अमर, ये टण्डन...टण्डन कौन है?'

'तुम कैसे जानती हो?' नए आदमी के सामने उसे तू कहे या तुम, इसी उलझन में उसने पूछा।

'अरे योंही! हमारे यहाँ एक टीचर है अरोरा, उसके बच्चे की बर्थडे पार्टी में मुलाकात हो गई। परिचय में जब संगीत-स्कूल की बात आई तो पूछा, 'एक बार अमर शायद किन्हीं शकुनजी का।' मैंने कहा, 'हाँ-हाँ' बस, फिर तो तुझे लेकर इतनी बातें हुईं, इतनी बातें हुईं।'

बातचीत में मौनी'दा अकेले न रह जाएँ, इसलिए अमर ने उनकी ओर देखकर कहा, 'तुम लोगों ने कोई अच्छी बात तो मेरे बारे में की नहीं होगी।'

'यही तो मैं अभी मौनी'दा को बता रही थी कि इस क्षण-भंगुर संसार में

परनिन्दा से बढ़कर दूसरा कोई टॉनिक ही नहीं है।' शकुन अपने स्वाभाविक लहजे में आ गई, 'उन्हीं से पता चला कि आपने लव-मैरिज की है, लड़की कहीं जयपुर की है।'

'यह सब तो उस दिन मैंने ही बता दिया था—गोलचा के ऊपर।' अमर ने सिगरेट निकाल ली।

'कहाँ? तूने यह सब कहाँ बताया था? झूठा!' शकुन को ठोड़ी के नीचे की सलवट कुछ इस तरह हिली कि अमर का मन हुआ उसे छूकर देखे। 'तूने तो सिर्फ इतना बताया था कि शादी कर ली है लव-मैरिज है और वर्षों का परिचय था—यह सब तूने कहाँ बताया था?' शकुन ने बैरे को देखकर पूछा, 'अच्छा, क्या लेगा?'

'कुछ भी ले लूँगा।' जान-बूझकर बोला और मुस्कुराहट छिपाने के लिए झट सिगरेट होंठों में लगा ली—'कोल्ड क्रीम।'

'दुष्ट!' शकुन ने प्यार से उसके कन्धे पर मुक्का जमा दिया और फिर उसे ख़्याल आ गया; मौनी'दा की ओर देखकर बोली, 'मौनी' दा, ये हमारे बहुत पुराने बन्धु हैं हम लोग एक साथ बाड़ी में रहते थे। तब यह हमको बहुत मारता था।'

'तो उसका बदला ले रही हैं?' कहकर अमर अचानक फिर सुस्त हो आया। शकुन बेचारी क्या बदला लेगी बदला तो ले रही है रंजना। उसकी हर खुशी, हर उत्साह के ऊपर एक पीला, उदास, मुरझाया चेहरा उभर आता है। वह बात करता होता है और अचानक बात टूट जाती है, वह हँस रहा होता है और फिल्म की रील टूट जाने की तरह हँसी रुक जाती है, और वातावरण में कार्बोलिक की गंध, सफेद ऐप्रन, गीले फाहेभरे बेसिन कौंध जाते हैं आजकल रंजना बोलती नहीं है। बहुत ही आवश्यक बात 'हाँ' और 'ना' में कहती है बस, एक मनहूस चेहरा है जो यहाँ से वहाँ घूमता है। अजब बात है, अमर को रंजना का शेष शरीर नहीं, सिर्फ चेहरा दीखता है—मानो रंजना सिर्फ एक ज़र्द चेहरा हो, और अमर उस चेहरे से डरता है, घर जाते कतराता है।

'बदला तो लेना है मुझे' शकुन को कहते सुना, 'अच्छा, क्यों रे, तू मुझे

अपनी बीवी से नहीं मिलाएगा?'

'चल, चाहे जब चल। लेकिन आज तो उसकी कुछ कुलीग्ज़ आ गई थीं, सो उनके साथ कहीं चली गई है।' अमर को अभी-अभी टण्डन की बात याद हो आई। मन हुआ शकुन से कह दे—नहीं, वे कहीं नहीं गई हैं आसनपाटी लिए औंधे मुँह कमरा बन्द किए पड़ी हैं। खबरदार! तू कभी मेरे यहाँ मत आना, नहीं तो मेरे साथ इस उन्मुक्त व्यवहार को देखकर वह आत्महत्या कर लेगी।

'नहीं, आज नहीं, फिर किसी दिन बुला। आज तो शरद-पूर्णिमा है न, मौनी'दा के साथ गोल मार्केट की तरफ जाना है। क्लाइव स्क्वायर में आज इन लोगों ने कोई प्रोग्राम रख लिया है चल, तू चल हमारे साथ।'

'हाँ, हाँ, आप भी चलिए।' इतनी देर बाद मौनी'दा बोले।

'नहीं मुझे कुछ ज़रूरी काम है, नहीं तो मैं ज़रूर चलता।' मन में बोला—नहीं मिस्टर अमर, तुम्हें कोई ज़रूरी काम नहीं है—यहाँ से उठकर तुम इधर से उधर भटकोगे उस मनहूस चेहरे को सामने रखकर मन-ही-मन पागलों की तरह सवाल-जवाब करोगे और फिर चुपचाप चोर की तरह रात को ग्यारह बजे घर जाकर सो जाओगे। सफाई देते हुए शकुन की ओर मुड़कर कहा, 'उसी वजह से आज ऐसा अच्छा प्रोग्राम कैन्सिल कर डाला है कि अभी तक अफसोस है। टण्डन साहब ने किसी की गाड़ी माँग ली है। सोचा था, पाँच-छः बजे यहाँ से निकलें और दस-ग्यारह तक आगरा-ताज पहुँच जाएँ। शरद-पूर्णिमा की रात ताज पर ही कटे, फिर दो-तीन बजे चलकर सुबह तक घर वापस।' बात बीच में फिर टूट गई। प्रोग्राम तय करके जब रंजना को बताया था, तो उसने निहायत ही उत्साहहीन दृढ़ स्वर में कहा, 'मैं नहीं जा पाऊँगी।'

'क्यों? मैंने उन लोगों से तय कर लिया है।' बहुत मुलायम स्वर में अमर ने कहा। उस 'घटना' के बाद अपने-आप ही मुलायम स्वर में बातें करने लगा था।

'आप चले जाइए। मेरी तबीयत अच्छी नहीं है।'

'चलो, किसी डॉक्टर-वॉक्टर को दिखाए देते हैं। उन लोगों ने ऐसे उत्साह

से प्रोग्राम बनाया है।'

'इसीलिए तो मैं कहती हूँ मुझमें किसी चीज़ के लिए उत्साह नहीं है। मैं चाहती भी नहीं हूँ कि अपनी मनहूसी से आप लोगों की खुशी।' बात आधी रह गई थी और वह होंठ चबाती पलंग पर जा पड़ी। अमर थोड़ी देर खड़ा रहा, खड़ा रहा फिर कन्धे झटककर बाहर सीढ़ियाँ उतर आया। पीछे हल्ली ट्रे में चाय सजाए सीढ़ियों तक आकर बोला, 'बाबूजी, चाय तो पी लेते।' उसने जवाब नहीं दिया।

'आज तो वहाँ बेहद भीड़ होगी।' मौनी'दा कह रहे थे, 'जाना है तो एक दिन पहले या एकाध दिन बाद जाइए।'

अमर चौंका—मौनी'दा शुद्ध उच्चारण में हिन्दी बोलते थे—कहीं-कहीं लग जाता कि बंगाली हैं। उनकी ओर सिगरेट बढ़ाकर उसने पूछा, 'आप क्या इधर के ही हैं?'

'बनारस, लखनऊ—शुरू से ही यहाँ था।' उन्होंने अमर का पैकेट लेकर सिगरेट निकाली और मेज़ पर ठोकते हुए कहा, 'यों बंगाल में एक रोमांटिक एसोसिएशन ज़रूर है। उसी चक्कर में एक बार कलकत्ता जा पहुँचा वहाँ जाकर एक भी दिन मेरा मन नहीं लगा एकदम अजनबी मुझे लगा जैसे आस्ट्रेलिया आ गया हूँ।'

इस बार अमर ने उसका चेहरा देखा—लहरदार खिचड़ी बाल, मोटे कत्थई फ्रेम का चश्मा, तीखी नाक और पतले-पतले साँवले होंठ—लम्बा चेहरा। उसे आश्चर्य हुआ, अभी तक वह इनके चेहरे की ओर क्यों नहीं देख पाया था? मन को समझाया—शायद उस उदास और अपराध आरोपते चेहरे से वह इतना डर गया है कि हर चेहरे से कतराता है। पूछा, 'आपकी फैमिली?'

'मौनी'दा अकेले ही हैं।' धीरे से शकुन बोली।

'ओह!' और अचानक उसकी समझ में शकुन का यों मौनी'दा के साथ ऊपर अकेले में बैठना, यों खिल-खिल पड़ना समझ में आ गया। बात जान लेने का संतोष हुआ। एक बार फिर कॉफी का गिलास होंठों तक लाने के बहाने देखा—आदमी तो बुरा नहीं है उम्र होगी चालीस-पैंतालीस। गंभीर लगता

है। सहसा उसके मन में आया, शकुन को समझाए—किस झमेले में पड़ी है; रेडियो में दुनियाभर की लड़कियाँ होती हैं। अब बेचारा शान्ति से कुछ काम कर रहा है; फिर तू एक-एक बात पर उसकी ज़िन्दगी हराम करेगी—कि उससे मत मिलो, उससे क्यों हँस रहे थे? दुनियाभर की पुरानी बातें खोदेगी और लड़ेगी। उसके सामने पाइन एपिल पीती अमला का चेहरा और बातें उभर आईं।

'क्या बात है, आज बहुत सुस्त है?' शकुन ने सहसा पूछा, और हँसकर बोली, 'चाँदनी रात में ताजमहल न देखने का बहुत गम है क्या? अरे, देख लेना फिर कभी—बहुत ज़िन्दगी पड़ी है। फिर अभी तो तुम लोगों के वो दिन होंगे कि जहाँ बैठ गए वहीं शरद-पूर्णिमा हो गई।'

'हाँ हैं तो।' अमर बुज़ुर्गी से मुस्कुराया। स्वप्नभंग का पिता! ज़र्द चेहरा क्लिनिक की गंध और लहर-भीगा सूरज।

'अच्छा अमर,' शकुन ने दोनों कुहनियाँ मेज़ पर टिकाईं और एक पर अमर की ओर झुककर पूछा, 'हमारे यहाँ कई दिनों से एक बहस हो रही है; मौनी'दा की अपनी राय है, लेकिन तू बता—क्या कलाकार को विवाह की जिम्मेदारी में पड़ना चाहिए?' अचानक अमर के सामने से शकुन गायब हो गई धुंध से उभरती हुई, बड़ी आत्मीयता से कही गई बात रह गई, 'देखो अमर, हम लोग इस सब ज़िम्मेदारी के लिए।'

पहले मौनी'दा शकुन की गम्भीरता से कुछ सामने आ गए थे—अब हल्के मुस्कुराते हुए शरीर ढीला छोड़कर पीछे टिक गए, 'वही शाश्वत समस्या।'

'भई, मैं अभी कुछ भी कह सकने की स्थिति में नहीं हूँ।' अमर ने गम्भीरता से कहा, फिर सिगरेट का कश खींचा। मन में उभरा—नहीं, उसे कतई—भूलकर भी शादी नहीं करनी चाहिए। कहा, 'लेकिन व्यक्तिगत नहीं, तेरी बात को अगर सैद्धान्तिक स्तर पर ही लें तो सवाल उठता है किससे?'

'किससे क्या मतलब?' शकुन जब भौंहें तान लेती थी तो उसके माथे पर चाँद के शक्ल की सलवट उभर आती थी। अमर ने देखा तो ताज्जुब हुआ यह इतनी खास बात उसे पहले क्यों नहीं याद आई? शकुन बोली 'किसी से भी।'

'आई थक ही शुडण्ट!' मौनी'दा जैसे नींद से जागकर एक झटके से सीधे हो गए।

अमर ने शकुन की बात का जवाब दिया, 'मेरा मतलब था कि हमपेशा से या किसी से?' उस दिन का अमला का वार्तालाप दिमाग में घुमड़ता चला आ रहा था, और वह बलपूर्वक रोके था।

'नो, किसी से नहीं।' मौनी'दा ने बात काटकर कहा, 'हमपेशा से और भी नहीं। यह एक छलावा है कि विवाह में बंधे दो कलाकार एक-दूसरे के प्रेरक और पूरक होते हैं। रेडियो में आए दिन ये घटनाएँ होती हैं—किसी ड्रामे में, किसी दो गाने में, दो आर्टिस्ट साथ आते हैं, मिलते हैं, धीरे-धीरे घनिष्ठ होते हैं और इस छलना के शिकार होते हैं। एक बहुत बुज़ुर्ग आर्टिस्ट ने मुझे आपबीती बताकर कहा कि हमपेशा आर्टिस्ट कभी सफल गृहस्थ हो ही नहीं सकते। दोनों चूँकि कला-सृजन की एक जैसी रचना-प्रक्रिया से परिचित होते हैं, इसलिए उनमें, एक को दूसरे के प्रति न तो आस्था होती है, न श्रद्धा। रादर (उलटे), कला-सृजन की इनर-स्ट्रगल अन्तसंघर्ष के प्रति दोनों ही इनकन्सीडरेट आर इण्डिफरेंट (लापरवाह और बेलिहाज़) हो जाते हैं। एक को दूसरे की रचना-प्रक्रिया में न तो कुछ रहस्यमय लगता है न श्रमसाध्य। कृति के प्रति सम्मान की भावना रखते हुए भी यह आधारभूत उदासीनता दोनों के बीच की खाई को।'

'प्लीज़ मौनी'दा' शकुन उनकी बात पर उँगलियाँ चटखा रही थी—लगा, पहले भी ये तर्क सुन चुकी है और अब बहुत बोर होती जा रही है। आखिर बात काटकर बोली, 'आप टू मच एकेडैमिक बातें करने लगे हैं। सुनी-सुनाई बातों पर कोई सिद्धान्त कैसे बनाया जा सकता है? आपके अनुभव सेकण्ड हैण्ड।'

मजबूरी के भाव से कन्धे झटककर मौनी'दा सहसा चुप हो गए और माचिस से सींक निकालकर खिसियाए भाव से दाँत कुरेदने लगे। वे शायद बहुत पान खाते थे।

लेकिन अमर भीतर चौंका। मौनी'दा पढ़े-लिखे आदमी हैं—केवल संगीतज्ञ ही नहीं हैं। उसे जाने कैसे विश्वास हो गया था कि बड़ी उम्र का पढ़ा-

लिखा अविवाहित बंगाली अपने युवाकाल में ज़रूर कहीं-न-कहीं क्रान्तिकारियों से सम्बन्धित रहा होता है। उसके मन में मौनी'दा के प्रति हल्का सम्मान जागा। इस बार कुछ सावधानी से शब्दों का चयन करके बोला, 'हमपेशा का मेरा कोई अनुभव नहीं है, इसलिए मैं माफी चाहूँगा। लेकिन दूसरा पक्ष भी अगर कला को न समझता हो, तो एक कठिनाई कुछ-कुछ ज़रूर आती है। दोनों के जीवनमूल्य दो तरह के ही जाते हैं। दूसरे पक्ष की रचना, रचना-प्रक्रिया और रचनाकार तीनों ही किसी अजीब नक्षत्र के वासी लगने लगते हैं। खासतौर से औरतों में एक आत्मविश्वास कुछ ज़्यादा ही होता है। वे इसे सिर्फ सनक समझती हैं और सोचती हैं, ये सिर-फिरे साहब उनके गले बाँध दिए गए हैं। खैर, कोई बात नहीं—थोड़े दिन उछलेंगे-कूदेंगे इसके बाद ढर्रे पर लगा लूँगी। सारी चौकड़ी भूल जाएँगे। धीरे-धीरे जब यह आत्मविश्वास झूठा पड़ने लगता है, तो अपनी असफलता की कटुता का ज़हर।'

शकुन को दुष्टता से मुस्कुराते देखकर अमर बीच में ही चुप हो गया। पहले उसने ज़रूर सावधानी बरती थी, मगर फिर तो जैसे वह स्वयं अपना ही विश्लेषण करने लगा।

अमर की झेंप को जान-बूझकर दरगुज़र करते हुए शकुन ने पूछा, 'तो इसके पीछे तुम प्यार और अण्डरस्टैंडिंग की कमी मानते हो? इसे यों क्यों नहीं कहते कि औरत ज़्यादा प्रैक्टीकल होती है और उसके इस सारे अनुशासन के पीछे गृहस्थी के सुख की ही मंशा होती है—व्यापक अर्थों में प्यार ही होता है!'

'लेकिन प्यार का वह कैसा आवेश है जिसमें दूसरे की साँस ही घुट जाए?' अमर को लगा, सहसा उसका स्वर बहुत कठोर हो गया है। उसने आवाज़ गिराकर कहा, 'मैंने प्यार और अंडरस्टैंडिंग पर कुछ नहीं कहा—हो सकता है, मंशा भी बहुत शुभ ही हो। मैंने तो सिर्फ इतना कहा था कि दूसरा साथी अगर आपके मिशन को नहीं समझता, तो दो जीवनमूल्य इतने दूर पड़ जाते हैं कि परस्पर-विरोधी हो उठते हैं!' अमर के सामने वही उदास चेहरा उभर आया। उभर आया रीगल के सामने का मैदान, गोधूलि का समय उसने कहा था, 'हो सकता है, बाँध डालने वाला यह प्यार मुझे अपने से भारी लगता

हो।' वह सहसा चुप हो गया।

'भई आफ्टर ऑल, परम्परागत विवाह के मुकाबले लवमैरिज को इसीलिए तो तरजीह दी जाती है कि दोनों पक्ष एक-दूसरे की दृष्टियों और जीवनमूल्यों को समझें।' शकुन डिबेटर के अन्दाज़ में बोली, 'वरना फिर तो'

'इतना सब सोच-समझकर लवमैरिज कौन करता है?' मौनी'दा ने एक हाथ की आड़ करके दूसरे की चुटकी से बारी-बारी से नथुनों में सुँघनी भरी और रूमाल से नाक-होंठ पोंछकर कहा, 'यहाँ तो पड़ोस में पहले दादा-दीदी हुआ, फिर सिनेमावाला जन्म-जन्मान्तर का प्रेम हुआ। दोनों भागकर बम्बई पहुँच गए—अब लवर साहब बिलवेड के गहने बेच रहे हैं और नौकरी खोज रहे हैं—इज़ इट लव?'

'मौनी'दा' लाड़ से ठुनककर शकुन कहने लगी, 'आप क्या किसी चीज़ का उजाला पक्ष देख ही नहीं पाते? अच्छा, आप गहने बेचने की ही बात लीजिए—मेरा हस्बैण्ड मुझे हफ्तों खाना नहीं देता था, कमरे में बन्द करके टॉर्चर करता था कि मैं घर से रुपया क्यों नहीं मंगाती। वह तो लवमैरिज नहीं थी?'

बहुत चिन्तायुक्त स्वर में मौनी'दा बोले, 'नहीं मिस्टर अमर, मैं मज़ाक नहीं कर रहा। आप मेरी बात पर गौर करके देखिए। इधर प्रेम-विवाह जिस तेज़ी से असफल होते जा रहे हैं, उससे लोगों के मन में डर पैदा होने लगा है। इन विवाहों में से अधिकांश की उम्र दो साल भी नहीं होती। दो-तीन साल जैसे-तैसे खिच-खिच, किच-किच में बिताए, फिर वही तलाक, लीगल सैपरेशन, कानूनी खींचतान मैं पूछता हूँ, आखिर परम्परागत विवाह ही क्या बुरे थे? हमारे आसपास जाने कितने उदाहरण हैं जहाँ माँ-बापों की करीं हुई शादियाँ हैं और मियाँ-बीवी दसियों वर्षों से सुख से रह रहे हैं। शकुन जैसा एकाध अपवाद छोड़ दो। अभी उस दिन एक दोस्त का अमेरिका से लौटा हुआ लड़का कहता था कि अंकल, कोई भी छठे-सातवें तक पढ़ी सीधी-सादी लड़की, पापा से कहिए, तलाश कर लें मुझे ये सब स्ट्रीमलाइण्ड, पढ़ी-लिखी नहीं चाहिए मैं तो दंग रह गया।' फिर शकुन की ओर मुड़े, 'सचमुच शकुन,

मैं तो दंग रह गया।'

अमर को टण्डन और मन्दा भाभी का ख़्याल हो आया। दोनो कितने सुखी हैं! उसे लगा, मौनी'दा ने एकदम सही बात कही है—रंजना अगर छठे-सातवें तक ही पढ़ी होती, तो शायद अपने दृष्टिकोण को अधिक आसानी से समझा लेता। लेकिन उसके सारे शिक्षा-संस्कार विरोध कर उठे। वह बोला, 'लेकिन मौनी'दा, ये तो इतिहास के चक्र को पीछे लौटा ले जाने जैसी बात।'

'अब नाम इसे आप जो भी दें; जो स्थिति है, वह मैंने बता दी।' लगा जैसे सुँघनी से उनकी सोई तर्कशक्ति सहसा जाग गई है, और परम्परागत विवाहों के सफल होने का कारण भी साफ ही है। उनमें शिक्षा और उम्र दोनों ही कम होती हैं, तो दोनों लड़-भिड़कर आपस में एडजस्ट कर लेते हैं, एक-दूसरे के रंग में रंग जाते हैं। लव मैरिज में एक तो उम्र बड़ी हो जाती है, सो उस समय तक हर चीज़ के प्रति दृष्टिकोण और आदतें दोनों ही पक्के हो चुकते हैं तब एडजस्टमेण्ट उतना नहीं होता, जितना क्लैश होता है।'

शकुन बार-बार आसन बदलकर कुछ कहना चाह रही थी। इस बात पर हल्के से ताली पीटकर हँस पड़ी, 'हियर! हियर! वाह मौनी'दा, यानी बाल-विवाह और अशिक्षा, आदर्श सुखी गृहस्थ-जीवन की असली कुंजियाँ हैं?'

'हाँ मौनी'दा, यह तो आप दोनों पक्षों की विकासहीनता की मजबूरी को गृहस्थ-सुख का नाम दे रहे हैं।' अमर ने नरमी से विरोध किया। उसे लगा, यह आदमी तो एकदम भीतर से रूढ़िवादी है—कहीं शकुन दुबारा गलती करने तो नहीं जा रही? बात कहीं सख्त तो नहीं हो जाएगी—सोचकर उसने दृढ़ता से कहा, 'इस तरह के जिन सुखी गृहस्थों को आप आदर्श कहकर पेश करते हैं—मैं पूछता हूँ, क्या वे सबके सब मीडियाकर लोग नहीं हैं? बीवी-बच्चे, मकान, ज़मीन-जायदाद इस सबको छोड़कर ज़िन्दगी में उनकी उपलब्धियाँ क्या हैं? बंधी-बंधाई लीक पीटने के सिवा उन्होंने क्या किया है? जो उन लीकों से हटे, उन्हें गालियाँ ज़रूर उन्होंने ज़ोर-ज़ोर से गला फाड़कर दीं, मगर सभ्यता, संस्कृति, कला, विज्ञान को उन्होंने कुछ दिया?' अमर को लगा, जैसे वह अमला की बात को अपने शब्द दे रहा है।

शायद मौनी'दा स्वयं अपने निकाले नतीजे पर सकपका गए थे। बात संभालकर बोले, 'हाँ, अब आए आप मूल विषय पर। कलाकार को गृहस्थी की ज़िम्मेदारी उठानी चाहिए या नहीं—विषय यह था। आप लोग उसे परम्परागत विवाह और प्रेम-विवाह की तुलना पर ले आए—वहाँ मैं समझता हूँ, मेरी बात बहुत गलत नहीं थी।'

'नहीं, वहाँ भी मैं समझता हूँ, सारे नज़रिए में कोई आधारभूत गलती है।' अमर ने महसूस किया कि इतनी देर से वह सिर्फ चेतना की बड़ी ऊपरी सतह से बातें कर रहा था, उसका अधिकांश ध्यान तो रंजना के व्यवहार, अपने अवसाद और शकुन, मौनी'दा को पढ़ने में ही लगा था, लेकिन अब सहसा मौनी'दा की इस बात ने उसके भीतर की किसी सोई चीज़ को चुनौती दे दी है, एक ऐसी समस्या लाकर रख दी है जिसका सैद्धान्तिक पक्ष उसे अपने सामने साफ करना ही होगा, उसके अपने जीवनानुभव उसके पक्ष में हों या विपक्ष में, अपने लिए नहीं, बल्कि अपने से बाद वालों के लिए। और यह तो होता ही है, एक पीढ़ी किसी समस्या का वैचारिक और सैद्धान्तिक समाधान करती है, लेकिन व्यवहार में रूढ़ियों से ही चिपकी रहती है। तब सिद्धान्त और व्यवहार के इस अन्तर से झुँझलाकर प्रायः दूसरी पीढ़ी उसे व्यवहार में ले आती है। व्यवहार की अपनी मजबूरियाँ, कमज़ोरियाँ और लिहाज़ हैं। लेकिन बात दिमाग में साफ कर लेने में क्या बुराई है! इसलिए एक तरह वह मुखर-चिन्तन करता-सा बोला, 'मौनी'दा, पहले दोनों प्रकार के विवाहों का मूलभूत अन्तर समझ लें। मुझे लगता है, परम्परागत विवाह दो अलग परिवेशों का गठबन्धन है—माइनस वास्तविक उम्मीदवारों के। उधर प्रेम-विवाह दो व्यक्तियों का सम्बन्ध है—माइनस परिवेशों के। यानी परम्परागत विवाह में दोनों पक्ष एक-दूसरे के कुल, गोत्र, जाति, परिवार, स्तर, नगर सभी कुछ जान लेते हैं, नहीं जानते हैं तो लड़के और लड़की को व्यक्तिगत रूप से—गृहकार्य कुशल कन्या और कमाऊ पति, उम्मीदवारों के व्यक्तिगत गुण कम, स्थिति अधिक होते हैं। जबकि प्रेम-विवाह में दोनों एक-दूसरे को ही जानते हैं और परिवेश को भुला देते हैं—दोनों किसी भी परिवार और परिवेश

के हों। वैज्ञानिक शब्द लूँ तो कहूँ कि उस ज़माने में लोगों का विश्वास यह था कि व्यक्ति और व्यक्तित्व सिर्फ वातावरण की उपज होते हैं और कुछ नहीं; इसलिए वातावरण की संगति बैठा लो—सब ठीक हो जाएगा। जबकि बाद के लोगों का विश्वास यह हुआ कि नहीं, व्यक्ति वातावरण से विद्रोह करके भी अपना व्यक्तित्व बना सकता है। वह उस वातावरण को अपने अनुसार तत्काल ही न ढाल सके, तो उसे छोड़कर कम-से-कम दूसरा वातावरण अपना तो सकता है। इस प्रकार मैं समझता हूँ, यह ज़्यादा वैज्ञानिक तरीका है कि जिनका सम्बन्ध हो, वे व्यक्ति एक-दूसरे को जानें।'

अचानक अमर को लगा कि उसकी बात श्रोताओं को उबाने लगी है। मेज़ की काली सतह पर कुहनी टेके शकुन एक हाथ से अपनी मटर-माला को ठोड़ी पर अटकाती है और फिर गिर जाने देती है; शंका से कभी-कभी मौनी'दा को देख लेती है कि इस प्राइमरी स्कूल वाले भाषण से वे कितने ऊब रहे हैं। लेकिन शायद मौनी'दा ध्यान से सुन रहे थे। उसके रुकते ही बोले, 'फिर? इससे क्या सिद्ध हुआ? इसके विरोध में तो जाने कब से तर्क दिया जाता रहा है कि इस प्रकार परिवेशहीन विपरीत जाति (सेक्स) के लोग आपस में मिलते हैं, तो अपना अच्छे से अच्छा रूप ही सामने रखते हैं—असलियत तो बाद में खुलती है।' फिर उन्होंने दोनों जेबों में कुछ टटोला, घड़ी देखी, 'और इसीलिए अधिकांश प्रेम-विवाह असफल हो जाते हैं।' फिर उठते हुए बड़ी नम्रता से बोले, 'सात से ऊपर हो गया है अमरजी; अब हम चलेंगे। इस बहस को फिर किसी दिन के लिए रख लें आप भी चलें।'

'नहीं, मुझे सचमुच काम है, वरना चला चलता।' अमर बहुत कुछ कहना चाहता था; सहसा भूल गया। उस क्षण उसे यह भी याद नहीं आया कि बहस शुरू किस बात पर हुई थी, लेकिन सारी माथा-पच्ची का निष्कर्ष इस तोड़ पर हो, इससे बड़ी बेचैनी हो रही थी। इस सारे समय उसका मन होता रहा कि इस बहस में अमला भी रहती।

अपने फालतू होने की ऐसी तीव्र अनुभूति तो उसे कभी नहीं हुई, जैसी

इन दिनों हमेशा होती रहती है—हल्ली जिस समय उसे सुबह चाय का प्याला देता है तो सुबह का अखबार और खाली प्याला मेज़ पर पहले ही रखा होता है, और रंजना गुसलखाने में होती है (एक बार उसने देखा कि अखबार में वाण्टेड वाले पृष्ठ पर 'लेडी लैक्चरार' की खाली जगह, पेंसिल से छोटा-सा टिक-मार्क लगा है। जगह कहीं गौहाटी में थी।) फिर वह साड़ी लपेटे बड़ी व्यस्त-सी आती है और कपड़े बदलते या बाल संवारते हुए आवाज़ लगाती है, 'हल्ली, जो कुछ बना हो जल्दी दे दो। हमें देर हो रही है।' फिर दो-एक ग्रास खाकर पूछती है, 'आप अभी खाइएगा?'—अमर का मन होता है, इस सबको चुपचाप घुटते हुए देखने की अपेक्षा वह सुबह-सुबह कहीं घूमने चला जाया करे। एकाध बार उसने सोचा भी कि सुबह पाँच बजे उठकर घूमने जाया करेगा—सारे दिन ताज़गी रहेगी। लेकिन आदत कुछ ऐसी बिगड़ी है कि आठ से पहले आँख ही नहीं खुलती। और फिर जब तक रंजना रहती है, एक तनाव-सा बना रहता है; कहीं कोने में अधलेटा वह किसी किताब-अखबार के पीछे मुँह छिपाए प्रतीक्षा करता रहता है वह कहीं भी बैठा रहे; लेकिन उसकी एक चेतना है जो हमेशा रंजना के साथ-साथ घूमती और आ-आकर अमर को सूचना देती रहती है कि अब वह कलम में स्याही भर रही है, अब सैण्डिल के फीते बाँध रही है—अब छाते के भीतर अधबने चिड़िया के घोंसले को बाल्कनी में भुनभुनाती झाड़ रही है अब सीढ़ियाँ उतर गई है। और जैसे ही वह चेतना उसे सूचना देती है कि रंजना चली गई है कि मुक्ति की साँस लेता है और सायास लादे उत्साह से हल्ली को पुकारता है, 'हल्ली यार, एकदम गर्म चाय तो दो।' और रंजना के आने से पहले ही वह निकल जाता है; लौटता है तो उसका खाना मेज़ पर रखा होता है, रंजना चुपचाप बाल्कनी में खड़ी होती है या बिस्तर पर लेटी होती है, मगर उसकी 'चेतना' उसे बता देती है कि सोई नहीं है जब वह बाल्कनी में होती है, या कुछ पढ़ रही होती है तो अमर को बेहद बेचैनी महसूस होती रहती है। उसका मन होता है, मेज़ पर रखे सारे बर्तनों को पागलों की तरह इधर-उधर फेंक दे और खूब चीख-चीखकर कहे, 'मुझे यह खाना नहीं खाना।' लेकिन चुपचाप खा लेता है। जैसे उसकी हिम्मत

नहीं पड़ती कि पूछ ले—कोई आया था? इस घर की व्यवस्था का सूर्य रंजना है, वह तो उस सौरमंडल के गति-प्रवाह में घूमता हुआ 'डमी' नक्षत्र है अपनी धुरी से टूटकर भटकता हुआ फालतू नक्षत्र बुझने और गिरने की प्रक्रिया के आगे माथा टेके—निष्क्रिय।

उसे हमेशा महसूस होता रहता है कि कुछ है, जो हो चुका है कोई महत्त्वपूर्ण घटना अभी-अभी घट चुकी; और कुछ है जो होने वाला है और इस 'घटित' और 'घटनीय' के बीच की तनावभरी स्थिति में वह सिर झुकाए फालतू की तरह खड़ा है दिन पर दिन गुज़रते जाते हैं और 'घटित' की बोझिल छाया (अपराध?) और 'घटनीय' की आशंकाभरी प्रतीक्षा उसके मन के एक-एक पंख को नोचती जाती है इस बिन्दु पर खड़े होकर कुछ भी लिखने की बात उसने सोचना ही बंद कर दिया है—यानी घर से निकलने से पहले ही दोनों तरफ का बस का किराया, कॉफी और दो-चार आने सिगरेट का हिसाब लगाना पड़ता है। कहीं कोई आ न जाए, कहीं कोई मिल न जाए का डर उसे निरन्तर किसी वीरान दुनिया में बहाए लिए चला जा रहा है। क्या इसी स्थिति के लिए उसने विवाहित जीवन की कामना की थी?

एकाध बार ऐसा भी हुआ है कि वह आया तो देखा, रंजना टेबल लैम्प से कुछ पढ़ रही है। उसे देखकर रोशनी के घेरे से मुँह निकालकर पूछती है, 'आप पढ़ेंगे क्या?' इच्छा रहते हुए भी अमर कह देता—'नहीं, तुम पढ़ो, मैं लेटूँगा।' और लेटकर वह चुपचाप देखता है—रोशनी के दायरे में एक पथराया हुआ चेहरा गुमसुम स्थिर है सीधी नाक, कसे होंठ, पलकें और निगाह पृष्ठ की पंक्तियों पर न हिलें तो लगे, जैसे मूर्ति हो, दूर से अमर को लगता है कि नाक के पास और आँखों के नीचे कालिमा की पट्टी इतनी फैली है, दिन में उसने देखा ही नहीं—देखते-देखते चेहरे की माँसपेशियाँ ढीली होकर झुर्रियों के रूप में बदल जाती हैं—और ईमानदारी से उसकी समझ में नहीं आता कि क्या यही सौन्दर्य है? नारी में सुन्दर आखिर है क्या? क्या रंजना में भी कभी उसे कुछ सुन्दर लगता था?

फिर देखते-देखते उसकी पुतलियाँ भीग उठती हैं—मैं इस लड़की को

आखिर क्यों मार रहा हूँ? मैंने जुहू पर ही इससे मना किया था, पर उस समय तो इसे एक और ही नशा सवार था। प्यार नहीं, प्यार की ज़िद थी। यही लड़की थी जो मेरे बेटर-सेल्फ के लिए, बल्कि मुझे सारी कमज़ोरियों, कमियों के साथ प्यार करती थी? वह हल्के से कहता, 'सो जाओ न, सारे दिन बाहर रहती हो।' रंजना सोचती-सी निगाहें उठाती, अंधेरे की ओर मुँह करती और क्षणांश के लिए एक हल्की-सी मुस्कुराहट कहीं उसके होंठों पर तैर जाती—अमर को लगता, मानो कह रही हो—बड़ा ख़्याल है। और अमर का मन होता, दोनों मुक्कों से तकिये को कूट डाले वह हल्के से करवट बदलकर आसमान के छोटे-से टुकड़े को देखने लगता टण्डन के यहाँ उसने रंजना का खत पढ़ा था, मंदा के नाम। उसमें कहीं लिखा था अमला के लिए, 'बड़ी ही विचित्र है इसकी मुस्कान, जो इसके अधरों पर फैलकर इसके लावण्य को इतना अधिक बढ़ा देती है कि मन अनायास ही बंध जाए।' और वह शायद डायरी में लिखे, 'रंजना बोलती कुछ नहीं है, लेकिन ज़हर-बुझी मुस्कान किसे कहते हैं, यह देखना हो तो रंजना को मुस्कुराते देखना होगा।' नहीं, नहीं, डायरी में कुछ नहीं लिखना डायरी और पत्र तो रंजना की निगाह से बच ही नहीं सकते दस तालों में वह डायरी और पत्र पढ़ती है अमर के प्रति उसकी कोई ज़िम्मेदारी है या नहीं, वह क्या पढ़ता है, क्या लिखता है? खाता-पीता है या नहीं—उसके कपड़े धुले हैं या बटन टूटे हैं, उसकी मानसिक स्थितियों का लेखन पर कोई प्रभाव पड़ता है या नहीं—उसकी आर्थिक व्यवस्था क्या है, उसकी चिन्ता-परेशानियाँ क्या हैं—यह सब जानने की उसे कतई कोई उत्सुकता नहीं है; हाँ, उसका 'व्यक्तिगत' क्या है—इसे जानने को वह बेहद व्याकुल है।

'अरे!' अमर अचानक चौंककर झटके से खड़ा हो गया, 'शायद आज आया, अमला का खत मेज़ पर ही छूट गया!' उसे याद आया तो उसने झटपट सारी जेबें तले तक खखोलीं। हाँ, नहीं है। उफ! आज खैर नहीं है। यह क्या गज़ब हो गया? पत्र पढ़ते हुए खुद उसे यह आशंका हुई थी कि कहीं ये हिस्से रंजना न पढ़ ले, और अब? पागलों की तरह उसने हथेली से कई बार

माथा ठोका, 'अब क्या हो?' उसने जैसे मदद के लिए चारों ओर देखा। वह इस समय सेण्ट्रल-विस्टा एरिया में खड़ा था। सामने चौड़ी-सी नहर थी और अनेक नावें दूर-पास तैर रही थीं। अगर स्कूटर भी ले और जल्दी से पहुँच भी जाए तो कोई फायदा नहीं—रंजना अब तक पढ़ चुकी होगी। अब तो देर से जाने में ही खैर है।

'तुम्हें पता है, दो दिन बाद शरद-पूर्णिमा है।' अमला ने लिखा था, 'ताज पर तो प्रोग्राम कई बार बना है, इस बार एक अजब सनक सवार हुई है। सुनते हैं, जबलपुर के पास कोई भेड़ाघाट या धुंआधार नाम की जगह है। संगमरमर की चट्टानों के ऊपर नदी का पानी प्रपात से पहले एक प्राकृतिक झील के रूप में रुक गया है। इस बार मन होता है, शरद-पूर्णिमा की रात वहीं अकेले एक छोटी-सी डोंगी में गुज़ार दी जाए। तुम भी होते तो सच, कैसा आनन्द रहता! फिर उस वर्णन को तुम्हारी किसी कहानी या उपन्यास में पढ़कर मैं कैसा महसूस करती!'

एक जगह बड़े चिन्तापूर्ण ढंग से लिखा हुआ था, 'अमर, यहाँ मेरा मन कतई नहीं लगता। बड़ा उखड़ा और पराया महसूस करती हूँ। किसी से बातें करते भी डर लगता है कि कहीं कुछ ऐसा न कह दूँ जिसे बाद में मेरे ही खिलाफ इस्तेमाल किया जा सके। सब कुछ मन में ही घुटता है, और ऊपर से मुस्कुराहट ओढ़ लेते हैं। सच कहूँ, इन अपनों से बड़ा डर लगने लगा है—शायद इस डर का सामना न करने के लिए ही हमेशा भागती रहती हूँ। इधर कुछ बातें ऐसी हुई हैं कि बड़ी आशंका अच्छा खैर, इस समय तुम्हें यह सब बताकर परेशान नहीं करेंगे। हाँ, एक बात मैं बहुत गम्भीरता से सोचने लगी हूँ। तुम भी सलाह दो। यहाँ तो कोई भी इसके पक्ष में नहीं है। दिल्ली में ही एक छोटा-सा मकान लेकर एकदम अकेली रहना चाहती हूँ, देसाई आई थीं—उन्होंने बहुत आश्वासन दिया है, बहुत आग्रह कर गई हैं कि सोशल वेलफेयर का कुछ काम करूँ। गोल्फलिंक रोड या निज़ामुद्दीन में कोई छोटा-मोटा मकान मिलना बहुत मुश्किल तो नहीं होना चाहिए। भई, किसी के जिम्मे जाकर पड़ना अपने को गवारा नहीं है—रहेंगे तो अपना इन्तज़ाम करेंगे। हमें

कहीं जाना है, तैयार होकर खड़े हैं और सारी गाड़ियाँ साहब की सेवा को गई हैं, यह सब अब बहुत हो चुका चलो, दिल्ली आ जाएँगे तो तुमसे भी गप-शप खूब रहा करेगी। तुम्हारी बीवीजान तो नहीं रोकेंगी न? हम तो कुछ-कुछ डरने लगे हैं उनसे। बड़ा तेज़ स्वभाव लगता है। कुछ लिख-पढ़ पाते हो या? बहुत दिनों से कहीं कुछ भी नहीं देखा। अब तो शायद कोई लम्बी चीज़ भी नहीं है हाथ में? तब तो बड़े लम्बे-लम्बे वायदे किए थे। क्या कर रहे हो आजकल? गृहस्थी चलाने में कुछ मदद करते हो या एकदम ही छोड़ दिया?' इस हिस्से पर अमर तिलमिला उठा था। आगे लिखा था, 'अच्छा छोड़ो यह सब। इस समय तो हमारे दिमाग में धुंआधार की संगमरमर की चट्टानें, उनके बीच छोटी-सी झील और अकेली डोंगी शरद-पूर्णिमा की रात की उँगलियों में थिरकता, सुनहरी शराब-भरा बिल्लौरी पैमाना! फिराक का वो शेर सुना है :

दिल के आइने में इस तरह उतरती है निगाह
जैसे पानी में लचक जाए किरन; क्या कहना!

और जहाँ लचकती किरनों का जमघट हो, वहाँ के अलिफ-लैलाई वातावरण को क्या कहोगे?'

पत्र पढ़कर अमर सोचता रहा, इनमें कौन-सी बात सच है? अलिफ-लैला का जादुई वातावरण या दिल्ली आने की परेशानी? या दोनों झूठ हैं?

14

ढलती रात, आसमान पर छिटके तारे और सामने गरजता-फुफकारता अनन्त समुद्र। आज समुद्र और दिनों की अपेक्षा अधिक अशान्त, अधिक उद्वेलित था। आसमान को छूने का दुस्साहस करने-वाली बड़ी-बड़ी लहरें जब दूर क्षितिज पर उठतीं और एक-दूसरी को ठेलती हुई बड़े वेग से आगे बढ़तीं, तो लगता कोई शक्ति इनके वेग को रोक नहीं सकेगी, आज ये सब कुछ अपने भीतर समा लेंगी; पर किनारे पर आते ही जाने क्या होता कि बड़े ही विवश-

भाव से चीत्कार करती हुई वे बिखरकर चूर-चूर हो जातीं। दूर-दूर तक फैले रेतीले तट पर न कोई सीमारेखा है, न कोई व्यवधान; पर शायद मन के बन्धन ही उनके पागल आवेश पर अंकुश लगा देते और वे आगे नहीं बढ़ पातीं—किनारे से टकरा टकराकर सिर धुनतीं और मन के उन्माद को मन में ही समेटे, फेन के आँसू बहाती मजबूर-सी चुपचाप लौट जातीं।

अमला यह सब देख रही थी। बहुत प्रयत्न करने पर भी जब उसे नींद नहीं आई तो वह बाहर आकर खड़ी हो गई। होटल के सारे कमरे बन्द थे—शायद सब सो रहे थे, बस वह अकेली खड़ी सूनी निगाहों, समुद्र पर भटक रही थी। एकाएक उसे ख़्याल आया—यदि कोई चुपचाप आकर उसे दबोच ले, तो? अपरिचित होटल और न जाने कहाँ-कहाँ से आए हुए लोग! एक अजीब-से भय से अमला सिहर उठी। एक बार तो उसे किसी के पदचाप भी सुनाई दिए। भय के मारे उससे पीछे मुड़कर देखा तक न गया। पर दो क्षण बाद ही अपनी इस भावना पर विजय पाती हुई वह हँसी। क्या बच्चों की तरह वह डर रही है! उसने बड़ी निडरता से चारों ओर देखा; कहीं कोई नहीं था।

एक बड़ी-सी लहर बहुत आगे तक बढ़ आई और फेन उछालती हुई लौट गई; बस उसकी आवाज़ अमला के कानों में गूँजती रही।

अमर नहीं आया। तार के जवाब में उसने अपनी असमर्थता प्रकट करते हुए इन्कार लिख दिया और तभी से अमला को लग रहा है कि असमर्थता अमर की नहीं, उसकी है। आज वह इतनी असमर्थ हो गई है कि आदेश देकर, अमर को बुला तक नहीं सकती। रंजना आज उसकी अपेक्षा अधिक समर्थ है। वह अमर की पत्नी है। उसने रोक दिया होगा—अमर नहीं आया! सचमुच वह है ही कौन?

तभी दूसरे विंग की बाल्कनी में दो छायाकृतियाँ दिखाई दीं। दूसरे क्षण ही अमला पहचान गई—आज शाम को ही ये लोग होटल में आए हैं। जब ये रिक्शा से उतरे थे, तभी अमला को यह स्त्री बड़ी परिचित-सी लगी थी, पर लाख कोशिश करके भी वह याद नहीं कर पाई। दोनों रेलिंग से सटकर खड़े हो गए स्त्री के बाल खुले हुए थे। अमला कुछ पीछे को हट आई। खुले

अस्त-व्यस्त केशों को समेटता हुआ पुरुष का हाथ उसकी पीठ पर से होता हुआ कन्धे पर आकर टिक गया। धीरे-धीरे दोनों के बीच की दूरी कम होती गई—स्त्री झुकती चली गई और फिर दोनों प्रगाढ़ आलिंगन में बंध गए।

अमला चुपचाप अपने कमरे में लौट आई।

'पुरी होटल' का कमरा, अंधेरी रात, अकेली अमला, गरजता-फुफकारता समुद्र और नशे में डूबी, आलिंगन में बंधी दो छायाकृतियाँ।

अमला ने करवट बदली। वह चाहने लगी, जल्दी ही सुबह हो जाए। चारों ओर लोगों का शोर-शराबा फैल जाए। कोने वाले दो कमरों में ठहरे हुए बंगालियों का दल रवीन्द्र-संगीत से सारे होटल को गुँजा दे; पुराने यात्रियों के जाने और नयों के आने का क्रम जारी हो जाए, और वह सबको पीछे छोड़कर किनारे-किनारे चलती हुई बहुत-बहुत दुर चली जाए और डुबकियाँ लगाती रहे, तब तक नहाती रहे जब तक कि आज के इस रतजगे की सारी थकान दूर न हो जाए; और फिर लहरों के थपेड़ों से चूर-चूर इस देह को लेकर गहरी नींद सो जाए।

अचानक कमरे की बत्ती जल उठी। अमला ने बिना करवट बदले ही पूछा, 'कौन, अन्ना?'

'तुम सोई नहीं अमला बीबी!' बाथरूम की ओर जाती अन्ना लौटकर अमला के पलंग के पास आ गई और मसहरी हटाकर गौर से अमला का चेहरा देखने लगी। अंधेरे में कुछ दिखाई नहीं दिया, धीरे से अमला के माथे पर हाथ रखकर बोली, 'क्या बात है बिटिया, तबीयत खराब है?'

'नहीं तो।' पर स्नेह के इस स्पर्श से अमला का गला भर आया। अन्ना ने पूरी मसहरी हटा दी। अमला के निकट ही फर्श पर बैठते हुए पूछा, 'अमर बाबू नहीं आ रहे हैं बिटिया?'

'नहीं, उन्हें कुछ ज़रूरी काम है, वे नहीं आ सकेंगे।' योंही छत की ओर नज़र गड़ाए अमला बोली।

'आ जाते तो अच्छा था, कुछ दिन तुम्हारा मन बहल जाता, वरना सारे दिन अकेले जाने क्या-क्या सोचती रहती हो और घुलती रहती हो!' अन्ना ने

धीरे-धीरे अमला का सिर सहलाना शुरू कर दिया। अमला ने अपने आर्द्र नेत्र मूँद लिए।

इस बार अमला जितने दिन भी कलकत्ता रही, बेहद परेशान रही। कैलाश का अपनी सजी-धजी पत्नी के साथ आना, भैया-भाभी का रवैया, पिताजी की दिनोंदिन गिरती स्थिति, प्रत्यक्ष-परोक्ष सुनाए गए ताने—उन सबसे वह बुरी तरह ऊब गई थी और किसी शान्त-एकान्त स्थान में आकर रहना चाहती थी। वह अच्छी तरह जानती थी कि उसकी अनुपस्थिति में उसके बचे-खुचे अधि-कार भी छिन जाएँगे, पर यह सब जानकर भी वहाँ रहना उसके लिए असंभव हो उठा था। पहले उस घर में उसका कितना सम्मान था—और आज? भाभी पहले भी उसके आचरण की टीका-टिप्पणी किया करती थीं, पर कितने दबे-दबे ढंग से; लेकिन इस बार चावला के दो-तीन पत्रों को पा करके उन्होंने उसके शिमला-प्रवास की जो गाथा गढ़ी थी, उसने उसे क्रुद्ध कम और दुःखी अधिक किया था।

चावला! चलो, उसे भी उसके नाम के साथ जुड़ना था!

और एक दिन उस सबसे ऊबकर वह पुरी आ गई। पर यहाँ की शान्ति ने दो दिन में ही उसे अशान्त बना दिया। जब वह कलकत्ता थी, उसे लगता था, उसे शान्ति चाहिए; एकान्त चाहिए; और यहाँ एकान्त में आई तो लगा जैसे इस शान्ति के बीच वह और अधिक दुःखी हो उठी। वह स्वयं नहीं जानती—उसे क्या चाहिए। पर यह अकेलापन अब उससे सहा नहीं जाता। कोई हो जो उसके साथ घूमे, रेत पर बैठकर घरौंदे बनाए, हाथ पकड़कर समुद्र में नहाए, घंटों बातें करे, और...

पास वाले विंग की बाल्कनी में अंधेरे में आलिंगनबद्ध जोड़ा उसके सामने उभर आया।

किसी बड़ी-सी लहर के किनारे से टकराकर चूर-चूर होने की गर्जना चारों ओर फैल गई।

'कॉफी बना लाऊँ?' अन्ना ने पूछा।

'बना ला।' आँखें बन्द किए-किए ही अमला ने कहा।

घड़ी ने पाँच बजा दिए। अमला ने अनुमान लगाया—ज़रूर समुद्र पर लोग आ गए होंगे। इस भावना ने ही उसे बड़ी राहत दी, मानो समुद्र में नहाने वाले वे लोग उसके उस अकेलेपन को तोड़ देंगे, जिसमें उसका दम घुट रहा है।

घुटनों-घुटनों तक पानी में खड़ी अमला समुद्र की ओर देख रही थी। लहरें आतीं और उसे कमर या कभी-कभी कमर से भी ऊपर तक भिगो जातीं। सारी भीड़ और कोलाहल को पीछे छोड़कर वह बहुत-बहुत दूर निकल आई थी। अन्ना दूर बैठी उसके सूखे वस्त्रों की रखवाली कर रही थी। समुद्र की छाती पर डूबती-उतराती छोटी डोंगियों को देखकर उसका बड़ा मन होता कि वह भी एक डोंगी पर बैठकर अपने को लहरों के हवाले कर दे और जहाँ ले जाएँ, चली जाए। अपने-आपको किसी के हाथों सौंप देने की ललक जब-तब अमला को बेचैन बना देती है, पर इन डोगियों को देखकर एकाएक यह भावना बहुत ही प्रबल हो उठी। बहुत दिनों तक अपने को संभाल-संभालकर रख लिया! अब मन करता है, आँख मीचकर अपने को लहरों के ही हवाले कर दे।

'थैंक्यू!'

अमला एकदम चौंक पड़ी। घूमी तो गले में कैमरा लटकाए एक लम्बे-चौड़े आदमी को मुस्कुराते हुए अपनी ओर आते देखा। अमला अवाक्। किसी ने उसकी तस्वीर खींच ली और उसे पता भी नहीं चला!

'आशा है, आप मेरी गुस्ताखी माफ करेंगी और मेरी इस हरकत का बुरा नहीं मानेंगी। बात यह थी कि इस एंगिल में आपका पोज़ इतना सुन्दर लग रहा था कि मैं अपने को रोक नहीं सका।'

शरीर से चिपके गीले वस्त्र, अस्त-व्यस्त बिखरे बाल। अमला बेहद संकुचित हो उठी थी। उसने देखा, अन्ना काफी दूर बैठी है, यों भी इस अपरिचित के सामने वह कपड़े बदलेगी कैसे?

'बुरा न मानें और अनुमति दें तो कुछ स्नेप्स और भी ले लूँ? बड़ा फोटोजेनिक फेस है आपका?' और अमला कुछ कहे उसके पहले ही वह कैमरा भी ठीक करने लगा; फिर जाने क्या सोचकर लैन्स से आँखें हटाकर

उसने भरपूर नज़रों से अमला को देखा जो संकुचित अवाक्-सी ज्यों की त्यों खड़ी थी। अमला का संकोच देखकर उसे कुछ ख़्याल आया और वह मुस्कुराता हुआ बोला, 'सोचता हूँ, पहले आपको अपना परिचय दे दूँ वरना आप भी क्या सोचेंगी?' और वह ही-ही करके हँस पड़ा। अमला असमंजस में ज्यों-की-त्यों खड़ी थी, पर उस व्यक्ति का ध्यान अमला के चेहरे के भाव की ओर कम और बनावट की ओर ज़्यादा था।

'मुझे मेहरा कहते हैं। यहाँ "पुरी होटल" में ठहरा हूँ। आया कल शाम को ही हूँ। फोटोग्राफी कभी मेरी हॉबी थी, अब तो जीवन का यही एकमात्र आधार रह गया है। घूमता-फिरता हूँ और चाहता हूँ कि जहाँ—जो कुछ सुन्दर हो, आकर्षक हो, उसे उतारकर अपने पास रख लूँ। मेरा कलेक्शन देखेंगी तो दंग रह जाएँगी—खाली समय में मैं उसे ही देखा करता हूँ। कल्पना कर सकती हैं आप उस आनन्द की जो एक ही जगह बैठे-बैठे अनेकानेक सुन्दर वस्तुओं को देखने से होता है—इट इज़ रियली सुपर्ब!'

छोटी-छोटी लहरें दोनों को भिगो-भिगोकर लौट जाती थीं। अमला चुपचाप सुन रही थी—वह समझ ही नहीं पा रही थी कि बिना किसी परिचय के इस निर्जन में एक अपरिचित महिला से यों लगातार बात करने वाले व्यक्ति से वह किस तरह का व्यवहार करे।

दूर पड़े एक लकड़ी के लट्ठे की ओर इशारा करके मेहरा ने कहा, 'चलिए, उस पर चलकर बैठ जाइए, आइए!'

पर अमला जहाँ की तहाँ जड़वत् खड़ी रही।

'आप व्यर्थ का संकोच कर रही हैं—मेरी तो यह हॉबी है—सिर्फ हॉबी।'

पता नहीं उसकी बात का क्या प्रभाव पड़ा कि अमला उसके साथ उधर ही चल दी। दो काले-कलूटे मछवाहे उन दोनों को देखते हुए गुज़र गए। उनके हाथ में जाल था और सिर पर लम्बी टोपी तथा कमर पर एक-एक कपड़ा बंधा हुआ था।

'हाँ, तो अब आप उस लट्ठे पर बैठ जाइए।'

'जी मैं?' और अमला ने अपने गीले कपड़ों की ओर देखा।

हो-हो करके मेहरा हँस पड़ा—'नहीं, नहीं, वह सब नहीं, मैं तो ऐसे ही चाहता हूँ—नेचुरल, एकदम नेचुरल!' और उसने खट-से बटन दबा दिया, 'लवली एक्सप्रेशन!—इस तस्वीर में आप अपने चेहरे का एक्सप्रेशन देखिएगा।' फिर लट्ठे पर खड़े होकर मेहरा ने इधर देखा, उधर घूमे और दो तस्वीरें खींचीं। इसके बाद उतरकर उसने अमला की और दो-तीन तस्वीरे खींचीं। अमला कठपुतली की तरह उसके कहे अनुसार किए चली जा रही थी। अपनी अन्तिम तस्वीर खींचकर मेहरा ने रील निकालते हुए अमला से पूछा, 'आप अपनी तस्वीरें देखना तो पसन्द करेंगी शायद? बोलिए, इन्हें दिखाने के लिए कहाँ आऊँ? या आप पुरी होटल आइए।' और वह अमला की बगल में बैठ गया। अमला ज़रा-सा सरक गई।

'जी, मैं भी पुरी होटल में ही ठहरी हूँ।' धीरे से अमला ने कहा।

'क्या? आप पुरी होटल में ही ठहरी हैं? ओ, यह भी क्या कोइन्सिडेंस है! पर मैंने आपको देखा नहीं! रूम-नम्बर?'

'तेरह।'

'शायद फर्स्ट फ्लोर पर है?'

'जी।'

'आपके साथ?'

'जी, मैं अकेली हूँ।' बहुत ही दबे-से स्वर में अमला ने कहा। दो क्षण दोनों चुप रहे। अमला चाह रही थी कि उठकर चल दे, पर उससे उठा नहीं जा रहा था। उसने एक उड़ती-सी नज़र मेहरा के चेहरे पर डाली। उसके अकेले आने की बात सुनकर मेहरा के चेहरे पर कुछ अनबूझ-सा कौतूहल उभर आया था।

इधर-उधर देखकर मेहरा बोला, 'धूप बढ़ रही है। सोचता हूँ, लौट चला जाए।' और बढ़ती धूप का एहसास होते ही उसने जेब से रंगीन चश्मा निकालकर चढ़ा लिया।

होटल पहुँचकर जब अमला ऊपर चढ़ने लगी, तो मेहरा ने कहा, 'आपको धन्यवाद तो दे ही दूँ। तैयार होते ही आपको तस्वीरें दिखाने आऊँगा।'

पहली बार अमला हल्के से मुस्कुराई। एक बार उसका मन हुआ कि मेहरा को चाय के लिए निमन्त्रण दे दे, पर कहा नहीं गया और वह ऊपर चढ़ गई।

अमला सामने फैली तस्वीरों को मुग्धभाव से देख रही थी। खुले-गीले केश, टखनों तक पानी, चिपके वस्त्र, चेहरे पर पानी की बूँदें मोती की तरह चमक रही थीं। मेहरा साहब फोटोग्राफी की दृष्टि से तस्वीर की खूबियाँ समझा रहे थे, पर अमला सोच रही थी इतना घुटने और सहने के बाद भी उसमें इतना लावण्य शेष रह गया है! और तभी उसे अपनी उस मुस्कुराहट का ख़्याल आया। उसने सरसरी नज़र से पाँचों तस्वीरों को देखा, एक में भी वह मुस्कुराहट नहीं थी। उसे खुद बड़ा आश्चर्य हुआ कि एक बार भी वह मुस्कुराई क्यों नहीं? उसे लगा, जैसे वह उस तरह मुस्कुराना ही भूल गई है। एकाएक उसका मन हुआ कि ड्रेसिंग टेबल के सामने जाकर एक बार वह उसी तरह मुस्कुराकर देखे।

नीचे दो-तीन रिक्शे आकर खड़े हो गए। अमला ने ज़रा-सा झुककर नीचे की ओर झाँका। यह रेल का समय है। इस समय सदा ही रिक्शे आते हैं, यात्री आते हैं। यों नए यात्रियों को देखने का उसे विशेष कौतूहल रहता था, पर आज वह अपनी तस्वीरों में ही उलझी रही, 'कल सवेरे चाय आप मेरे साथ ही पीजिए, तब मैं आपको अपनी कुछ एल्बम्स दिखाऊँगा।' मेहरा ने कहा। जवाब देने के लिए अमला ने तस्वीर पर से मुँह उठाकर जैसे ही ऊपर देखा—एक उड़िया कुली पर सामान रखे अमर को खड़े पाया। अपार विस्मय से अमला उसका मुँह देखती ही रह गई। मेहरा अमला के विस्मय का कारण जानना ही चाह रहे थे कि अमला बोली, 'अरे अमर, तुम कैसे?' और वह कुर्सी से उठकर आगे बढ़ गई।

'तुमने ही तो बुलाया था।' मुस्कुराते हुए अमर ने कहा।

'आप एक मिनट ठहरिए, मेहरा साहब, मैं इनका सामान रखवा आऊँ।' अन्ना से चाबी लेकर अमला ने खुद अपने कमरे के बगल वाला कमरा खोला। उसने आने के पहले ही अपने लिए दो कमरे रिज़र्व करवाए थे। अमर की

इन्कारी का तार पाकर भी उसने कमरा लौटाया नहीं, वह ज्यों-का-त्यों बन्द पड़ा था। खोलते समय उसे ख़्याल आया कि इन्कारी का तार पाकर भी क्या उसे विश्वास नहीं था कि अमर आएगा?

'एकाएक तार देकर क्यों बुलाया तुमने मुझे?' कुली को पैसे देकर विदा करते हुए अमर ने पूछा।

'पर तुमने तो इन्कार ही लिख दिया था!' प्रसन्नता में कुछ रोष का पुट देते हुए अमला ने कहा। उसकी इन्कारी ने उसे जितना क्रुद्ध और खिन्न किया था, उसके आगमन ने उतना ही प्रसन्न कर दिया। उसका मन रह गया। आज भी अमर में इतनी सामर्थ्य नहीं कि उसकी बात टाल दे। आज भी वह 'कुछ' है। पर जब अमर ने बेहद खिजलाए-से स्वर में कहा, 'मना नहीं करता तो क्या करता? मेरा अपना भी तो कोई ज़रूरी काम हो सकता है!' तो अमला भीतर ही भीतर कहीं आहत हो गई।

'अच्छा, तो अमलाजी, इस समय आप आज्ञा दें, आपके फ्रेंड आए हैं।' हाथ में तस्वीरों का बड़ा-सा लिफाफा दबाए हुए मेहरा साहब ने बिना किसी संकोच के कमरे में घुसते हुए कहा।

'नहीं, नहीं, मेहरा साहब, जाएँगे क्यों?' और फिर उसने दोनों का परिचय करवाया पर अमर के लिए केवल इतना कहकर छोड़ दिया कि एक अच्छे साहित्यकार हैं। जान-बूझकर उसने 'मित्र' शब्द का प्रयोग नहीं किया।

बाहर निकलकर अमला ने अन्ना को एक कुर्सी और लाने का आदेश दिया। अमर के चेहरे से वह अच्छी तरह समझ गई कि मेहरा का यों आग्रह करके रोका जाना उसे अच्छा नहीं लगा। अमला को सन्तोष हुआ।

'देखो अमर, मेहरा साहब ने हमारी तस्वीरें खींची हैं। दिखाइए तो मेहरा साहब!' फिर मुस्कुराते हुए बोली, 'बहुत फोटोग्राफर देखे, पर मेहरा साहब को तो कमाल हासिल है इस कला में।' तब तक मेहरा साहब ने एक तस्वीर अमर के हाथ में थमा दी और सधे-सधाए ढंग से उसकी खूबियाँ समझाने लगे।

अमला को लगा जैसे कुछ देर पहले तस्वीर खिंचवाते समय उसे यही ख़्याल आया था। ख़्याल ही नहीं आया था, उसके मन में इच्छा जागी थी कि

अमर भी इन तस्वीरों को देखता, देखकर प्रसन्न होता, प्रसन्न होकर सराहता। उसने सोचा भी था कि यदि न आने की असमर्थता पर क्षमा याचना करता हुआ और खेद प्रकट करता हुआ पत्र आ जाएगा तो वह ये तस्वीरें ही अमर के पास भेजेगी। उत्तर में अमर क्या-क्या लिखेगा, यह भी उसने सोचा था। सराहना मेहरा साहब ने भी बहुत की, पर उसमें उनकी अपनी प्रशंसा थी और अमला चाहती थी कि उसकी सराहना की जाए—उसके लावण्य की, उसके भोलेपन की पर अमर ने बेहद उदासीनता से, एक के बाद एक, सारी तस्वीरें देख लीं और फिर एक तरफ सरकाते हुए कहा, 'बहुत अच्छी हैं।'

मेहरा साहब को कुछ निराशा हुई और अमला खिन्न हो आई।

'तुम पहले चाय-कॉफी लोगे या नहाओगे?' अमला ने पूछा, पर उसे खुद लगा कि उसका स्वर कुछ अधिक रूखा हो गया है।

'मैं नहा लेता हूँ।' और बिना किसी की अपेक्षा किए वह उठा। एक क्षण उसने सामने फैले अनन्त समुद्र को देखा, फिर मुड़कर कमरे की ओर चला गया। उसके उठते ही मेहरा भी उठ गए। अमला ने अच्छी तरह भाँप लिया—न मेहरा साहब को अमर का आना अच्छा लगा है, न अमर को मेहरा साहब की उपस्थिति, और उसे दोनों के बीच ही रहना है।

अमला उठी और रेलिंग के सहारे खड़ी होकर समुद्र को देखने लगी।

अमर आ गया, फिर भी वह ख़ुश नहीं हो पा रही है। अमर के खिजलाए-से दो वाक्यों ने अमला की सारी खुशी हर ली। आते ही अमर ने जता दिया कि आकर उसने अमला पर बड़ा एहसान किया है; और एहसान वह किसी का बर्दाश्त नहीं कर सकती।

सीढ़ियों पर ज़ोर-ज़ोर से गाते हुए दो बंगाली लड़के चढ़े। बाकी लोग शायद समुद्र पर ही रह गए। अमला के आने से दूसरे दिन ही यह दल आया था और अमला के बाईं तरफ के दोनों कमरों में अड्डा जमा रखा था। इनके ठहाके और इनके गीत सारे होटल में गूँजते थे। कई बार अमला का मन होता था कि इनमें शामिल होकर वह भी उन्मुक्त भाव से गाए—पर गाना तो दूर, उनसे परिचय तक नहीं कर पाई।

एकाएक उसे याद आया कि अमर ने आते ही पूछा था कि मुझे तार देकर क्यों बुलाया? वह फिर पूछेगा तो क्या जवाब देगी? कह सकेगी कि पुरी में अकेले उसे बड़ा सूना-सूना-सा लगता था उसे एक साथी चाहिए था, जो उसके साथ घूमता, बातें करता? हाथी-दाँती मीनारों में वह बहुत दिनों तक रह ली, पर पाया कि वहाँ घुटन और तड़पन के सिवाय कुछ नहीं है। उसने बहुत सहा, सहते-सहते वह टूट गई है, बिखर गई है अब कुछ समय के लिए वह बनना चाहती है। उन मीनारों से मुक्त होकर धरती पर आकर जीना चाहती है—जीवन को जीवन की तरह जीना चाहती है—और इसलिए उसे अमर की आवश्यकता थी—पर कह सकेगी वह यह सब अमर से?

एक बड़ी-सी लहर किनारे से टकराई लगा जैसे कोई सिर धुन-धुनकर रो पड़ा हो और चारों ओर एक गूँज छा गई हो।

तभी कफ के बटन लगाते हुए अमर आया। उसके गीले केश अस्त-व्यस्त हो रहे थे, फिर भी वह थोड़ी देर पहले की अपेक्षा अधिक प्रसन्न लग रहा था। उसने उस विंग की पूरी बाल्कनी पर नज़र दौड़ाई—सारी बाल्कनी में केवल अमला ही रेलिंग के सहारे खड़ी थी। और लोग शायद समुद्र पर ही चले गए थे।

'आह, अब जाकर जान में जान आई। थर्ड क्लास में सफ़र करो तो तबीयत झक हो जाए, और आप हैं कि फरमान भेज दिया—पहली गाड़ी से चले आओ!' और अमर अमला की बगल में आकर खड़ा हो गया। अमला को लगा जैसे अभी अमर का हाथ उसके कन्धे पर आ टिकेगा, इसीलिए वह घूमी नहीं, बस एकटक समुद्र की ओर ही देखती रही।

सामने की भीड़ को लक्ष्य करके अमर ने कहा, 'खासी चहल-पहल रहती है वहाँ तो।' अमला चुपचाप ही समुद्र की ओर निहार रही थी।

'हाँ, तो अब पिलाओ, क्या पिलाती हो; कॉफी या चाय?'

'ऐं?' अमला जैसे चौंकी। फिर पूछा, 'बोलो, क्या मंगवाऊँ?'

'कॉफी।'

अमला ने एक बार सामने की ओर देखा। वातावरण की कालिमा पानी

में भी घुलने लगी थी और किनारे की चहल-पहल के बावजूद एक अजीब-सी उदासी चारों ओर के वातावरण में छाने लगी थी। अमला को लगा, यह सर्द और उदास वातावरण प्रेरक नहीं है; शायद अमर पहले से बहुत अधिक बदल गया है, अधिक जड़ हो गया है, शायद वह कुछ अधिक की अपेक्षा कर रही है।

कॉफी का अन्तिम घूँट पीते हुए अमर ने पूछा, 'अच्छा, तो अब जान सकता हूँ कि आपने क्यों बुलाया?'

'बता दूँगी—पर पहले यह बताओ कि रंजना ने तुम्हें आने दिया? तार देखकर उसने रोना-धोना नहीं मचाया?'

'तार उसने देखा नहीं और मैंने बताया नहीं।' फिर कुछ उदास और विरक्त-से स्वर में बोला, 'जान भी लेती तो कुछ नहीं कहती। अब सारी बात कहने-सुनने से परे चली गई है।' और वह समुद्र के पार कुछ देखने की कोशिश करने लगा। अमर के मन की गहराइयों में कहीं कोई चुभन है, टीस है, इसका अनुमान अमला को हो गया।

'क्या बात है अमर? अभी भी तुम्हारे और रंजना के बीच कोई अण्डरस्टैंडिंग नहीं हो पाई? तुम उससे यों छिपकर आ गए? अब, जब उसे मालूम पड़ेगा, तो तुम्हारे सम्बन्ध और बिगड़ेंगे या नहीं?'

एक क्षण को अमर ने बड़ी ही कातर नज़रों से अमला को देखा, फिर धीरे से बोला, 'बेहतर होगा अमला, यदि तुम इस प्रसंग को यहीं समाप्त कर दो।' कहने के साथ ही उसकी आँखों की पुतलियों में तरलता उतर आई। वह कुर्सी से उठा और रेलिंग के सहारे जाकर खड़ा हो गया।

अमला ने एक बार पूरी बाल्कनी में नज़र डाली, फिर उठकर अमर की बगल में खड़ी हो गई। रेलिंग पर टिकी अमर की हथेली को अपने हाथ में लेकर बहुत ही स्नेहल स्वर में बोली, 'इसीलिए तो मैंने तुम्हें बुलाया था अमर!' और उसे खुद लगा जैसे उसका स्वर सध गया है और उसमें सहज स्वाभाविकता आ गई है, 'बहुत दिन हो गए, तुम्हारी कोई अच्छी चीज़ पढ़ने को नहीं मिली। बताया तो तुमने कुछ नहीं, पर मैंने अनुमान लगा लिया था कि उस वातावरण

में तुम ज़रूर घुट रहे होंगे, वहाँ तुमसे कुछ नहीं लिखा जाएगा।'

अपनी बात की प्रतिक्रिया जानने के लिए उसने अमर की ओर देखा। उसे लगा, अमर कुछ कह रहा है, पर समुद्र के गर्जन में वह उसका बुदबुदाना नहीं सुन पाई, शायद वह उससे कह भी नहीं रहा था, अपने से ही कह रहा था।

'मैंने एक अलग कमरा तुम्हारे लिए ले लिया था। चाहती हूँ, कुछ समय यहाँ रहो और एक अच्छी चीज़ समाप्त करके जाओ।'

अमला की मुट्ठी में भिंचा अमर का हाथ सिहरकर ठण्डा हो आया, पर न वह कुछ बोला, न उसने अपनी दृष्टि ही घुमाई।

बंगाली लड़कों का पूरा दल दरी और तकिये लिए हुए बाल्कनी में आ गया तो अमला अमर को लेकर अपने कमरे में लौट आई। कमरे की रोशनी में पहली बार अमर के चेहरे को भरपूर नज़रों से देखा तो उसका रोम-रोम चीख उठा—पीला निस्तेज चेहरा और भावशून्य तरल आँखें। अमर के इस अव्यक्त, मौन संताप से अमला की कुछ देर पहले की खीझ और खिन्नता अपने-आप ही दूर हो गई। उसके बालों में अंगुलियाँ उलझाते हुए बोली, 'मुझसे वायदा करो अमर कि मेरे इस बुलाने को सार्थक करके ही लौटोगे!'

अपनी हथेलियों में मुँह को छिपाकर अमर फूट पड़ा, 'मुझसे कुछ लिखवा लो अमला! यदि कुछ दिन और नहीं लिख पाया तो मैं मर जाऊँगा! सचमुच ही मर जाऊँगा! लिखने के लिए बहुत कुछ मेरे दिमाग में घूमता रहता है, पर मैं लिख नही पाता। अजीब-अजीब-से चेहरे, बड़े मनहूस-से चेहरे मेरी आँखों के सामने घूमते रहते हैं, और मैं कुछ नहीं लिख पाता। अब तो लगता है, जैसे मैं कभी भी नहीं लिख सकूँगा। दूसरों को मारकर जो पनपना चाहता है उसे पहले खुद मरना पड़ता है। और कोई मेरी बात पर विश्वास नहीं करेगा, पर तुम कर लो अमला, मैंने कभी किसी को मारना नहीं चाहा, किसी को मारा भी नहीं; फिर भी हत्या का अपराध मेरे सिर पर असह्य बोझ की तरह लदा रहता है और मैं खुद मृतक के समान किसी की लाश को लिए फिरता रहता हूँ। मैं...' अमला टोकती नहीं तो अमर शायद बोले ही चला जाता।

'मैं सब समझती हूँ अमर, सब समझती हूँ। पर अब तुम लिखोगे! पीड़ा

जब अपने चरम पर पहुँच जाती है, तभी सृजन होता है।'

अमर अमला के कमरे में बैठा हुआ मेहरा की खींची हुई तस्वीरें देख रहा था और पास बैठी अमला यों ही एक पत्रिका के पन्ने पलट रही थी, पर उसका सारा ध्यान अमर के चेहरे पर होने वाली प्रतिक्रियाओं पर था। एक तस्वीर को अमर कभी पास लाकर देखता, कभी दूर ले जाकर—फिर अमला के सामने रखता हुआ बोला, 'इसमें तुम 'लाइट-हाउस' जैसी नज़र आ रही हो दूसरों का पथ-प्रदर्शन करने वाला दीपस्तम्भ!'

अमला मुस्कुराई, 'जानते हो, दूसरों का पथ-प्रदर्शित करने वाले दीपस्तम्भ को स्वयं तिल-तिल करके जलना पड़ता है, वह स्वयं तो शायद जीवनभर अंधेरे में ही रहता है।'

अमर केवल अमला के चेहरे को देखता रहा उसकी कही बात का अर्थ समझने का प्रयत्न करता रहा, फिर धीरे से बोला, 'बुरा न मानो तो एक बात कहूँ?'

अमला ने जिज्ञासु नेत्रों से अमर को देखा, जिनमें अनुमति के साथ जानने की आतुरता थी।

'आजकल तुमने अपना कवच उतार दिया?'

'कवच? मैं समझी नहीं!' सचमुच ही अमर की बात का तात्पर्य वह नहीं समझी थी।

पाँचों तस्वीरों को ताश के पत्ते की तरह मेज़ पर फैलाकर अमर ने कहा, 'एक भी तस्वीर में तुम्हारी वह चिरपरिचित मुस्कान नहीं है? क्या बात है, आजकल उस तरह से मुस्कुराना छोड़ दिया?'

बात ने अमला के मर्म पर चोट की। उसे याद आया—तस्वीरें देखते समय उसे भी यह बात याद आई थी, पर इस रूप में नहीं। 'कवच', 'मुस्कुराना छोड़ दिया?'—ये बातें उसे बेध गई। फिर भी अपने पर संयम रखकर बोली, 'अपने पर कवच डालकर कौन नहीं रहता अमर?' अमला के स्वर में ही उसका रोष प्रकट हो रहा था। अमर बीच में ही बोल उठा, 'लगता है, तुम मेरी बात का बुरा मान गई। मेरा मतलब तो सिर्फ...'

'बुरा मैंने कतई नहीं माना। जितनी सचाई से तुमने कहा है, उतनी ही

सचाई से मैं भी कह रही हूँ। एक आदमी भी तुम बता सकते हो, जो अपने असली रूप में सबके सामने आने का साहस रखता हो? तुम जैसे बाहर से दिखलाई देते हो, क्या भीतर से भी वैसे ही हो? ऐसा होता नहीं अमर! आदमी चाहे एक बार साहस भी कर ले, पर आसपास वाले उसके उस रूप को कभी बर्दाश्त नहीं कर सकेंगे!'

अमर चुप रह गया। उसकी आँखों में आँखें डालकर अमला ने पूछा, 'मैं जैसी हूँ, जो कुछ सोचती हूँ, जो कुछ चाहती हूँ, वह सब प्रकट कर दूँ तो शायद तुम मुझसे नफरत करने लगो! कवच डालकर जीना कितना कष्टकर होता है, जानते हो? जो जितने बड़े कवच डालकर रहता है, समझ लो कि वह उतना ही दुखी है, रात-दिन वह घुटता है, मुक्ति के लिए छटपटाता है। दुनिया को भरमाने के लिए जो कवच ओढ़े जाते हैं, उसमें आदमी पहले स्वयं को भरमाता है और जब...'

'अमला!' अमला का प्रवाह टूट गया, पर मन की घुटन, मन का दर्द चेहरे पर साकार हो आया।

'आओ, कुछ देर समुद्र पर टहल आएँ।'

पुरी होटल से बहुत दूर निर्जन स्थान में रेत पर अमला और अमर दोनों बैठे हैं। सब कुछ बता देने के बाद मन हल्का हो जाता है, पर अमला को लग रहा था जैसे सब कुछ कह देने के बाद उसके मन का बोझ और बढ़ गया है। वे सारी बातें, जिन्हें भूलने के लिए वह पुरी आई थी, एकाएक ही ताज़ा होकर उसके मन को मथने लगीं। वह शून्य नज़रों से समुद्र को देखती रही। अमर की निगाहें बराबर उसी की ओर थीं। अमला जानती है—अमर लगातार उसे ही देखे जा रहा है एक अजीब-सा उन्माद उस पर छाने लगा। योंही लहरों की ओर निहारते हुए वह बोली, 'देखते हो अमर! दूर क्षितिज में कैसी बड़ी-बड़ी लहरें उठती हैं! कैसी उच्छृंखलता रहती है उनके उठने में, और कैसा उन्माद रहता है उनकी गति में! लगता है जैसे किसी से मिलने की दुर्दमनीय चाह लिए, बड़ी उमंग से हुलसती हुई, आगे की लहरों को धकेलती हुई चली

आती हैं। अपनी सामर्थ्य का विश्वास उनकी गति को वेग देता है, तो मन की चाह गति को मस्ती। लगता है, कोई बाधा-बन्धन वे नहीं मानेंगी, दुनिया की कोई शक्ति उन्हें अपना मनोवांछित पाने के लिए रोक नहीं सकेगी। पर फिर जाने क्या होता है कि बस एक सीमा से आगे वे बढ़ ही नहीं पातीं। वह आत्मविश्वास, वह दुर्दमनीय चाह—सब उस सीमा पर सिर पटक-पटककर रो पड़ते हैं। सीमा से आगे न बढ़ पा सकने की विवशता पर वे चीत्कार कर उठती हैं, सिर धुन-धुनकर रोती हैं, और उसी मजबूरी में बिखरकर चूर-चूर हो जाती हैं। उनकी सारी उमंगों पर, आकांक्षाओं पर झाग का सफेद, सर्द कफन पड़ जाता है। उनके दर्द को, उनकी विवशता को कोई समझ ही नहीं पाता। लोग तो इसमें भी आनन्द उठाते हैं, इसमें भी सौन्दर्य देखते हैं!' फिर एकाएक अमर की ओर घूमकर पूछा, 'तुम्हीं बताओ अमर, ऐसा क्यों होता है? क्या ऐसा होना चाहिए? किनारे पर पहुँची पछाड़ खाती लहरों को देखकर क्या तुम्हें भी ऐसा ही नहीं लगता? इस अपार शक्ति के साथ ऐसी मजबूरी क्यों बाँध दी गई है? बताओ अमर! एकान्त में बैठकर जब इन लहरों को देखती हूँ, तो यही सब सोचती रहती हूँ पर मुझे कोई उत्तर नहीं सूझता।'

अमर का सहारा लेकर अर्धचेतन-सी स्थिति में जब अमला अपने कमरे पर पहुँची तो ग्यारह बज चुके थे। बिना कपड़े बदले वह ज्यों-की-त्यों पलंग पर जा पड़ी और अपने हाथ से ही पलंग के चारों ओर मसहरी खींच ली। नीले रेशमी धागों के बने असंख्य मकड़ी के जाले चारों ओर फैल गए। लहरें आतीं और हाहाकार करती हुई किनारे से टकराकर चूर-चूर हो जातीं और उनकी प्रतिध्वनि से सारा होटल गूँज उठता।

आज मेहरा चले गए और अमला फिर अकेली रह गई। पिछले आठ दिनों से उसने अपना सारा समय मेहरा के साथ ही काटा था—लड़की की बीमारी का तार पाकर मेहरा अत्यन्त चिन्तित हो उठा था और अमला समझ गई थी कि वह ठहरने का आग्रह भी करेगी तो मेहरा ठहरेगा नहीं और इसीलिए वह चुप रह गई। वह कोई बात कहे और सामने वाला उसे अस्वीकार कर दे, यह आज भी अमला के अहं को बर्दाश्त नहीं होता। उसे अमर की

बात याद हो आई।

सूर्यास्त होने में कुछ देर बाकी थी—अमला अमर के कमरे के बन्द दरवाज़े को ठेलकर अन्दर घुस गई, 'आओ अमर, समुद्र पर चलकर सूर्यास्त देखेंगे।' अमर मेज़ पर झुककर लिखने में डूबा हुआ था। उसका हाथ जहाँ का तहाँ रुक गया। उसने कुछ ऐसे भाव से अमला की ओर देखा मानो वह अमला की बात समझ ही नहीं पाया हो।

'कोई इस तरह भूत बनकर लिखता है? चलो, उठो।' और उसने सामने पड़ी कापी बन्द करके एक ओर सरका दी।

'सूर्यास्त देखने मैं नहीं जाऊँगा अमला! तुम चली जाओ।'

'क्यों?'

'अस्त किसी का भी शुभ नहीं होता और जो अशुभ है उसे हम क्यों देखें? डूबते हुए लाल सूरज को देखकर मुझे लगता है जैसे कोई सूर्य की लहूलुहान लाश को समुद्र में फेंक रहा है। वह सब मुझसे नहीं देखा जाता। किसी के अस्त और अवसान में भी सौन्दर्य।' फिर बड़े ही व्यथित स्वर में बोला, 'यों भी बड़ी कटु स्मृतियाँ जुड़ी हुई हैं सूर्यास्त के साथ, मैं जा नहीं सकूँगा!'

'देखती हूँ, उपन्यास लिखने के दौरान में आदमी एकदम ही नॉर्मल नहीं रह जाता है।' मुस्कुराते हुए अमला ने कहा। फिर कुछ हठ करने के लहजे में बोली, 'आज तो चाहे कुछ भी हो जाए, तुम्हें चलना ही होगा। हमारे अस्त में दूसरे लोग आनन्द उठाते हैं, तो हम भी दूसरों के अस्त में आनन्द क्यों न लें!' वह सोच रही थी कि अमर अभी उठकर उसके साथ चल देगा; पर अमर अप्रत्याशित रूप से झल्ला उठा और खीझकर बोला, 'तुमने कहा था न कि तुमने मुझे कुछ लिखने के लिए बुलाया है, तो फिर लिखने क्यों नहीं देतीं?—क्यों सवेरे से मेरी जान को लगी हो? सच तो यह है कि तुमने मुझे अपने लिए बुलाया है। तुम चाहती हो कि मैं रात-दिन तुम्हारे पीछे घूमता रहूँ। तुम्हारी हर छोटी-बड़ी इच्छा पूरी करूँ मैं।'

क्रोध से काँपते हुए अमला केवल इतना ही कह सकी, 'जब होश में आ जाओ, तभी मुझसे बात करना!' और कमरे से निकलकर उसने ज़ोर

से दरवाज़ा बन्द कर दिया। उस दिन वह अकेली ही समुद्र पर निकल पड़ी। पर अचानक ही जब उसे वहाँ कन्धे में कैमरा झुलाए मेहरा मिल गया तो वह उसी के साथ हो ली। दोनों ने साथ पुरी का मन्दिर देखा था, मेहरा ने उसकी तस्वीरें खींची थीं, और जब रात साढ़े दस बजे दोनों होटल लौटे थे, तो अमर को रेलिंग के सहारे खड़े सिगरट पीते देख अमला को बड़ा सन्तोष मिला था।

'कल सवेरे की चाय आप मेरे ही साथ पी रहे हैं मेहरा साहब!' उसने अमर को सुनाते हुए ज़ोर से कहा था।

और फिर तो चाय, खाना, घूमना—सब इस तरह साथ-साथ होने लगा जैसे दोनों साथ ही आए हों, साथ ही ठहरे हों।

मेहरा अमला के लिए उड़ीसा हैण्डलूम की नीले रंग की एक सुन्दर साड़ी लाए तो उसने उसी शाम को उसे पहना, लम्बे अर्से के बाद माथे पर बिन्दी लगाई। वह बाल्कनी में खड़ी मेहरा का ही इन्तज़ार कर रही थी कि कमरा खोलकर अमर निकला। अमला के वेश पर वह चौंका था, और उस चौंकने के जवाब में वह मुस्कुराई थी।

मेहरा के साथ रिक्शा में बैठकर वह सारा शहर घूमने निकली। बड़ी लापरवाहयुक्त सतर्कता से मेहरा का हाथ उसकी पीठ से लिपटा पड़ा था। ऊँचे-नीचे रास्तों पर झटके लगते और मेहरा के हाथ का दबाव बढ़ जाता वह स्पर्श, वह दबाव अमला सब समझती थी, फिर भी वह हँसती रहती, खिलखिलाती रहती

मेहरा तस्वीरें खींचता तो कभी उसका पल्ला ठीक करने के बहाने उसके सारे बदन में सिहरन की लहरें दौड़ा देता, कभी दोनों हथेलियों में उसका चेहरा भींच उसके गाल सुर्ख कर देता।

उस दिन समुद्र में दोनों साथ नहाए, हाथ पकड़कर दोनों दूर तक आगे बढ़ गए। लहर आती तो दोनों सिर झुकाकर नीचे हो जाते। लहरों के वेगमय प्रवाह में अमला बड़ी असमर्थ-सी मेहरा की बाँहों में अपने को समर्पित कर देती और फिर जल के तरल आवरण के नीचे क्षणांश के लिए दो शरीर एक हो जाते।

उस रात वह सोई तो बार-बार उसे लगता जैसे समुद्र की विकराल लहरों

में वह डूबी चली जा रही है जैसे किसी बड़ी-सी लहर को देखकर उसने सिर नीचा कर लिया है, पर वह लहर है कि लौटती ही नहीं है और उसका दम घुट रहा है। एकाएक उसकी आँखें खुल गई थीं; पर दम घुटने की भावना तब भी बनी हुई थी। उसने मसहरी हटा दी, सारी खिड़कियाँ खोल दीं। बाल्कनी वाली खिड़की खोलते ही हल्की चाँदनी में फैला समुद्र दिखाई दिया। उसका मन हुआ, फिर से जल का तरल आवरण उस पर पड़ जाए फिर से बाकी रात अजीब कम्पन और पुलकन के बीच ही बीत गई।

आज सवेरे लड़की की बीमारी का तार पाकर एकाएक ही मेहरा चला गया और अमला फिर अकेली रह गई। आज सारा दिन कमरे में अकेले लेटे-लेटे अमला ने बिता दिया, पर साँझ होते ही समुद्र की लहरों का आमन्त्रण उससे अनसुना न किया गया।

निकली तो देखा, अमर के कमरे का दरवाज़ा बन्द था। एक बार मन हुआ, दरवाज़ा खटखटाए पर नहीं, आगे होकर वह उसके पास नहीं जाएगी! अकेले चलते हुए उसे बार-बार लगता जैसे अभी किसी बात पर 'हो-हो' करके हँसता हुआ मेहरा उसके साथ हो जाएगा। चलते-चलते वह थक गई तो रेत में बैठ गई; और जब बैठा रहना भी भारी लगने लगा तो लेट गई। यों इस निर्जन तट पर अकेले लेटना उसके लिए अशोभनीय है। बन्द आँखों के सामने भी कितने स्पष्ट चित्र बन-बिगड़ रहे थे—स्मृतियों की लहरें एक के बाद एक आकर टकरा रही थीं।

'अमला!'

अमला ने चौंककर आँखों पर से बाँहें हटाई। देखा, सामने अमर खड़ा था। वह उठ बैठी।

'होटल से इतनी दूर आकर तुम यहाँ अकेले में यों पड़ी हो? कुछ समय का भी ज्ञान है तुम्हें?' अमला कुछ बोली नहीं, बस जड़वत् ज्यों-की-त्यों बैठी अमर को देखती रही। अमर धीरे से उसके पास बैठ गया।

'अमला! चलो उठो, लौट चलो।' स्नेह से उसके कन्धे पर हाथ रखकर अमर ने कहा।

'सामने इस समुद्र को देख रहे हो अमर? खुले आसमान के नीचे बिखरी इस जलराशि को छोड़कर तुम्हें होटल का कमरा अधिक प्रिय है? कैसे लेखक हो तुम! मेरा तो मन करता है—जीवनभर यहीं पड़ी रहूँ, बस ऐसे ही समुद्र का मंथन देखती रहूँ।' और अमला ने अपने कन्धे पर रखे अमर के हाथ को खींचकर उसे अपने पास बिठा लिया, 'ये लहरें मुझे हाथ उठा-उठाकर बुला रही हैं। मैं आज जाऊँगी, ज़रूर जाऊँगी! अब और अधिक अपने पर नियंत्रण नहीं रख सकूँगी।'

मंत्रमुग्ध-सी देखती हुई अमला के होंठ अनायास ही गुनगुना उठे, 'तीर पर कैसे रुकूँ मैं, आज लहरों में निमन्त्रण आज लहरों में निमन्त्रण आज लहरों में निमन्त्रण' एक ही पंक्ति को, उसने कई बार दुहराया।

फिर उठती हुई बोली, 'चलो अमर, तुम भी चलो! उठो न! तुम्हें बहुत तकलीफ है न, मन में बड़ी तपन और अशान्ति है न, तो आओ चलो।'

'अमला!' भर्राए-से स्वर में अमर बोला। अमला के इस उन्माद से वह कुछ भयभीत-सा हो उठा था।

'तुम डरते हो? डरो नहीं, मैं तुम्हारे साथ हूँ'

'अमला, बहुत बड़ी-बड़ी लहरें आ रही हैं, पीछे हटकर बैठो! कोई लहर बहाकर साथ ले गई तो!'

'हा-हा' करके अमला हँस पड़ी, 'कोई लहर मुझे बहाकर नहीं ले जाएगी अमर, बस केवल भिगोकर लौट जाएगी। जानते हो, जब भी कोई लहर भिगोकर लौट जाती है तो खारे पानी के कारण बदन चिटचिटाता है, फिर भी मन करता है—और लहरें आएँ, मुझे भिगोएँ, और भिगोएँ मैं बस भीगती ही रहूँ।'

अमर ने अपनी पूरी ताकत से खींचकर अमला को पीछे घसीट लिया। अमला पेट के बल उल्टी लेट गई ऊपर से नीचे तक गीले वस्त्र, खुले गीले केश, दोनों कोहनियों को रेत में गड़ाकर हथेलियों में टिकी अमला की ठोड़ी, और पास बैठा अमर।

'कैसा भयंकर रूप है आज समुद्र का! मुझे तो समुद्र का यही रूप अच्छा

लगता है—अशान्त, उद्वेलित, आलोड़ित, भीषण गर्जन करता हुआ!' अमला का स्वर काँपने लगा, 'लगता है, आज लहरें किनारे के इस व्यवधान को नहीं मानेंगी आज ये अपनी सीमा-मर्यादा को तोड़कर सब कुछ तहस-नहस कर देंगी—यदि ऐसा होगा तो कितना अच्छा होगा! फिर तुम मुझे कहीं भी घसीटोगे, पर बचा नहीं पाओगे! किसी तरह नहीं बचा पाओगे!'

मोहग्रस्त-सी अमला कुछ न कुछ बोले चली जा रही थी। उसके कुछ शब्द अमर के कानों में पड़ते तो कुछ समुद्र के गर्जन में ही खो जाते। पर अमर के लिए अमला का यह रूप नया ही था—एकदम नया।

एकाएक चित लेटकर अमला ने अमर का हाथ अपने हाथ में लिया और बोली, 'समुद्र की इस चंचलता और अधीरता के बीच भी तुम शान्त कैसे रह सकते हो अमर? निरुद्विग्न-निर्विकार!' और उसने खींचकर अमर का हाथ अपने वक्षस्थल पर दबा लिया। अमला अमर के हाथ को दबाती रही और उसने महसूस किया कि अमर की जड़-निस्पन्द उँगलियों में जैसे चेतना आ गई है और वे स्वेच्छा से थिरकने लगी हैं। अमला ने आवेश में आकर अपनी दोनों बाँहें अमर के गले में डाल दीं और अमर को अपने पर झुका लिया, फिर ज़रा-सा सिर उठाकर अमर के अधरों पर अपने अधर टिका दिए। अमर का सिर अमला की छाती पर टिक गया।

पागल बना देने वाली एक चाह अमला के मन में उठी—कोई लहर उन दोनों को ऐसे ही बहा ले जाए, उनको ढक दे, उन पर इस तरह छा जाए कि वे दोनों एक हो जाएँ एक, बिल्कुल एक।

अमर ऊबा-सा, जड़-सा अमला की छाती पर लेटा था जो कुछ आज हुआ, शायद वह उस सबके लिए तैयार नहीं था, वह इस सबकी कभी कल्पना भी नहीं कर सकता था।

दो क्षण भी न बीते होंगे कि अमला ने एक झटके से अमर को अपने से दूर कर दिया, 'डरो नहीं अमर, मैं कुछ नहीं करूँगी। कहा था न कि जिस दिन आवरण उतारकर तुम्हारे सामने आऊँगी, उस दिन तुम भी मुझे सहन नहीं कर सकोगे।' और वह बदन से चिपके, गीले, अस्त-व्यस्त कपड़े, मिट्टी-सने,

गीले छितराए केश संभालती हुई होटल की ओर चल पड़ी, उद्भ्रांत-सी लड़खड़ाती हुई। विमूढ़-सा अमर उसके पीछे चला। एक बड़ी-सी लहर भीषण गर्जन करती हुई अमला के पैरों के पास ही बिखरकर चूर-चूर हो गई। एक क्षण को अमला ठिठकी, चारों ओर फैले हुए फेन को देखा और फिर चल दी। अमर ने बीच में उसे सहारा देना चाहा तो झिड़क दिया, 'तुम्हारे सहारे की ज़रूरत नहीं है अमर! अशक्त होकर भी आज अमला इतनी निर्बल नहीं कि उसे तुम्हारे सहारे की ज़रूरत हो।'

कभी सूखे में आकर पैरों से रेत उछालती और कभी नीचे आकर लहरों में पैर धोती वह आगे बढ़ती गई—बढ़ती गई। उसने एक बार मुड़कर देखा तक नहीं कि अमर पीछे-पीछे आ रहा है या जहाँ का तहाँ खड़ा रह गया है।

खट खट! अमर ने सुना, पर उसे लगा, वह उठ नहीं पाएगा। मोहग्रस्त, तन्द्रिल अवस्था में लेटा अमर दूर-दूर तक फैला अन्धकार में डूबा समुद्र, गीली-गीली ठण्डी रेत और पास में लेटी, उन्मादी आँखों से निहारती अमला। लहरें आतीं और भिगो जातीं।

खट खट!

आवाज़ है कि बढ़ती ही जा रही है, पर अमर उठ नहीं पाता। उसे लग रहा है जैसे आवाज़ कहीं दूर से आ रही है, जैसे पड़ोस का बंगाली दल तबला ठोंक रहा है और अभी रवीन्द्र-संगीत की कड़ियाँ लहरों पर तैरती हुई सारे होटल में गूँज जाएँगी। पर उसके कानों में रवीन्द्र-संगीत की जगह कभी बच्चन के गीत की कुछ कड़ियाँ गूँज उठतीं, तो कभी किसी शेर की कोई पंक्ति—बहुत धीमे, बहुत अस्पष्ट।

भड़-भड़-भड़! ज़ोर-ज़ोर से कोई दरवाज़ा पीट रहा है।

हड़बड़ाकर अमर उठता है—दरवाज़ा खोलता है। सामने बैरा खड़ा है, होटल का मैनेजर खड़ा है।

'क्या बात है अमर साहब! सवेरे से आपका दरवाज़ा बन्द है? कितनी बार खटखटाया गया, कोई खोलता ही नहीं! हम तो बहुत डर गए साहब होटल

में कभी-कभी ऐसी वारदातें...' घबराया हुआ मैनेजर अंग्रेज़ी में बोले चला जा रहा है और अमर है कि बड़ी अपरिचित और हैरतभरी निगाहों से देख रहा है—बैरे को, मैनेजर को, अपने चारों ओर। जैसे कुछ है जो उसपर छाया हुआ है और जिसे चीरकर वह देखना चाहता है, पहचानना चाहता है। यह पुरी का होटल नहीं, कन्याकुमारी को होटल है। सामने टेबल पर कापी खुली रखी है। सवेरे तीन बजे तक उसने लिखा है केवल लिखा नहीं, उन क्षणों को फिर से जिया है, उन्हीं अनुभूतियों से गुज़रा है

उद्भ्रांत-सी लड़खड़ाती अमला को उसने जाते हुए देखा है। उसका मन हुआ था, दौड़कर वह अमला को सहारा दे दे, पर चाहकर भी उससे उठा नहीं गया था। नीली मसहरी में लेटी अमला और रोती अन्ना, 'अमला बिटिया का क्या होगा अमर बाबू? वे पागल हो गई हैं!'

'आप नहा लीजिए साहब तो खाना ले आऊँ। दो बज गया है।' झुँझलाया हुआ बैरा बोला।

'दो बज गया है?' अमर ने दोहराया।

बैरा चला गया तो अमर को लगा जैसे एकाएक ही वह अकेला हो आया है, बहुत अकेला। पिछले बीस दिनों से वह रंजना, अमला, मन्दा और टण्डन के साथ था। उसने एक बार फिर से अपनी छाती पर रंजना के आक्रोशभरे मुक्के सहे हैं नर्सिंग होम से उतरते हुए उसके मायूस चेहरे को देखा है—देखा ही नहीं, उसी मायूसी में घिरे रहकर दो दिन बड़े ही मनहूस-से बिताए हैं। हर बात पर फटकार देने वाली मन्दा और हर बात पर उपदेश झाड़ने वाले टण्डन को सफाई दी है; हाथी-दाँती मीनारों में बैठी, होंठों पर मुस्कान लपेटे, भीतर ही भीतर कहीं सिसकती, बिसूरती अमला को देखा है पर अब, इस समय?

कमरे का सूनापन और अधिक घना हो आया है, मन की उदासी और गहरी और बोझ और अधिक भारी और अधिक असह्य हो उठा।

सिगरेट सुलगाकर अमर खिड़की पर आ खड़ा हुआ।

दूर तक फैला हुआ समुद्र—धूप में झिलमिलाता जल और दूर से

आ-आकर किनारे से टकराती लहरें।

दूर से आती एक लहर पर उसने अमला को देखा—हाथ में तार और आँखों में आँसू लिए अमला—'अमर, पिताजी नहीं रहे! यों तो वे बूढ़े हो गए थे पर फिर भी मुझे लगता है, वे अपनी मौत नहीं मरे। उन्हें मारा गया है, किसी ने उन्हें मार दिया दिया!' सिसकियाँ, हिचकियाँ...

फर्स्ट क्लास के कम्पार्टमेण्ट में खड़ी अमला— 'इस बार तुम्हें बहुत तकलीफ दी अमर, अब कभी नहीं दूँगी। कौन जाने हमारी यह मुलाकात ही आखिरी मुलाकात हो, और यह विदा ही आखिरी विदा। मैं मर जाऊँ तो मेरी कहानी लिखना।'

वह लहर किनारे पर आकर टकराई और बिखरकर चूर-चूर हो गई। जल के फेनीले उफान में अमला डूब गई।

'मेरी गोदी में सिर रखकर कितना-कितना रोई है, अमर! पत्थर होता तो भी पिघल जाता। जानते हो, पिछले कई दिनों से वह रोना भूल ही गई थी, पर उस दिन।' और मन्दा ने आँखें पोंछ लीं।

'नहीं, यह तुम दोनों के पक्ष में अच्छा ही हुआ। साथ रहकर यों तिल-तिल घुलने का अर्थ ही क्या हुआ? नौकरी भी उसे यहाँ से अच्छी मिली है। अब तुम लिखो, खूब लिखो।' टण्डन के लहजे में सहानुभूति थी या व्यंग्य, अमर नहीं समझ पाया था। टण्डन के यहाँ से लौटकर रात में जब वह सोया तो बगल की खाली जगह उसके मन में, उसके जीवन में एक खालीपन का, खोखलेपन का बोध करा रही थी। तकिये में मुँह गड़ाकर अमर फूट पड़ा—'मैं निरपराध हूँ रंजना, बिल्कुल निरपराध! पुरी में उस रात अमला के मनुहार भरे, उन्माद भरे आमन्त्रण पर भी मैं जड़, निश्चेष्ट बैठा रहा, क्योंकि मुझे तुम्हारा ही ख़्याल था। वह सब करना, तुम्हारे साथ धोखा करना था, अन्याय करना था और मैं तुम्हें धोखा नहीं दे सकता था, तुम्हारे साथ अन्याय नहीं कर सकता था, क्योंकि मैंने तुम्हें प्यार किया था, आज भी करता हूँ।'

और फिर अमर सारी रात ही तो रोया था सुबक-सुबककर, फूट-फूटकर।

उन आँसुओं में अमर के सारे सपने बह गए थे, भविष्य की सारी योजनाएँ

बह गई थीं, उसकी सारी दुनिया और जीवन का रस बह गया था।

ट्रे में सजा हुआ खाना लेकर बैरा घुसा, 'अरे आप नहाए नहीं साब! मैं खाना...'

'खाना ले जाओ और थोड़ी देर बाद कॉफी लेकर आना!' बिना पीछे मुड़कर देखे ही अमर ने आदेश दिया।

सिगरेट का आखिरी कश खींचकर उसने सिगरेट के टुकड़े को खिड़की पर रगड़ा, फिर उस बुझे हुए सिरे को देखता रहा।

पिछले पाँच वर्षों से वह भी इस सिगरेट की तरह ही जला है—इस अवधि में बूँद-बूँद करके उसका व्यक्तित्व रिसा है और वह बुझता चला गया है। अनचाही नौकरी ने उसे पिया और धुआँ उड़ाकर छोड़ दिया है और वह है कि आज भी उसी धुएँ के बादलों में धुँधली आकृतियाँ देख रहा है बनते-बिगड़ते चित्र। वह चाहता है कि उन्हें फिर से पकड़ ले उन्हीं में घुल-मिल जाए, पर वे हैं कि फिसल-फिसल जाते हैं।

पैरों में चप्पल डालकर उसने दरवाज़ा बन्द किया और समुद्र के किनारे चलते-चलते दूर निकल गया। चारों ओर बिखरी धूप, झिलमिलाता पानी और सूना निर्जन समुद्र-तट!

सिगरेट जलाकर उसने होंठों से लगाई और दोनों बाँहों को अपने सीने पर लपेट लिया। हवा में उसके बाल, उसका कुर्ता उड़ रहे थे।

भूले-बिसरे गीत की बिखरी-बिखरी कड़ियाँ उसके कानों से टकराई—'तीर पर कैसे रुकूँ मैं आज लहरों में निमन्त्रण!' और अनायास ही उसके होंठ गुनगुना उठे :

'वक्ष पर युग बाहु बाँधे,
मैं खड़ा सागर किनारे।
वेग से बहता प्रभंजन,
केश-पट मेरे उड़ाता'

पहली बार अमर को एहसास हुआ—गलत अर्थों में अमला ने इन पंक्तियों का प्रयोग किया था, फिर भी कितना सार्थक कर दिया था!

हवा आई और अमर को रेत में नहलाती हुई निकल गई। उसने दोनों आँखों को मला। आँखें खोलीं तो जैसे समुद्र के इस छोर से उस छोर तक कुछ कौंध गया। लगा, जैसे अमला कहीं मुस्कुराई है।

वेग से आती एक बड़ी-सी लहर चीत्कार करती हुई बिखर गई और चारों ओर फेन का पारदर्शी आवरण बिछ गया।

अमर को लगा, जैसे उसे कोई झकझोर-झकझोरकर बड़े ही कातर स्वर में पूछ रहा है, 'तुम्हीं बताओ अमर! ऐसा क्यों होता है? इस अपार शक्ति के साथ ऐसी मजबूरी क्यों? लहरों के उन्माद और उमंगों की परिणति इन विवश, करुण चीत्कारों में क्यों?'

एक और लहर आई और बिखरकर चूर-चूर हो गई। अमर को उस फेनीले पारदर्शी कफन के नीचे होंठों पर निष्प्राण-सी मुस्कान लपेटे कभी अमला दिखाई देती तो कभी सिसकती मायूस रंजना।

उसका मन हुआ, वह भी उन्हीं लोगों के बीच जाकर लेट जाए और उस पर भी फेन का झीना तरल कफन पड़ जाए।

OOO